于江山◎著

理论本来是绿色的 只要通向生活和灵魂

失去锁链之后

著名跨界学者 中国管理科学研究院国学管理研究所
所长于江山教授力作

图书在版编目（CIP）数据

失去锁链之后 / 于江山主编. ——北京：中国民主法制出版社，2013.3

（国学的大地）

ISBN 978-7-5162-0302-6

Ⅰ. ①失… Ⅱ. ①于… Ⅲ. ①文学评论—研究 Ⅳ. ①I06

中国版本图书馆CIP数据核字(2013)第034360号

图书出品人： 肖启明

全案统筹： 刘海涛　严　锴

责任编辑： 胡玉莹　辛德晶

书　名/失去锁链之后

SHIQUSUOLIANZHIHOU

作　者/于江山　主编

出版·发行/中国民主法制出版社

地　址： 北京市丰台区玉林里7号（100069）

电　话/63055259（总编室）　63057714（发行部）

传　真/63055259

http： //www.npcpub.com

E-mail： mzfz@npcpub.com

经　销/新华书店

开　本/16开　710毫米×1000毫米

印　张/16　**字数**/210千字

版　本/2013年7月第1版　2013年7月第1次印刷

印　刷/北京睿特印刷厂大兴一分厂

书　号/ISBN 978-7-5162-0302-6

定　价/35.00元

总序 跋涉在国学的大地上

（一）

进入国学的天地，是偶然也是必然。但不管是命运的偶然还是人格履历的必然，似乎都是一种文化的命定。

20世纪60年代末叶，我从山东的一家中等师范学校毕业，被分配到故乡的农村教学。先是小学，继之初中，最后是高中。总之是把那时的基础教育经历了一遍。

正是后青春的年龄，虽然处在形势大好而万马齐喑的年代，思想上还是洋溢着一股献身世界革命的豪情。当时农村学校的教与学是附属于政治活动和劳动的，所以有大量的时间可以挥霍。干什么呢？读书。毛选四卷已读得滚瓜烂熟了，许多篇章都能背下来。《鲁迅全集》也啃了好几遍。1973年以前，《红楼梦》等古典名著还是禁书，也就是说除了当时的教材，再也没有什么中国的书可读了。幸好1970年以后传达毛主席的指示：认真看书学习，弄通马克思主义。之后才有机会接触到马恩列斯的许多大部头著作。有一天公社革命委员会的通讯员骑自行车来学校下通知，让我们去公社领书。到傍晚，校长就和另外两位老师各骑一辆自行车，驮回来三纸箱的书。打开纸箱一看，全是马恩列斯的著作，有全集选集精装书，也有简装的单行本，白皮红字，鲜艳夺目。

这些书都放在我的宿舍里，因为学校穷，老师们两人公用一张办公桌，时常被学生的作业本占得满满的。而我是体育教师，住在器材室，里面有废弃的水泥乒乓球台，正好可以放下这一批革命导师的著作。从此以后，一直到1977年恢复高考，我进入了一个为期三四年的读书季。

算起来我30岁以前的读书生涯经历了几个阶段。第一阶段是从4岁开始一直到初中毕业，上小学以前被伯父逼着背书，从“三百千千”开始直到后来的《十三经》。上学后，特别是学会汉语拼音以后，就开始读“小人书”，60本的《三国演义》是十几个同学靠挖狼毒、刨小草根、捉山蝎、掇蝉蜕等中药材攒钱买齐的。二年级后就开始读大部头的《林海雪原》《铁道游击队》等。记得还受到语文老师的表扬，但从此养成的嗜读习惯却在中学和中师阶段屡受科任老师的斥责。在家里，“手不释卷”也常常引起母亲的唠叨。因为迷恋阅读，耽误了不少打柴、割草、剜野菜的工夫，而这三项又是我们那时候所有孩子不能不做的“功课”。在农村，男孩子从来就是当牲口养的，因为将来要顶家过日子，所以念不念书不要紧，能不能干农活才是最要紧的。5岁剜野菜、捡干柴，8岁割草，10岁锄地，12岁挑水，16岁推独轮车，等等。这好多程序都是约定俗成的。假如有谁家的男孩到了一定年龄还不会干什么活儿，那一定会受到乡亲们的笑话，小伙伴当然对你瞧不起，大人们也透露着鄙视，婶婶大娘们则开始发愁一个不会干农活的男孩子怎么能找上媳妇？我们家乡时兴娃娃亲，大约在剜野菜和割草的年龄就大部分被拴上了定亲的红绳子。

我就有些不合时宜了。虽然身体发育很好，但由于活儿干得少，所以多少有些技术含量的农活、家务活都会让我有些力不从心，推车

（掌握平衡）、刨地（左右换架）都成了弱项。娘很着急，生怕我将来没出息，所以初中毕业时坚决不让我继续上学了。正好伯父去世，再也无人督促我背经典。眼看我的读书生涯就面临夭折。后经过我不断抗争，又及时搬来了舅舅劝说，娘终于松了口，通过爹告诉我：只能报考不拿学费、管饭吃的学校。

这真是别无选择，我终于走进了师范学校的大门，准备将来做一名小学教师。

师范毕业时，毛主席又有新指示：小学附设初中班，中学附设高中班，这样解决农民子女就近入学的问题。好在那时候学生以学为主，兼学别样，即不但要学工学农，也要学军，知识课倒不是最重要的。我们这批师范生就水涨船高地从小学教到高中。

在高中时我教体育和英语两门课，那时已经隐隐觉得英语是另一个世界，引得我无限向往。通过一台三用机，我每天晚上偷偷听美国之音的“英语九百句”，后来辗转托人买来了《灵格风》3本教材和密纹唱片。等我把900句和灵格风都背诵如流的时候，突然觉得20世纪70年代初中国学校的英语教材好可怜，那些自造的“红卫兵”“革委会”“三结合”“贫下中农”等专有名词实际上无用，除了国人以外的英语世界根本弄不懂“批林批孔”是什么运动，而我们还在乐此不疲。

从那时，我就升腾起一股走出国门的冲动。

所以到后来，我怀着一腔激动踏进欧美大陆，一待就将近10年。

在国外，我曾经如入宝山，满目惊奇。巨大的文化差异冲击震撼着我。我不遗余力地急于想与国人分享我的感悟。较早在国内开讲MBA和EMBA，觉得一旦这些西方的管理工具被掌控在我们手中，中国就会发展，特别是各级各类管理都将旧貌换新颜。我自己也有一段时间特别自信，自觉得学贯中西，会通古今，好像真是个人物似的。

自信被撞得粉碎时，是我走上企业高管的岗位以后，那是一家近万名职工，几十亿元资产，股东结构多元的上市公司。人心浮动，官司缠身，内债外债，貌合神离，谣言经常淹没真相，决议往往被传闻证实。这时候我从西方管理理论中学到并得意扬扬的诸如战略规划、决策流程、实施监督、资源整合、资金分配，等等等等。高头讲章和冠冕堂皇通通在一夜之间无效了。有一段时间整得我疲于应付，狼狈不堪。晚上静下来，涌上心头的却是一个令人触目惊心的词组：浴血奋战。这哪里是在当老总啊，简直是遭洋罪——因崇拜洋管理而受的中国罪。

好在我像传说中的猫一样有九条命，总不会死的。我明白，这是我在农村被当做牲口一样养活积淀下来的生存基因。这段管理战场上的水深火热让我惊悚，让我深省，让我从混战中抬起头来，开始抖落某些洋面包的碎屑，开始明白许多人类的文化品种移植到中土来会“水土不服”，需要有一个“中国化”的过程，脱胎换骨，凤凰涅槃。

思路一变，局面也随之明朗，本来准备花一年时间把治理结构理顺，结果我用了40天便大功告成，走上正轨。局内人、局外人大部分都傻了眼，不知道我得了什么神助，给当初拿着铁锤、榔头往工厂外赶我的职工灌了迷魂汤，让他们反过来成了我的拥戴者。之后的老长时间，我一直顺利地扮演着胜利者，直到企业换了东家。

这一段经历在我的生涯中关系重大，因为碰壁后我开始理性地进入关于中西文化或曰文明的思考。诸多原来清晰的分野开始融合，重迭，渗透，变成一片温润的混沌，混沌内不停地翻滚，奔涌，聚散。我知道这是一场不无痛苦的交媾，双方或者多方都在频频变换着自己的操守和诉求。后来的事实证明，正是这一场不无痛苦的交媾，才催生出“中国化、现代化、大众化”的潮流，为一个东方古老文化的复兴和西方复合文化的东渐拓出了一条新径。

正是在这条新径上，我开始了风雨兼程地跋涉。

在国学的大地上。

（二）

21世纪在中华大地上不断升温的国学热，最直观地反映了民族复兴的文化诉求。虽然理性的氛围十分稀薄，但民心折射出方向。处在转型期的巨大震荡中，中华民族几乎是本能地抓住了国学——这一旨在自我救赎的精神缆绳。

国学就这样被使命——被赋予为民族复兴提供支撑和提领的文化使命。

说实话，这就是国学的宿命，与生俱来的宿命。

回望一下人猿相揖而别的历史，我们就会发现，中华文明已经成为人类文明的孤儿。而一直以来为这位孤儿提供生存发展条件的，正是国学。

是的，国学原本是很强大、宽泛、无孔不入的，只是到后来，才被人为地规范所狭隘、单薄，甚至被固化为竹帛上的文字或纸面上的经典。

现在，让我们重光国学的本来面目吧！

国学是中华文明的源流之学与源流之用。

源流之学的最小外延也应包括三大潮流，一是浩如烟海的国学经典；二是融化进民众心理深处已化作集体无意识的价值观念；三是以风俗为主要载体的、在民族生存发展中无处不在的信仰。

除三大潮流之外，还有随着疆域不断扩展，异胞异文化不断交往而被同化和反同化的物质与精神文明也在不断充实着国学的内容，拓展着国学的领域。例如，麦、薯、棉、玉米、辣椒等作物的输入，胡琴、唢呐、琵琶、壁画等艺术的东传不胜枚举，早已经化成了国学的部分。胡琴中的二胡还作为非物质文化遗产而进入了世界文化遗产名录，岂不知二胡的祖先在西域，但是在今天，全世界都知道二胡文化在中国，也只在中国。

总之，上述三大潮流皆为中华文明的源流之学，但这只是国学的一翼。而国学的践履性所决定的中华民族生存和发展的伟大实践，则是比源流之学更为直接具体，更为直接影响社会发展和文明进程的另一翼。源流之学和源流之用的互相渗透和生克组成了国学的主体。

我们崇拜中华文明的源流之学，我们更看重与我们生存发展息息相关的源流之用。中华民族实质上是一个实用理性的民族。

在国学热从隐到显的历程中，质疑和反对之声始终不绝于耳，某些“有关部门”也囿于各种原因而不作为。但这些没有阻挡住国学的升温，不仅燎原了中国，而且把孔子学院等弘扬国学的机构开到了全世界，大有国学之光普照全球的态势。

大凡世间之事皆有表面繁华而内景窘迫的状况，特别是当这件事还在发轫之初的时候。情绪上的胜券在握和理智上的实力较量是两回事，所以对于国学的振兴，也不可轻言胜利。

因为国学大军从开始就表现出素质、社会地位、主张诉求、路线方向以至目标宗旨的不同。这一切都决定了他们在国学热中大相径庭的表现。

如果要粗略归纳一下的话，目前驰骋在国学天地中的主要是学院派与江湖派。

如果要细致条分一下的话，则派中有派，各具千秋，姚黄魏紫，美不胜收。

这些年国学界你方唱罢我登场，城头变幻大王旗，很是热闹。并且还将继续热闹下去。但形势大于内容，符号淹没实体的现象也普遍存在。或许是国学灵魂面临的诱惑太多的缘故，不少“国学大师”及其课程开始大幅地膨胀，君临天下目空一切，普天之下非我莫属，渐渐地与市场和利益卿卿我我起来，于是国学也渐渐地成为奢侈消费。另一支“大师”队伍则把国学中的玄奥发挥到裂变聚变，奇门八卦堪舆先知等都各显奇能，仿佛要主宰世界。一般的人做不成大师，但可以埋头苦干一些自以为是弘扬国学的善事，各地的书院、学堂甚至私塾家塾此伏彼起，都在国学招牌下勤勉地耕耘，在他们眼里，国学是人类文明宝库中最珍贵的财富，只要把社会拉近国学，那就不愁小康能变成大同。

诸如此类还有很多很多。本书对多年来国学天地中的翱翔者、开辟者、耕耘者、摇旗呐喊者通通致以崇高的敬意。感谢他们合力合为，共同开辟了一个让国家扬眉吐气的时代。

除此之外，《国学的大地》书系还有自己特殊的使命。

之所以将本套书系以《国学的大地》命名，包含着对当前国学热的一个基本估价：那就是，国学大军的将士们过多地装点了国学的天空，而在很大程度上忽略了国学的大地。

一个民族当然需要仰望星空的高士，但同时也亟待耕耘大地的农夫。

今天的中国才真正走进了五千年未有的大变局，社会转型已渐入深水，由经济崛起到文化再造，已成为刻不容缓的任务。道德沦落和灵魂扭曲，这些“软武器”已经在民族躯体上造成了硬伤，拖拽着我们的理想航船沉重地沦落下去。

中华民族真正到了“最危险的时候”，我们绝不能唱着高调沉落，而应该脚踏实地来一次沉重的崛起。

任何学术都应该以“资政利民”为最高宗旨，因此，我们选择了《国学的大地》。我们宁愿在大地上跋涉，因为只有在大地上，才能书写中华民族的大历史。

（三）

因为我主张把国学定义为“中华文明的源流之学和源流之用”，所以我的人生践履主要在学和用上张罗，在由“内明”到“外用”的历练中沉淀了许多如鱼饮水的冷暖，帮助我管窥了社会、时代的烛光斧影，也让我隐隐约约感知到了我们的民族人格。不知鲁迅大师笔下的“民族性”是否指此，但肯定与我的“民族人格”有许多重迭或共指。算起来鲁迅大师西逝已经近八十年了，他的许多话语还在今天回响，我有时感到一种冷冷的悲。但随即又想到人类的基因改变大约需要一万年为周期，也就不那么焦灼了。让人类慢慢地进化吧，我们只需好好地利用我们的有生之年。

接下来又有了一个新的疑惑：以有限的生命投入无限的国学天地，到底能有多大的作为，虎口再大也吞不了天吧？何况我也没有膨胀到自诩为龙虎。人定胜天的口号是喊了不少，到头来谁见把天挨过！看来还是本分一些好。

我认为关于“源流之学”不用我操心，因为这个领域高手如林，许多位都是我心悦诚服的大家巨擘。国家拿了那么多钱，耗散了那么多人力物力，主要就是打造这个“源流之学”。至于“源流之用”情况就有些闪烁，因为一提到“用”，就会与市场产生一些暧昧，所以不少能量就在“用”字上做足做大了文章，也算是天罡地煞群雄毕至吧，当然也有些鱼龙共舞。比起“学”来，大概“用”的天地里环境保护的空间可能更大一些。按说我本来会本能地逃离，但人一旦年龄大了反而生出一种不知基于什么的执拗，或许这就叫自信，总而言之，我自愿走进这“源流之用”的江湖，一混就是数年。数年间，只经营着一方小小的地盘，但我还是称之为国学的大地。

我知道学和用是不可分割的，但我以为“学”不能拘泥，“用”一定要通达。对于国学来讲，不管是学和用，“回到古代”都不是我们的目的。在学通了的基础上，把国学“现代化、大众化”才是今天的当务之急。

在《国学的大地》里，我秉承着“资政利民”这一宗旨，对于资政，我仅有理论上的权利，但缺少体制上的资格。但权利既有，那就不妨小试。虽然“位卑”，仍不忘“忧国”啊，这种又臭又贱的传统我身上还有不少。那就再贱一次吧，因为我明白我所有的“忧国”皆是以民为本。

于是选定了《国学的大地》第一批书目。

《国学的大地》十二本，大体是循着这样的思路来铺排：

除《国学的大地》是阐述我对国学的一揽子观点以外，其余十来本可粗分为五种内容。

第一，管理类著作，即《中国化管理》书系。这是我专门写给官员们的一套书，因为在我眼里，支撑着共和国这个巍然体制的，不是别人，正是从上到下的官员。党务官、政务官、事务官和各类企业事业单位的管理者组成了一张政治与管理的恢恢大网，这是让共和国不断前行的保障。因此，提高他们的素质，扩大他们的视野，帮助他们提升领导力是资政利民的重要内容。所以我精心打造了这门课程，并认真编写了《总论卷》《内明卷》《外用卷》《修身卷》和《致心和卷》。这次出版的是《总论卷》和《内明卷》。

《中国化管理》之所以选择管理哲学为建构领域，其一是为了对应和接济铺天盖地而来的西方管理科学；其二是因为中国化管理的文化特质就是超工具化。应该说，管理哲学和管理科学在管理实践中都不可或缺，所以作为一名官员必须要有两把刷子。其实在当今的中国有两把刷子也不一定够用，因为还有若干的诗外功夫需要修为。另外，中国的老百姓两眼都盯着官员的行状，为此我大声喊出了“官清天下和”！

第二，养生类著作，我认为这是最实际的民生。养生大潮的水有点浑浊，我力图做一点儿文化上的澄清，同时在我有限的能力范围内提供一些实操性的内容。这类著作除《大道养生》是概论之外，《黄种人喝黄酒》是我较偏爱的一书，对于帮助国民建立健康的主流生活方式会有一定裨益。《观天籁》《读玉》则是艺术养生的具体化，而我把“个性化、生活化、艺术化”看成是养生的三项根本原则。

第三，修身类著作。《孝行天下》是“以孝启德，以德树人，以人兴国”的起点，也是已经化入民族性格的中华民族的文化基因。孝文化的稀薄和异化是当今社会最大的尴尬，孝文化的复兴则是重建民族道德大厦的奠基，孝文化在个体成长中无疑是道德大门的锁钥。所以我选择了以孝为题，我愿意在这场文化的博弈中用孝做领军的旗帜。《女人的功课》是《母亲教育》和《精彩女人》两书内容的重新整合。当初，出版这两本书是基于对一些普遍的社会现象的焦虑。当“女人”这个世间最美好的本源被形形色色的理论所绑架之后，就会只剩下对女性天地的功能性解读。以至于众多的姐妹被歌颂、被吹捧、被呵护着做了甜蜜的殉道。现在这两本书整合以后以《女人的功课》崭新问世，提出女性一生“四个角色”（女儿、妻子、母亲、公民）和三大工程（美丽工程、智慧工程、幸福工程），相信会引起姐妹们的重视和社会的刮目相看。

第四，应用类著作，即国学在国民精神生活领域的应用范本举隅。《失去锁链之后》是对文学艺术和学术领域中人、书、文、事的评论。这批文章大多数已在报刊上发表，力图以中国人的语言和中国式知人、论世、论书、论文的路径来展示一种理论的审视。由于平时痛感于评论界的西化、专门化和歌颂模式充斥着视野，与理论的使命“支撑和引领”相去太远，所以我努力想写出一番新气象。至于《江山韵语》是我多年来支离的创作实践和搜罗辑梳的联语、文牍的合辑，大概能达到趣味性和实用性的璧合，一书在手随时可查可用。

第五，以“三农”为题材的《村官通鉴》。这也是我多年来最沉重最致力的著述。有说不尽的中国就有说不尽的“三农”。中国的“三农”放到人类文明的大谱中，也是沉甸甸的一章。我选择村官入题是找到了接近“三农”的桥路，让我永远能保持着一份距离和理性。否则，假如我一头扎进“三农”，我会长歌，长哭，长久地沉湎，我怕我没有那么粗砺的内心以应对那些无情的现状。改革开放三十多年来，“三农”已经有了很大地改善，但“三农”还要过大关，这是不争的事实。从某种意义上说，“三农”的底色就是中国的国情，我不希望读者把这本《村官通鉴》看成是一部普通的报告或者文学。如果说《国学的大地》中许多著述都披沥着笔者的心血，那么《村官通鉴》的书里书外，则饱含着许多人的泪水与心声，不仅是我。正因为我对中国“三农”的未来持有乐观的期望，所以我不惮笔墨来状写它今日的拮窘。

《国学的大地》是一个开放型的书系，首批这12册小书只是搭起了一个稚嫩的框架，更多支撑和完善有待以后不断地拓展和积累。我内心的愿望是：以我和同事们的努力，在国学的大地上耕耘出一片片令人喜悦的丰收，并让这丰收嵌进像轮作一样良性的轮回。为了这个心中的愿景，我们辛劳在这方古老的大地上，一度忽视了此前那漫长艰难而又愉快的跋涉。

序

人生永远是戴着锁链的攀登。

生存、生活、事业、家庭，概莫能外。

锁链有时是冷冰冰的界碑，时刻提醒你不得僭越。东南西北的界碑会组成一个固定的空间，理论上称之为生存环境。

锁链另一些时候可以是无处不在的风俗，对人生形成了巨大的挤压。风俗，是民族人格积习成惯所产生的能量气场，所以是不可挣脱也很难战胜的，这在理论上也构成生存环境的一部分。

人生大抵都要受到这两方面的拘束，有拘束就会有局限，所以人世间很少有圆满。大多数时候，人生阶段的攀登靠打碎一层层锁链来实现。在这个意义上，谁打破的拘束多，谁就会遇到更多的幸运。

第三种锁链是最难打破的，这就是我们心中的律条：道德伦理、政治社会、内心宗旨、亲情爱情、学术规范、视野屏障，都无处不在地制约着我们的人生，许多不乏精彩的生命就这样被沉入沼泽，由压抑以致窒息。但这又怨不得别人。

这样想起来，我算是十分幸运的。因为回望已经走过的生涯，我确实打碎了不少的锁链。

1977年，是“文化大革命”结束后的第一年。我在故乡农村的一所“联中”当教师，工龄也已有10年了。10年中魂牵梦萦的就是上大学，但我知道这只是一场春秋大梦而已，不可能实现。现实的严酷与梦想的执着对我是一种生命的煎熬，我一度被煎熬得筋疲力尽。

到后来，我终于跌跌撞撞地搭上了1977年恢复高考的末班车，走进了梦寐以求的大学校门。

说是末班车，是因为这样的缘故：1977年的招生文件中规定了一些人不能报考，其中就有公办教师。我当时以联中公办教师的身份在公社招生办帮助工作，看到文件中有这样的精神：即公办教师一般不允许报考，但特殊表现好，有培养前途的，可以组织推荐，领导批准。这两款条件都不是个人说了能算的，但想上大学快要想疯了的我终于厚着脸皮向公社领导提出申请，公社领导可能是碍于面子，就让我填了报名表，同时说明这只是“组织推荐”，至于上级领导是否批准，公社这一级管不了。但有一点，只要一天不批准，你就不能离开工作岗位复习功课，不能让老师们有反映。那时，我也不懂这些程序，填了表以后就回到学校教书去了。还故意做出“一颗红心两手准备”的姿态，决不去碰复习资料，（所谓资料就是几本高中的书）。其实，心里急得百爪挠心、火烧火燎，整个人像烤干了一样。

按规定12月9日就要进考场了，但到12月6日还没接到通知，我去公社找教育组长王延昇老师，他也正为这事着急呢，事实上他已经往县教育局跑了好几次。

12月7日早上，王延昇老师骑着脚踏车来到我们学校找到我，告诉我县教育局已经批准了我的申请，同时把《准考证》交给我。临走还特别嘱咐我不要声张，不要停止工作，以免造成影响。他说，已经告诉了我们李校长，后天我直接去考场就行了。

本来是喜事，干吗还这么低调？我想这事可能不那么容易，说不定教育局为我做了承担呢。这一年的高考高招过后我才了解到，我们这个近500万人口的地级大市，七七级考生只有我一个公办教师。

若干年以后我终于知道，当时围绕我能否参加高考，教育局领导争议很大，公社和县属中学也有反映，许多年轻的公办教师都想报考，人心浮动，这让局领导十分为难。眼看我的大学之梦还未起飞就要面临夭折了。最后是当时的教育局局长冯清江先生毅然拍板同意让我参加考试，这一决定改变了我此后的命运。

让我说说这位为我的人生披荆斩棘的冯清江先生吧，我一直把他看成是我的灵魂救赎者。是啊，在我六十多年的生涯中，有多位师长在人生的拐弯处给了我点拨和帮助。但对于冯清江先生，我始终抱有一种特殊的感情，敬畏亲切之外还多了一份钦佩。

说实话，在一般人心目中的冯局长，威严有余亲和不足，许多下属都觉得他不好接近。我在他麾下时也很少接触。一个是人口大县的教育局局长，一个是农村中学的普通教师，实在没有对话的理由。我那时属于“有争议”人物：论工作，我特卖力，是一个超级勤杂工。不仅在学校里为老师们“补差”，缺什么科任老师我就上什么课，而且负责全公社学生和青年团的文体活动，每年两次运动会一次文艺汇演，占去了我很大精力。例如，运动会，从学校、公社、县里一直开到市里，我还作为领队教练参加过全市的小学生篮球赛和全省农民篮球赛。再如文艺演出，我们公社在全县屡屡名列前茅，我们的学生乐队后来走出了不少人才。只是有一点我很无奈，无论我怎么努力，围绕我的流言总是挥之不去。后青春的年龄，小布尔乔亚的情调，磅礴的生命活力，都在那个特殊的年代显得有些不合时宜。冯局长对我的工作大约有一些了解，1976年他来我校视察时还对我提出了表扬。

记得是在“反击右倾翻案风”的日子里，一天下午突然接到通知，要我带着手风琴去二小，参加晚上举行的县直机关“反击右倾翻案风”大合唱，为教育代表队伴奏。那天晚上所有的代表队都唱一首歌《“文化大革命”就是好》，严格地说那不叫唱，是吼。吼完了以后我去跟冯局长告别，想不到他严厉地对我说：以后少喝酒，整天呼朋唤友地喝酒有什么意思？对身体也不好。我听了以后先是很吃惊，然后就走了。一边走一边想：我的朋友是比较多，但喝酒的却很少，熟悉的人都知道哇，为什么冯局长会这么说？一定是有人告刁状了，我甚至马上想到了这个搬弄是非的人是谁。

冯局长冤枉我的事还有不少，但我不怨恨他。我清楚地知道个中的原委，也从话中体会到他这种严厉的爱护。在地位上，我与他隔得很远，使我根本无法澄清这些扑朔迷离。但我坚信历史有情，我会让这位正直无私的领导者放心。同时也很想用我的方式对他感恩，对他报答。

后来我在市里的一所高校任教，有几年对招生和分配有一些建议权。那几年教育大发展，冯局长对分配到临淄做教师的大专生来者不拒，我前后为家乡多争取了十几位大专生，并在高招录取上尽可能地照顾临淄的考生。那几年是我们学校和临淄教育局关系的蜜月期，冯局长也为我和我们学校提供了极大地帮助。有几年高中入学很难，我校刚引进的教师有一大批都面临子女入学难题，张店区不接受，学校就派我去临淄，冯局长亲自陪我下学校安排此事，让我深深地感动。

接触多了，才感到他其实是侠骨柔肠，是那个时代里走出来的问心无愧的干部。

冯局长一生没有离开临淄，分别在教育局、劳动局当过局长，后来出任人大常委会副主任。对民间学坊官场都有着切身的历练。一身正气、两袖清风，一直是他的口碑，宦海沉浮根源于他如浮云。当然，他也会遇到无奈的人和事，但蝇营狗苟又岂能撼动他的诤诤风骨，风刀霜剑也无法褪去他生命的本色。听说他现在还活跃在许多老年人的运动场所，这真是上苍赐予他的福报。我知道他是彻底的唯物主义者，但我还是祝愿他健康、豁达、长寿。

2005年冬天，我在撰述《中国化管理》一书时，眼前不时浮现出冯局长的身影。受到他的启发，痛感于当下的世风，我毫不犹豫地在《为官之道》的最后一章写下了这样的题目：官清天下和。

在我的内心，我愿意以这个题目来寄托我对这位长者的崇敬，感谢他在我人生的关键时刻为我砸碎锁链，送我走上了人生的新程。

从一名农村教师走向高校讲坛之后，我面临的课题就是如何超越自我，把学术和人生做出境界。算起来这是第二轮向命运的镣铐锁链挥起铁锤。不过，这一次超越就只能“自力更生”了。

那是在“拨乱反正”的滚滚潮流中，我被冲击得头昏脑涨而又精神振奋。二十多年来好不容易形成的思想观念概念法则等一下子被冲了个溃不成军。失去精神依傍的我，那时还充满着一股盲目的自信，正如小时候曾经坚信奋战三年就一定能跑进共产主义一样，觉得共和国与我一夜之间便会飞升。一点儿也没想到中兴大道上会遇到如山的困难；一点儿也没想到在我们民族心灵深处还蒙着厚厚的垢层；一点儿也没想到我会满怀豪情地患了“幼稚病”。于是，我一无所有地陷进了“寻找自己”的烦恼。

当然，当时的我只是残存于对儿时的美好回忆中了，以后的风风雨雨又使我和我的同伴们命如飘萍。及至一个实实在在的身躯出现在公民队列中时，我早已实现了脱胎换骨、换血、换魂、换脑的自我升华。我那么虔诚地不断自剖，不断忏悔，不断努力改造自己，不断无情地鞭策别人。我信心百倍地抱定了一大串今天看来无比可笑的信念，甚至千真万确地认为中国就是宇庙的正中心。一切都要围绕着中心转，还不够我们骄傲一万年吗？

不知不觉中，缚住手脚的锁链纷纷散落了。别人大呼解放了，我却感到了一种心的失重。大概是上帝赋予的功能渐渐蜕衰的缘故吧，失去锁链后的手脚变得一无所措。我有时真想让什么人再把我的手脚捆一捆，局部地也好，否则就感到没着落。回首出身，既贫且贱，好像一出生就注定了要把手脚投进镣铐一样，没大出息。所以我在思想解放的浪潮面前张皇失措，丝毫没有认识到天地间还有个属于自己支配的我，真真辜负了父母的精血。

然而，终于有一天我明白了——用透支的青春换来的明白。明白之后旋即升起了痛苦。

最初的痛苦无非是源于对生活——常常呈现出理想与现实的反差——的体验。后来这种个人的悲欢逐渐社会化，进而铺延成普遍与永恒。当我醉心于全人类的命运畅想时，每每被身旁的朋友调侃；当我放眼未来时，“现在”又不时地愚弄着我。渐渐地，我清楚了自己处在一个无力自拔，也无力他拔的大人文环境中，蓦然间我感到了成熟。

我生不幸，由于觉悟得太晚，没有赶上思想解放和“文化复兴”的比翼双飞，当我摘下眼镜，用自己本来好好的眼睛审视文坛的时候，正逢一个又一个的“热”。无产者老祖宗们曾经朝思暮想的设计，仿佛在我辈手中出现了奇迹。神州文坛上帅旗飘飞，招兵买马，蔚为壮观。特别是方法论的勃兴使我大开眼界，崇羡不已。我曾使劲地鼓吹过一阵，并跟头骨碌地追赶过一阵。不知道追上没追上，反正到后来捧起镜子时，我感到自己简直成了唐三藏的二徒弟：持传统批评方法的人抱怨我走得太远，而新派的朋友们却每每讥讽我“由革新转入保守”。我悟到了现在的惋惜和原来的鼓励都是由于误解，于是暗暗地庆幸我皈依了主体。王羲之夫人有名言“人各有体”，我把这四个字看成是一语“百”关的警句！

我一直认为，判断文学作品的价值，离不开文学本身的使命，使命本身包括了民族、时代对文学的要求，这种要求除了对题材内容的规范之外，还要求形式上的适应。诚然，这个问题是双向的，不然就陷入纯客观和机械的反映论。但不管作用或反作用都是一个过程，都要循序渐进，要有超前意识，也要讲究步骤和方法，特别要顾及大众的心理承受力。对于我们这样一个东方民族来说，社会学的批评仍是主要的武器。新文学史上那些具有划时代意义的或里程碑式的作品，那些牵动亿万人心，为之动情动容的作品，无不是因为具备了强烈的震撼人心的艺术效果。说实话，有些作品在艺术上还显得粗糙。

于是，在新潮迭起中，我不合时宜地选定了许多朋友所不齿的武器。

理论本来是绿色的。只要生活之树长绿，她的子孙就永远充溢着生命色。所以我拚命地苦读着生活这本大书，从自己的切身体验出发，沉进作品的意境，沟疏人心的相通。从此不再腾云驾雾，而是甘愿周旋人境，快乐或烦恼人生，我手写我心，决不旁骛。我终于发现在很多人看来是干干巴巴的理论原来极有情。是啊，有什么比健全自己的人格更重要，有什么比投入真正的创造更幸福，有什么比献身于民族振兴的大业更令人神往，又有什么比亲自经历过一个创造历史的民族却只能旁观历史的事实更令人痛心！想到这里，我感到一种神圣的使命在内心鼓涌。我早已抛弃了盲目的殉道，现在却主动地选择了与民族共歌泣。又一次失去自我了吗？是，又不是，我获得了真正的新生。

痛苦的灵魂仍孕育着痛苦，但这痛苦确切地被表述为奋斗，廉价的乐观拒绝了痛苦，同时也拒绝了生命。

我无力摆脱“忧国忧民”的遗传，正是因为在痛苦中看到了一个古老民族辉煌的前程，我为之振奋，为之欢呼，所以决不能为此而远离痛苦。

我站在生命的新起点上，但对刚刚过去的昨天难以忘却。我相信这不是一个小我的曲折，而是整整一代人的足迹。我把昨天小心地拾起来，掇起来，凑成一本小书。我仿佛向世界展示了一段小小的过程，这过程属于我，属于我们这一代人，也属于与我同龄的共和国。多么自豪啊，我站在共和国的大道上！

去吧，失去的锁链。

失去的不会再失去了！

目录

第二编　作家论

第三编　作品论

第一编 序与跋

烟师岁月长相忆

（一）十载无缘侍马帐
三生有幸立程门

——迟开的鲜花

人生无法选择时代，但可以选择与时代相处的方式（引领、融合、同路、冷漠、挣扎、反抗等），前提是要有选择的自由。设若处在一个不能选择的时空，那人生就十分无奈。

从1966年“文化大革命”开始，中国的“老三届”就一步步陷进这十分无奈之中。

现在的人无法理解也很难相信，我们这一代人，在历经了被吹捧被利用被冷落直到被放逐的全过程之后，我们年轻的履历是多么难堪！已故导师毛泽东几十年前面对莽莽昆仑曾发出吞吐日月的天问：千秋功罪，谁人曾与评说？但伟人的视野高远并不能解脱我们这一代年轻人那几近倒悬的命运。十一年，大部分人被剥夺了参加高考的权力；十一年，谁能鉴察到我们“老三届”胸襟中愤懑的块垒？我们中绝大部分都是当年的“红卫兵”，都曾经奋不顾身地投入过革命啊！十一年，我们除了坎坷一无所有；十一年，一个人的生命旅程有几个十一年哪！

但我们都承受了，默默地承受了，我们从青春勃发承受到而立之年，在这十一年的寻寻觅觅中，我们不仅失去了爱，而且失去了受教育的权力，失去了对生命质量的任何追求。

所以，当我们一旦接到《高校录取通知书》时，就像捧起了自己的第二次生命。

1977年冬天，全国570万考生走进考场，最终，有二十多万人成为大学里的七七级学员，录取率不到4%。

1978年春天，我们走进了烟师的校园。中文系七七级分两个班，80名新生，最小的刚满16岁，最年长的几位师兄已届三十有六。相差20岁的同窗、父子同校、母女同班那时已不是孤例，生命的喜悦里浸满了辛酸。

入校后的第一个周六，应该说同学们之间还不太熟悉，但应了那句“同是天涯沦落人”的心理投射，我们六个“老三届”学生很自然地走出校门，在一个避风的山坡上席地围坐，用六只形状不同的饭碗喝起了粗辣的白酒。

大约有3斤劣酒，一捧花生，3个咸鸡蛋，6条汉子围坐在荒褐的山坡上，大自然疯狂地呼啸着，粗野地掀动我们寒酸的衣裾，撕扯着本来就蓬乱的头发，像要把我们掀翻到海里似的。

但我们竟然木木地不动。

我知道此刻我的同学们内心都在翻江倒海，每个人都有属于自己的命运沧桑，30岁的年龄还做不到心如古井，但当被压抑的生命意识将要喷薄而出的时候，大自然的肆虐真的不算什么。

我们木木地坐着，仿佛在祭奠我们生命中一场庄严的仪式！

然后开始喝酒。

早已经过了大喜大悲，也实在找不出喝酒的理由和条件，但或许这本身就是喝酒的最大理由，我记得那天我们六人毫不掩饰地给自己灌酒，一直到醉意阑珊，一个个低下了疲惫的头，谁也不想再喝了。

这时一个同学挺起身子，端着酒向大家说：“我知道大家都不想喝了，但这是最后一碗酒，我提一个理由，同意的干掉，不喝的也不勉强。”

大家慢慢抬起了头，努力地睁开醉眼，瞪着这位“不识时务”的胶东愤青，期待着他说出什么。

眼前这位同学早已泪流满面，他拼命压抑着自己的情绪，低低地吼了一句：

为——邓——小——平——干杯！

我们触电般地站起来，6只碗碰在了一起，6个人齐刷刷地一饮而尽！

积郁已久的酸甜苦辣终于得到了酣畅淋漓地宣泄，然后我们醉卧荒山。山下不远处，是浩瀚奔涌的大海。

35年了，这幅画面经常闪回在我的眼前，拂之不去，屡屡。

我想，我们所受的教育是不相信英雄创造历史，但我们又是在虔诚的英雄崇拜中长大的。

当我们在生命沉沦的最后一刻终于抓住了挽救生命的缆绳时，一种极其朴素的良知使我们霎时间倾倒在英雄麾下。那时，我们确实是在仰望，未来，我们当然还要铭记。这就是历史，是镌刻在人民心灵深处的历史。

真正的学生生涯开始了，这是1978年的仲春。对于这迟放的鲜花，我们视如生命。十一年的守望，今日终于如愿，尽管那时的烟师，占地百来亩，师生不满千。但在我们眼中，不亚于汉柳掩映下的马帐，宋雪飘舞中的程门。那时我们离哈佛剑桥太远，汉柳宋雪就是我们这一代人心中永远神往的风景。

在母校80年校庆的时候，我们七七级学员深情地为汉语言文学院献上一幅中轴，我奉命编织心曲，而遒劲的墨迹则出自大师兄位仁田的手笔。

联：烟师岁月长相忆

　　鲁大青春正飞鸣

诗：十载无缘侍马帐
　　三生有幸立程门
　　大雅蒹葭溯秋水
　　斯文桃李报师恩

（二）每忆华章争快读
　　　回首作家已成群
——青春的链接

1978年永远值得我们热烈拥抱：春天，七七级学员入校，共和国高等教育掀开了报春的篇章；紧接着全国科学大会召开，宣告科教兴国的时代已经到来；秋季，七八级新生入校；年底，则是中国共产党十一届三中全会召开，这次具有里程碑和拐点意义的会议实际上是一个时岁的分野，从此中国走向了历时30年的经济崛起。

七七级和七八级两级学员入校时间相隔仅半年，人生的背景和年龄结构大致相同。在以后的叙事中我们常常把七七、七八视为一体，这是那个特殊年代出现的特殊现象。

在中文系，许多大课、公共课都是两个年级一块儿上，许多活动也搅在一起搞。比起七九级及以后几级的师弟师妹们，七七、七八两级似乎没有什么明显的学龄分界。可以说，那时学生运动的此伏彼起，那时校园里思想解放运动的风云际会，那时高涨的学习热潮和丰富多彩的文体活动，都是七七、七八两级学员携手共创的。

我在烟师的岁月小有得意，入校不久就被校学代会推选为学生会主席。但这个现在看起来很风光的舞台在那时却不尽然，风和日丽和风雨如晦交替上演，让我一次次地体验着历练的阵痛和快意。

当然，顺风顺水的时候还是居多。记得那时社会活动频繁，除了上课以外几乎所有的时间都在忙学生会的事，但因为那时的同学人心齐热情高，学生会开会从来都是众志成城。数学系的于景东、英语系的刘焕彩都是学生会副主席，他们在年龄上是我的兄长，但对我工作的支持是不遗余力的。“三巨头”意见统一，其余的工作自然顺畅。除此之外给我支持最大的是我的两位师长，一个是时任我们辅导员的刘凤鸣老师，另一个是时任校团委书记的于文书老师。我们年龄相近，但他们不光是七一、七二级的元老，又都多年从事学生工作，两位老师对我的提点调教细致入微，从理念到方法无所不至，让我至今怀望不已。不知如今的高校里师生间的关系是否已进化到更高级的文明状态，但在我辈心目中，七七、七八级学员与老师们之间，不是一个“其乐也融融”所能概括。其实师生之间的矛盾是永恒的，师者永远有居高临下的心理，学生则永远有以下逆上的躁动，能把主体双方的悖力消弭在情感和人格魅力的氤氲中，这只能是那个年代、那代人的奇迹。

每逢重大节日，团委与学生会都会组织大型的文艺晚会，当各系代表队和师生中的明星们尽展风采之后，大轴节目照例是男生独唱，演唱者是校团委书记于文书，手风琴伴奏是我。那几年我们演唱的曲目不少，但留给人们印象最深的是《新货郎》。

偶尔也会有我单独的表演，我通常会选择板胡独奏。我那时疯狂地迷恋《战地新歌》，一曲《山丹丹开花红艳艳》让我改编成长达5分钟的变奏曲，增加了快弓和泛音的效果，演奏时不管别人是否被感染，往往自己先陶醉了。学校政治部的张玉禄老师专门为我录了音，在学校的大喇叭里连续播送了一周。

至于中文系，就更是人才济济了。七七级学员入校时，我们的诗人李曙光以极快的速度写出了长达百行的长诗，记得我也用极短的时间把诗行背下来，朗诵时把全场师生感动得热泪盈眶，我知道这里面除了命运的共鸣，还包含着对于个人生涯的慨叹。

待到七八级入校，中文系简直就精彩纷呈了。七八级三个班群贤毕至，在文体活动方面，既有李尚通那样的艺术领袖，又有李世惠那样有造诣的通才，从整体上看，七八级比七七级更加朝气蓬勃。

师弟李世惠的男声独唱和诗朗诵曾经名冠一时，他演唱的《喀秋莎》和朗诵《周总理窗前的灯光》成为大家很长时间的话题。毕业于烟台二中的他毕竟与我们从乡下来的不一样，文化的熏陶造就了他的儒雅和深厚。

就文艺人才方阵而言，我们七七级二班委实有点捉襟见肘，因为我们没有一班赵辉、张艳君、王瑞斌那样的人才。所以一遇到演出只能出奇制胜。例如，我们短时间内排练了器乐合奏，虽然只是简单的《八月桂花遍地开》和《喜洋洋》，但看起来阵容还是可观的，至于其中的滥竽充数者，则只有我们自己知道，这是内部消息，绝对保密。

我们班还别出心裁地演出了京剧《沙家浜》中的《智斗》一场，班长位仁田饰奸猾刁钻的参谋长，颇得神韵。副班长王洪喜出演粗犷的草包司令胡传魁，也令人捧腹。更难得的是男生张修敏反串青衣阿庆嫂，凭着内力运化出的假嗓，博得听众一阵阵掌声。张修敏兄是天生的积极分子，在学校田径运动会上，已经36岁、身高不足1.7米的他竟然一口气报了110米高栏和撑杆跳高两项技术含量很高的项目，为我们系、为我们“老三届”争得了极大荣誉。

记忆中也有受到挫折的事件，那是1979年国庆前夕，为了庆祝新中国成立30周年，学校举行以级别为单位的全校歌咏比赛。根据赛前的预测，英语系七七级夺冠的可能性最大，一是英语系的同学天赋高；二是学校根据他们小班制的特点特许他们可以合小班为大班，这样他们人数上占优势，群众歌咏活动因为不具备专业水平，所以人多嗓门大就成了优势。

结果出来了，中文系七八级成为黑马，获第一名，英语系七七级第二名，我们班居第三。

这一下英语系的姐妹们（也有少量兄弟）不干了，她们认定了由于我这位学生会主席在暗中操作了比赛，在大饭厅门口给我贴了大字报。中文系的同学马上用大字报回应，双方打起了笔战，加之有别的系也来掺和，一时间学校的大饭厅热闹起来。后来校办干涉，查检了评委的打分档案，发现作为评委之一的我给英语系七七级打了最高分，这一下我主动了，但对方还是不依不饶，说我是老谋深算，故意打了个高高的无效分（根据规定最高分和最低分都要刨除），我也就深深地无言了。

这事后来不了了之，毕竟年轻，情绪淹没了理性也是常有的事。毕业前夕，英语系的姐妹们与我重归于好，还送我一个精美的笔记本，好像千言万语尽在其中的样子。

这场风波从此成为一份美好的回忆，我至今在老家保留着那个笔记本，黑色、塑面，里面是空空的无字感言。

回忆烟师，无论如何也绕不过去的是被今人称为“鲁大作家群”的骄傲。这确是鼓舞人心的口碑。除了萧平先生、山曼先生、赵曙光先生等前辈的引领之外，我亲自经历了稚嫩的《贝壳》从诞生到壮盛的历史，从那份刻蜡油印的小册子里走出了张炜、矫健、滕金平、马海春等一连串闪亮的名字，给中国文坛增添了不可或缺的光彩。1985年，我与山师大宋遂良先生联袂推动了中国文坛关于“山东作家群”的大讨论，支撑我学术底气的说到底还是我的师长和同学。在我出版的评论专集中，关于山东作家的评论占了绝对的篇幅，虽然对论主的地域做了自我局限，但丝毫不妨碍我在考量评价中的全球化视野和走进文学史的胆量。后来，母校也曾花大力气向全社会展示“作家群”，以此为学校的骄傲。但我认为这个命题应该作为一个系统的工程向全社会展示，不应只停留在宣传层面，而应在梳理提炼的基础上走进理论状态。对于“鲁大作家群”，不能做过多的地域文化比照，更不能过多地粘贴主义标签或进行琐细的技术分析，那样就低估了这个作家群及其作品的文化品质。发掘“鲁大作家群”的宏大意义，必须有历史的大尺度，文学的大视野和时代的大格局。要让“鲁大作家群”走进文学史，走进群众，还有很长的学术道路要走，理论在这里不仅是支撑，更重要的是引领，当然还要有后继作家的人才辈出。

2010年，我回母校参观了“鲁大作家群”展室，写下了一句打油：

每忆华章争快读
回首作家已成群

另外还涂鸦了不少，都忘记了，可能还存在作家群的展室中。当时在场的有世惠师弟、李宏老师、孙彩惠学妹等。

（三）管理商量趋邃密
诗史涵养致深沉
——未来的召唤

这两句诗不是我的独创，源头在朱熹先生那儿呢。因为太喜爱所以常吟哦，忽然有一次在母校找到了共鸣，就把这两句诗翻腾出来，添糖减醋地剥洗了一番，并让我的老班长、书法家位仁田先生认真书写装裱，赠给了刘焕阳先生。

刘焕阳和柳新华两位先生现在都任鲁东大学副校长，但他俩的根底却是我七七、七八级的同窗师弟。追踪着他们的成长一直是我的快乐和骄傲，好像与我有关似的。其实我们之间的联系不算太多，他们的很多业绩都是刘凤鸣老师告诉我的，只是作为师兄心之常致，但愿不是谬托。

无论是在教务处长的位子上，还是在副校长的平台上，在这个不短的时段里，焕阳是鲁东大学教学领域的实际掌门人。鲁东大学的学风和教学质量（这一点从多年来考研的比例数可以印证）不断以积极正面的评价走进我的视野。特别是在北京，仿佛到处都能遇到鲁大（烟师）的校友。我知道这并非焕阳一个人的功劳，但他在高等教育管理领域的理念和践履能力确是让我钦佩的。

新华师弟是由政返学，但他在政务官员的位置上创立的一整套公文写作体系，无论是大的构架还是具体内容，都堪称精湛。我看过全部的书稿，让我惊讶于他的功底和精力。在全国范围内，以一人之力，从实用出发成就这样的尺牍类文章，除新华以外罕有其匹。至于这几年他领衔的宏观经济和社会发展的战略研究，更是志在经世利民，资政之功大焉。

焕阳和新华是我们七七、七八级的代表人物，像他们这样的成功者还有一大批，从党政领导到各界精英，还有大批坚持在教育及各行各业的同学，共同诠释着这样一个情结：鲁东大学（烟师）在我心目中的位置，以及由此而来的一连串为什么？

据说，在1958年“大跃进”高潮中，全国各地都有不少中师升格为师专，我的母校也忝列其中。但到了1978年“拨乱反正”，恢复高考制度后，大部分省市区的师专经过二十多年的办学积累，都已升格为师大或师院，唯有我们省仍在乐此不疲地部署师专。最多时全省有14所师专。除莱芜、日照、威海三市以外，师专在全省达到了普及。

考进师专，当然有一些自尊心方面的委屈，但这也怪不得别人，最好的办法是随遇而安。再说像我这样的公办教师，1977年是不让参加高考的。沾了“个别表现好，有培养前途”的光，经公社领导推荐，区教育局批准才破例被批准参加选拔。能进入烟师已经不错了，珍惜吧！

等到一了解中文系，当初那种委屈也就一扫而光了。原来这小小的烟师中文系竟也是藏龙卧虎之地，不仅有萧平先生那样驰名中外的作家，而且还有刘菩安、山曼那样洋得淹博、土得深厚的专家学者，刘菩安先生是“文化大革命”以前的教授，而在中文系的中青年教师梯队中，光“文化大革命”前的研究生就有四位。须知那时候，中国还没有自己的博士生培养制度，硕士研究生已经是顶天了，何况这四位研究生老师的导师都是享誉一代的学界翘楚：王瑶、冯沅君、孙长绪等。除了这些闪闪发光的学术品牌，在我看来，中文系的师资团队称得上是群英荟萃，此后每逢在脑海里想起一位位业师的音容笑貌时，总是联想到历史上的一些画面：曹孟德占天时兵多将广，雄兵百万、战将千员……我的形象思维一向穷困，不知这一次为什么大跨度地将不沾边的古今文武煮在了一锅，也算是“闪回”吧！我一直认为西山是烟台的风水福地，所以才应了人杰地灵之语。人道与天地之道一样，无水不生无山不长无风不净，烟师都占尽了。所以后来我有诗赞曰：“西山无尘栖彩凤，东莱有幸降文昌。”就是状写那时中文系师生之群星灿烂的。事实是这样，不算自吹自擂吧！

1979年秋季，七七级学员开始实习，我们第二小组来到了牟平的观水。指导老师是张庆云先生，我是组长。正当我们整装待发时，系里通知，时任系主任的萧平先生要驻在我们这个组，一边做调研一边恢复身体。这下让我很紧张也很兴奋，因为我知道萧平先生刚完成《宁海沉浮》的创作，哮喘病正在发作。他能来我们组真是一个亲炙领教的好机会，同时又担心他的身体。好在萧平先生不光心态平和，而且生活极有规律，每天早晚两次散步，早上起得早，自己在操场里走，晚饭后通常会让我陪他围着操场散步，顺便把一些他的文学主张、教育方略讲给我，近一个月的时间，我跟在萧平先生身边听他随性而谈，而我正是在这看似散漫的话题中，得到了具有颠覆意义的思想斩获，这对于我以后从事的教师工作和学术生涯奠定了一个清晰而初具的高度。

例如，对于大学生的写作课，一般人认为萧平先生本人是享誉国内外的作家，肯定会不遗余力地鼓励学生搞创作，这样的观点似乎也有些道理。但萧平先生的高明在于，他把师范院校的职守和自己的爱好特长做了高度理性的厘分。在写作课的教学上，他却严格又宽容，他说，师范院校的写作课只有一个要求，让学生文通字顺地把心里话组织成文章。这个要求看似简单，但真正训练起来决非易事，文通字顺、经得起推敲是极高的标准，不信可以对照一下当下泛滥的书籍报刊及大量的传媒信息，凡是以汉字作为传播工具的，其谬偏之多已经让我们无语。更有甚者，不少素负盛名的大家名家也屡屡露怯，堂皇的冠冕下每每露出皇帝的新衣。教育家的实力表现在平静笃实，而不是在课堂上描龙画凤、大言吞天。事实证明，“中国教育的脊梁”正是在这种熏陶和训练中长成。遗憾的是脊梁的曲度越来越大，钙质的流失也越来越疾，教育的空洞化已成普泛之势，终于酿成了中国社会发展的沉重课题。

萧平先生的教育家才干在他的院长任上得到了有限地施展，北校区的建设和一百多名青年教师的读研、深造是泽及后人的两大工程。此举开创了烟师前所未有之局面，为迈向鲁东大学做了坚实的奠基。

我毕业后在另一所高校做了教师，凑巧也教过几年的写作课，我记住了萧平师的教导，把一门很容易大而划之、找不到门径的写作课教的初露声色，特别是经过改进的“八股文”训练法收效显著，基本能保证学生能写出结构完整谨严的文章。“八股文”训练法直到现在仍有余绪，在北京小有市场，只是我已经顾不上了。

告别烟师后我踏上了新的人生旅途，几十年的时间里走过了世界上不少地方，算是见过了一些场面和世面，也在国内外的一些著名高校做过讲学，结识过不少有实力、有名气、有地位的学者。但能够深深烙印于我内心深处，让我终身铭记和高山仰止的，还是我烟师中文系业师们的群像。35年了，我的恩师团队已渐次零落，但他们是真正走进我的生命，重塑了我的灵魂的人。在我的人生之路和学术生涯中，正是他们为我开门，为我引座，为我指路……

七七、七八级学员是共和国历史上极其特殊的一个群体，特别是在建立了科举制度以后的中华文明史上，这也是一个命运奇绝的存在。可以说，每一个七七、七八人都是一部书，这部书的精华正是中华民族的心灵史记。谁能评说，谁有资格评说？这都是历史的悬疑，但当事人的感受不可列阙，因为这是真正的生命的感动和跳跃。

母校已风雨兼程地走过了八十多年，七七、七八级是一个断代的开始。虽然已经过去了35年，历史的尘埃将要散尽，但因了母校的磅礴生机，给历史注入了新的生命，七七、七八级也似乎沾了“不朽”的光荫，以“不朽”为母校的基业长青添砖加瓦，这是再自然不过的事。

记得恩师刘凤鸣先生命我为他的专著续跋，我在文章收束处稍亲风骚，现在移来做本文的结句，寄托着我对母校和七七、七八时代的师生们诚挚的祝福：

极目于云天兮，霞光灿烂。
祈福于高远兮，吾与元元！

壬辰夏月·北京牡丹园

跋："难忘"的背后

（一）

我往常为中华民族的当代史而骄傲。云诡水谲，高屋建瓴，峰回路转，绝处逢生。升平处超迈三代，争鸣时不让春秋。至于强秦大汉盛唐华宋，不管有多少曾经的辉煌，到今天都已化作了我们思维的资料。在进化的环链上，我们虽处在历史的下游，但同时我们又站在了时代的峰巅。当我们西望昆仑，回首那隐约闪现的文明源头时，顿时感觉到当代人的幸福，特别是七七、七八人。如果说经历的宏富也是幸福指数的元素，那么七七、七八人格外幸福。其原因一是因为我们经历了一个伟大的东方文明的历史性转折，从"强迫遗忘"的片面中打碎了旧我，开始了真正理性的感知自由；二是因为我们参与、助推、亲身体验了一个时代。

七七、七八人不是一个年龄群体，年龄差距最多可达到20岁。按说这近乎两代人组成的群体很难放在一起进行历史精神的梳理。但特殊的时代造就了特殊的规律，因为所谓的时代变迁一定是价值观的演变，这就决定了代文化的分野不一定是年龄群体的含义，也不一定是生命经历中的共时，而是教化成长、思维模式、精神结构的共在、共有和共存。20世纪五六十年代的风雨日月特别是"文化大革命"履历都储存在这一代人的心灵密码中，溶解在这一代人的心路血液里。尤其让人哭笑不得的是，共和国许多重大的事件大部分都让七七、七八人赶上了：第一批加入少先队；第一批学习汉语拼音；第一次投

入“大炼钢铁”运动；第一次忍受长达三年的饥肠辘辘；第一次成为“毛主席的红卫兵”；第一批上山下乡；第一批受惠恢复高考；第一批执行计划生育等。次第发生的事件又次第把七七、七八人裹挟而去。根本无视他们的年龄。特别是“文化大革命”十年，是人生最浓缩的经历。而经历是一种强大的文化，它塑造了年龄悬殊较大但文化结构相近或相同的七七、七八人。

七七、七八人大都有接触社会最底层的阅历。对人生的痛感，对国情民情的洞彻，一旦受到高蹈的人生理想的召唤，马上汇集为一种昂扬喷发的时代精神。而后来，当这种无我的时代精神受到现实社会强有力的挑战后，以人生经历为感悟基础的智慧马上又转换为世路心路的通达。共和国历史上只有这一代人能容纳新旧体制在灵魂和肉体里交替置换，体现了集东方文化之大成的高度隐忍和坚韧。正是这一素质的俯仰开阖，辗转铺成了缠山绕水的路阶，任凭后来的几代大学生踏肩而上，绝尘而去。而七七、七八人也丝毫没感到颓唐和落伍。

三十多年以后，当我们以当事人的身份回望这段历史时，请相信我们对人民、对历史献出的朴与真。虽然当事人经常让感情淹没理性，这对历史判断或许形成干扰，但就史料而言，却大抵是真实的再现。从这个意义上讲，本书算得上是鲁东大学史记中的列传列言。当然也成就了不少世家，但那是后来的事，比较起来还是当初的音容比较原生态，因此呈现在读者面前的这本《一九七七·难忘的一天》不仅值得七七、七八人入情入理地阅读，也值得前贤后学移情换位的品鉴。

事实上，七七、七八人最渴望尘世间的理解。

（二）

现在的年轻人，无论如何也难以理解1966年那个狂热的年代，更难理解那个年代的人特别是青年学生，怎么能以超越宗教的疯狂用鲜血和生命祭起了图腾，又亲手砸碎了自己的青春？

但历史已经发生，谁也无法让她“如果”。

1966年春天，罡风四起山雨欲来，亿万人民在忐忑和忘我中充满了期待，忐忑是因为大大小小“三家村”覆亡和彭罗陆杨突遭厄运，这对家庭出身不好或个人历史有瑕疵的人不啻是致命的惊警。忘我是那一代人投入政治运动的普遍状态，因为我们坚定相信“帝修反”已经严重威胁到我们的红色政权，赫鲁晓夫式的人物正睡在我们身边，所以亿万人民特别是青年学生热血贲张，时刻准备投入反对“帝修反”的斗争，以鲜血和生命“捍卫毛主席、捍卫党中央”。

这是政治的干柴烈火，所以1966年夏当“文化大革命”一声令下时，顿时“席卷全国，震撼世界”。

大中小学的学生都以无比的热情和疯狂投入了“文化大革命”，“停课闹革命”，让我们体会到革命的神圣，无人顾及这场革命将会对自己的人生历程产生什么样的影响。

其实，影响是巨大的，对有些人来讲是致命的。

让我们浏览一下关于高考的政策变迁：

1966年夏天，“文化大革命”爆发，全国的学校开始停课闹革命，国务院发出通知：1966年的高考推迟到同年的12月份进行。1966年秋天，“文化大革命”高潮迭起，一发而不可收，“砸烂高考制度”呼声甚嚣尘上，终于迎来了“高考停止，大学停办”的通知。

一个东方大国的高考制度戛然而止。

1969年7月21日，毛泽东主席发出指示：“大学还是要办的，我这里主要是指理工科大学。要从有实践经验的工人、农民中选拔学生，到学校几年以后，又回到生产实践中去。”从1970年开始，部分高校陆续恢复招生，个人报名、群众推荐，学校考查，组织批准，史称“工农兵学员”。

1973年，邓小平同志复出，并代主持国务院日常工作，1973年的高考采用“推荐+选拔”模式，增加了文化课考试。当年山东省大中专考试的作文题是“记一次批判会”，记叙文，拼文采，更拼主题。

辽宁一考生交了白卷，但在卷面后慷慨上书，怒斥文化课考试，是对“文化大革命”的反扑，是对“7•21”精神的颠覆。后成为轰动全国的“反潮流”事件。

1974—1976年，大中专招生继续采用推荐的路径。

1969—1976年，虽然也有部分优秀工农兵青年走进高等学校，履行“上、管、改”使命。但大部分知识青年却失去了平等参加高考的机会。

平心而论，停办大学和畸形高考制度盘踞中国11年，使几百万知识青年在等待中将自己的青春消耗殆尽。

所以，当1977年10月，党中央国务院决定恢复高考，对于几百万知识青年来说，无疑是绝处逢生。而对于刚刚经历了“文化大革命”的共和国来讲，无疑是民族复兴的第一声春雷。1977年山东省大中专招生一张卷，作文题目是：难忘的一天。

但人们或许疑问，每年例行的夏季高考，为何推延至秋天公布，冬季考试，第二年春天入学呢？

在这“难忘的一天”背后，到底有多少地火与潜流的碰撞交锋？到底有多少仁人志士的良心和政治家的智慧在纵横驰奔？

时间到了2007年，当年恢复高考的有关档案解密，人们才终于明白了事件的原委：1977年夏，邓小平同志又一次复出，出掌国务院副总理，请缨分管教科文。伟大的政治家总能在有限的舞台上导演出无比精彩的话剧。小平同志准确地为共和国濒临瘫痪的局势号准了寸脉关脉，他敏锐地抓住了高考这一牵动亿万人心，关涉几百万青年命运的课题，决心从恢复高考制度契入，真刀真枪地开展教育领域的第一次“拨乱反正。”

但是，当小平同志提出要恢复高考时，有关方面的汇报称：今年的招生工作会议已经结束，招生规模、招生方案都已确定并已下发各省市区。言外之意是1977年招生仍按照1976年的老路子进行。软中有硬，似成定局，难以撼动。但他们忘了或者没有认真地想到，这次他们面对的是一位伟人，在伟人面前，事关全局的大事是不能敷衍的。

邓小平同志果断决定1977年夏季招生推迟，从现在开始，高考一定要走上正轨，不能摒广大知识青年于高校门外。

于是在小平同志亲自指示下，1977年高招工作座谈会在京召开，重新部署招生政策。与会人员或欢欣鼓舞或满怀抵触地参加了座谈会。这注定是一次异常艰难地娩出。座谈会一开就开了42天，从夏季开到秋天。

两种思想两种方案都不妥协，展开了激烈地交锋，一方坚持高考是国家的抡才大典，一定要通过考试、政审等一系列步骤真正选拔出青年中的优秀人才。

另一方则强调推荐选拔的方针是毛泽东主席钦定，不能更改。“两个凡是”当时还畅行其道，足以让高考制度无法绕行。两种巨力的碰撞产生了貌似凝滞的制衡，僵局难以打破，马拉松座谈会就伴随着1977年夏秋的太阳起落一天天熬下去。

小平同志以极大的耐心关注着这场争论，他对高考制度的恢复充满了信心，因为他相信历史有情，事关国家兴亡的人才培养制度决不能成为共和国前进的羁绊。

局面僵持到第41天，新华社的同志忽然发现当初所谓推荐选拔制度的文件最终签署者不是毛泽东主席，而是当时分管此项工作的姚文元、张春桥。他们把这一重大发现连夜报告邓小平同志，邓小平同志当机立断，指示第二天召开全体会议，由他亲自宣布推翻成案，恢复高考。

历史由于被颠覆而呈现了新编，这里有相关人员艰难繁琐细致锲而不舍地付出，也有邓小平同志作为领袖人物的果敢和智慧，更重要的是他们的主张和努力顺应了大势，顺应了民心。

接下来才有了后来的一切。

现在看来理所当然又备受诟病的高考，谁知道竟来得如此不易。艰难备尝以致血雨腥风。改变或塑造了此后一代代年轻人的命运。长歌当哭或者长哭作歌，都无以披沥七七、七八人的胸垒。

人有病，天知否？

（三）

我们终于可以坦然地回望和面对历史了。

以当下的话语牵出35年前的人生片段，今人有可能读出美学意蕴上的滑稽，但对于当事人，对于七七、七八级的学子，却是不无严肃的心曲。心曲在内心世界里回旋曳荡，不断被新的感受和参悟改变调性节拍。35年了，终于以现在的面目问世，其内里的情愫并不是这几十篇文章可以承载的。

当年在学校济济一堂的七七、七八人，一经走入社会，便星散成了世人视野之外的种子。几十年后当初的种子有的长成参差的大树，有的仍在铺排着田野山坡。唯一相同的，是我们都融进了人类精神家园的植被，为人类精神向更高文明的攀登贡献着奠基、支撑和提领。大树和小草同样常青，因为所有的生命都通往永远充满活力的灵魂——被35年前的高考激活、复苏或拯救的灵魂。

心驰神追，又让我回想到35年前校园中的场景。

凭心而论，七七、七八人入校时，绝大部分人都不无沉重。这一代人虽然沐浴了新政的雨露，但刚刚砸碎锁链，那被捆绑太久的手脚还无所措守。有些心灵深处的伤痕还在渗血，有些威压命运的魔咒还在嗫嚅，像刚刚从噩梦中醒来的一样，庆幸的心跳还难以享受那妩媚的晨光。

但七七、七八人毕竟是年轻的生命群体，在命运意义上是经过了千锤百炼的战士。此时萦绕胸怀的并不是对痛苦的反复咀嚼，更多的是迎接新命运的跃跃欲试。对于做梦都想上大学的七七、七八人来说，拼搏无疑是一种生命的享受，所以那时洋溢在校园中的是一派天天向上的气象。课堂上鸦雀无声，阅览室座无虚席，操场上龙腾虎跃，就连学校周围的山岚、小路、果树下，也时常回荡着朗朗的书声。“西山无尘栖雏凤，东莱有幸降文昌”是那两年时时涌上我心头的感慨。后来才知道，在全国的校园里大抵如是。构成了“拨乱反正”年代特有的风景，而支持这一风景的则是至今已化为素质的七七、七八人精神。

现在，当展读《一九七七•难忘的一天》时，许多人包括我们当事人，都难免产生一种恍如隔世的暮然。

但不管怎样，这毕竟是历史，毕竟是七七、七八人坦荡生命的片段。大浪淘沙后顽强的生命将更加顽强地闪射出生命之光，朝霞万丈、如日中天、满山落照，让所有的人生都来吧，即便是夕阳西下，也要用自身永恒的魂魄去装扮那天际间冷冽而含情脉脉的月亮！

热情似火与心静如水，这都是七七、七八人的境界。而这一切，都肇启于那个特殊年代的特殊时日：一九七七•难忘的一天。

是为跋。

胶学堂前闻凤鸣

引文一：

“很显然，这部著作（《山东半岛与东方海上丝绸之路》,作者刘凤鸣）会被推荐给比较广泛的——尽管是相对高层次的读者。它不仅谱写了该研究领域的新篇章，而且还揭示了丝绸之路这一恒久模式在开展国际贸易、促进和平共存以及文化交流中的新形象。在形形色色的对峙已经成为我们所处世界的灾祸根源的当今时代，这样的例子和模式具有极其重要的意义。

这部著作会给不同的教育背景带来具有重大价值的灵感——不仅会启发那些已经在思考、筹划中国和其他周边国家之间的超现代航海联系可能会发展成为这一古代路线现代版的自然拓展的富有想象力的政治家和工程师，而且会直接渗透到世界的其他地方，并影响到未来的几个世纪。”

——联合国UNDP丝绸之路区域项目技术总顾问侯伟泰

引文二：

“刘凤鸣先生的这部《山东半岛与东方海上丝绸之路》，在大量史料的基础上，系统地对山东半岛不同历史时期的中朝日三国的经贸、文化交流和友好往来，做了坚实而深入的探讨，它是一部填补空白或充实薄弱环节的力作……

在一个专业研究日趋时髦的时代，此类通史性著作，往往是集多位学者通力合作方可告成；一位学者独自担纲而一气呵成者，实属凤毛麟角。这也是我对刘凤鸣先生肃然起敬的原因。”

——中国中外关系史学会会长

中国社科院历史所研究员 耿昇

相信今天的读者在文本意义上会达成如下共识：丝绸之路概念早已从历史指实衍生为一个文化符号，是特别标榜异域异族间经济、文化友好交往的文化符号。在此认识基础上，把前丝绸时代人们为了交换、交往而踏上的历史路径称为丝绸之路就不是一种僭越，而是一种充满了文化关怀的通达目光。谓之通达，完全是因为那时的交换交往充其量是一种生存和扩张的需要，并没有后人赋予的那种文化和希冀的含蕴。

说实话，我宁愿相信当初的交往大多数都不是友好的，只是在达到了某种制衡之后才把交换和交往延续下去，“友好”就在这个过程中孕育并成长起来。后来，“友好”逐渐凝成了一个当然的评价：凡是古人的交往，一定是友好的。历史也许就是这样，血雨腥风总被歌舞风流温柔地掩护起来，然后就风情万种地引诱后人，一如那夜色缭绕中河妖的歌声。

只是有一点不能否认，那就是不管当初筚路蓝缕时是你死我活的争斗或一见钟情的成交，一旦形成一条相对固定的路径，对后人来说便是一笔源源不断的资源。例如，如果没有山东半岛先民辗转开辟与韩、日间的海上丝绸之路，那么中、韩、日之间颇具规模和深度的交往便缺少了历史的厚度和文化的基因。

要加强和提升中、韩、日经济合作和文化交流的现状，要理性把握合作发展的向度，就必须从对历史的梳理中找出审时度势的坐标，哪怕这历史的坐标只有一维，也绝不能忽视。毕竟“居今识古”和“引古筹今”目前已成了学界的软肋。

从这种意义上说，刘凤鸣先生的《山东半岛与东方海上丝绸之路》一书便有了特殊的价值。

第一，该书把山东半岛先民开创韩、日间丝绸之路的壮举前提到史前时代，扩展了丝绸之路研究的时间跨度。

第二，该书虽不是研究山东半岛与东方海上丝绸之路最早的著作，但应该是第一部囊括全面、编成系统的该课题开篇之作，因而可以说填补了山东半岛与东方海上丝绸之路研究的空白。我一直把填补空白看作是一种原创性劳动，类似于打江山之功。《山东半岛与东方海上丝绸之路》就是打江山的著作，说他在这个领域里填补了空白，应该是实至名归。

第三，《山东半岛与东方海上丝绸之路》最初是在胶东文化研究视域下的选题，但本书的成就显然实现了成功的突破。这个突破表现在该书不仅更加自觉地珍护学术尊严，通篇没有“慌不择路”的学术蹒跚，更没有时尚而浮华的学术泡沫，而且从作者自我披沥的心语中不难发现该书在“资政利民”的学术旨归上，已具有了迫切的认识和践履。这是一个十分可喜的倾向，因为这正是目前浩如烟海的学术著作中的稀缺元素。

单凭这一点，该书便能带动并提升胶东文化研究的层阶，甚至能催生胶东文化研究的基因突变。

那么，胶东文化元素中哪些是可以参与遗传进化链的文化基因呢？《山东半岛与东方海上丝绸之路》一书告诉我们：第一是胶东文化参与了齐鲁文化特别是齐文化的生成和发展，丰富了齐鲁文化的蕴涵，凸显了齐鲁文化的海洋特色；第二是胶东作为京津的海防门户实际上是中原腹地与东北、东北亚经济文化交流的桥头堡，也是大量移民到如上地域的出航地，在民族关系和文化血缘上把如此广袤的版图尽收旗下，因而把和平发展和对外交流的时代命题推到我们面前；三是鲜血染成的红色文化和魔幻灵动的仙道文化是胶东文明的两面大旗，孕育于胶东大地，飘扬在胶东天空，这在全国是独一无二的文化资源，这是真正的文化名片，这张名片厚重无比，手执这张文化名片的胶东人应该作出无愧于时代的大文章；四是作为北中国较早开埠的胶东，同时也较早地沐浴了西学东渐，欧风美雨对胶东的科学文教事业不啻是一种开蒙和催生，直到今天胶东的学子们大概还在某些方面受益于这份遗泽。

灵山秀水如果缺失了文化和教育的浸润，那无异于苍翠欲滴的塑料花草。确实，在全国范围内很少有地域像胶东这样具有自己的文化优势，但胶东地区的文化资源明显缺乏整合，因而整体文化品位有待提升。

每一种大文化都包括界面文化、干道文化和核心文化三个层面。三者之间虽然存在互相渗透的中间过渡带，但它们各自属性鲜明，功能也决不一样。在打造提升一个地域的文化品牌和品位时，最需要理性的清醒。不少地区或城市热热闹闹地举办“海蟹节”“樱桃节”，还有地区和城市致力于打造“煤矿文化”“根雕文化”（某特大城市最近推出“厕所文化”，建造超级厕所，申报吉尼斯纪录）等，不能无视这些节庆的效果，尤其不能抹杀致力于创意决策、筹办等有关人士的努力。但除此之外不能有另外的选择吗？须知在界面文化层次上是做不了大道场的。

一个地区或城市的吸引力在于它的文化底蕴和文化浓度，而底蕴和浓度拒绝热炒。一个地区或城市的领导者如果离开了核心文化观念的主导，疏于对干道文化的浇灌和推助，而热衷于短期短效的界面文化张扬，无限地强化界面晕轮或牵强地放大历史效应，这应该看作是一种无能。

许多城市短期热炒界面文化可能是由于当地文化历史资源的匮

缺，这当然也是一种无奈。但胶东不同，胶东的文化资源太过宏富，以至于枝繁叶茂，任何一片肥硕的叶子都可以遮障人们的视野，导致了对干道文化的冷落。但无须担心，文化的浓度是遮掩不了的，浮躁喧嚣的嘈杂中总会有黄钟大吕动地而来，以《山东半岛与东方海上丝绸之路》领军的胶东文化研究已经进入第一个收获的季节。倘若对迄今为止的胶东文化研究成果作一浮光掠影的检阅，则最少有三个方面的惊喜：一是研究队伍的整体学术实力喜人；二是胶东文化的内涵之深外延之广喜人；三是胶东文化的开放型结构最容易和现代社会联姻，成为一个全新的文化类型。

为了方便，我更喜欢把胶东文化研究称为胶学，并且一直认为胶学是目前最妥帖的状写胶东文化研究现状的概念；胶学是一个开放型学术构架，足以融铸山海；胶学对于齐鲁文化研究家族来讲，还是一个共性+特色的分支；更重要的是，无论以历史的眼光还是以现实的视野来考量，胶学这一名称传递给我们的是一份地缘性的亲情。

限于篇幅，关于胶学的阐释容后徐申，我只是强烈地感觉到，胶学的发展和提升将是烟台的幸运。

当《山东半岛和东方海上丝绸之路》一书进入出版程序时，听说山东省推出了一个半岛城市群的发展规划，该规划将烟台定位为副中心城市。副中心称谓虽语焉不详，但既然是中心，便是历史机遇，因为与济南、青岛两中心比起来，人才和经济实力或许有差距，但就文化的厚重而言，烟台无疑应验了天时地利人和。在人类发展史上，城市间竞争的最高端元素是文化，最终露出胜利者微笑的当然也是文化。由此观之，打造文化竞争力，提高文化品位以吸引世界的目光，这正是烟台崛起的优势。其实，烟台最有资格俯视某些傲慢而荒芜的城市灵魂，只是目前的现状还有很大的提升空间。

巧合的是，烟台作为半岛城市群的副中心城市，其核心功能之一是发展中日韩经济文化交流，这恰是《山东半岛与东方海上丝绸之路》遥远的历史回声。是巧合也是必然，学术的资政利民宗旨不是简单浅表的比附和立竿见影的转换，它总要水到渠成，它总要因势赋型。现在势成待发，正是胶学喷薄而出的最好时机。

由《山东半岛与东方海上丝绸之路》一书引发的胶学、城市文化和发展的话题并非借题发挥。我无意夸大学术的社会化功能，也无意失去分寸地把一部专著捧上云端。只是当某一学术主题顺势应时地出现在时代巨人的前方时，这种引领便从本质上超越了文本自身。毕竟经世致用才是中国几千年尊崇的学统。

从事胶东文化研究的胶学兵团已初具规模且日见壮盛，远古的东方海上丝绸之路今天已成为中日韩人民友好交往的坦途，这一切都企盼着胶学努力而振奋的攀登。

诗云：凤凰于飞，翙翙其羽。

凤鸣鹤唱，歌诗如花，铺就了胶学似锦的前程。

以此为跋，但愿不要委屈了《山东半岛与东方海上丝绸之路》一书，更不要委屈了胶学。

谈到本书的出版，刘凤鸣先生感慨系之。他首先感谢山东省政协副主席、齐鲁文化研究中心首席专家、博士生导师王志民先生对本书的选题、撰写等诸多方面倾注的心血、指导、帮助和支持。还有中国中外关系史学会会长、中国社会科学院历史所研究员耿昇先生为本书撰写的长篇序言也令刘凤鸣先生感动。在学术界，耿昇先生的治学严谨近乎严苛，凡属结论性评价决不通融媚世，这同时奠定了他的学术声望和品位，而这次耿昇先生用近两个月的时间通读了书稿全文，对该书和作者都作了知文知人知世的评价，可见学者之间的心息相通、峰峦互望是一脉相承了中华文明的核心价值理念，散发着文化的热度也洋溢着人文的互相守望。不能不提及的还有一位国际朋友，那就是联合国开发计划署丝绸之路项目办公室的技术总顾问侯伟泰先生，这位被联合国派驻中国的丝绸之路项目最高负责人并不精通中文，他借助翻译官和一本汉法词典艰难地阅读了书稿，然后从人类社会和平发展的视野对本书作了文本意义的延伸评述。一位献身于人类和平事业的技术性官员对本书表现了极大地热忱，这同样让刘凤鸣先生感动。

刘凤鸣先生对他们深致谢忱，言表间透露出他一以贯之的率直和冷峻背面的古道热肠。

2007年暮秋　北京

跋：身边的天涯

（一）

我有时候真的很佩服汉字的魅力和先民的智慧：把几个看似不相干的汉字码在一起，常常就能把人世间的至理变成名言。譬如说“道高一尺魔高一丈”，这句话就很有点考验人的意思。先亮知识，后测智商，最后撼动你的定力，很少有人能应付得了，即便能应付下来，过关也不容易。这就等于把人类理性的脆弱、无奈和尴尬都暴露的淋漓尽致。

现在我正陷进这种尴尬：案头摆着刘凤鸣先生的书稿《山东半岛与古代中韩关系研究》，为了写这篇跋，我起码要认真地拜读全文，谁知刚读到一半，脑海中就频频跳出“天涯若比邻”的诗句。这到底是哪儿跟哪儿啊，文不对题。诗句固美，但毕竟跟眼前这部严肃的学术专著不沾边啊。我一边拼命打压自己的心猿意马，并把自己的情绪逸出上纲上线到对恩师著述的态度问题来反省自策，但心魔是收摄不住的，诗句连续地跳出，终于彻底把我的思绪搅乱。道虽好，终是敌不过魔啊！还是停下来，把这“天涯若比邻”的事琢磨清楚再说吧。

“天涯若比邻”当然是人人都不反感的美事，是一种人际间甜蜜的牵挂，关山阻隔抵不过心心相印。这种美好的情愫因稀缺而珍贵，肯定不会举世泛滥，否则也不会如此牵动人心。何况社会发展到现在也不大容许亲朋间有太耗神的牵肠挂肚。发达的信息、交通和日渐松懈的户籍制度都为化解牵念创造了条件，有本事的人能在一天之间把天涯真正变成比邻，甚至连“邻”也不做，直接走进同一门户，变成一家人。

更多的现实却并没有这么美好，许多当事人之间本来只是一丝轻浅的牵挂，但因了距离的发酵，便产生了一厢情愿的审美。在双方都不点破的情况下，固然可以加入“天涯若比邻”的合唱。但究其实，真正的感觉却是：又近又远。

对，又近又远。我的思绪一下子又弹回到中韩关系，就是这种又近又远的感觉。

恍然大悟，终于触到了问题的症结：中韩关系、山东半岛、又近又远、天涯若比邻这些看起来不搭界的跳跃思维原来在这里搅在了一块儿。文化基因和民族感情一旦在人类意识的最深层融汇，肯定形成对理性评价的强大干扰。当我把阅读的视野聚焦到《山东半岛与古代中韩关系研究》时，多年以来通过认知感知所形成并潜藏在我心底深处的对中韩关系的评价就浮现出来，与书稿的立论和展开频频碰撞，终于把我搅得心旌飘摇。我知道这种心神不定实际上是一种学术情节的召唤和理性思维的回归，因此我坚信短暂的思绪泛滥之后将是水净沙明的沉潜，是平心静气的钩沉。

我旋即释然，庆幸这一番辩证没有白费，最终还是回归到书稿上来，让我一鼓作气地读了下去。

确实，说到中韩关系，恐怕普通的国民都会和我一样，感觉到又远又近。说远，一是因为近代以来，韩国与我们的关系始终被笼罩在大国势力的云雾中，缺乏真正意义上的主体外交；二是由于历史原因孕藏的文化纠葛接连不断，从阴阳五行的核心理念到端午中秋的民俗节庆，你争我夺中伤了些许和气；三是在双方关系中掺进的情绪因素太多，妨碍了理性的判断，四是最重要的，应该是20世纪两大阵营的精神遗产和意识形态造成的历史隔膜。这段历史虽已翻过，但余绪尚袅袅不绝，把双方的真正面貌缭绕在烟云之中。

说近，当然也有佐证，毕竟中韩之间的经济文化交往日趋繁密，这是不争的事实。特别是经过亚洲金融风暴的砥砺，韩国国民的形象在中国人心目中出现了颠覆性窜升。国民精神的整体仰视促成了文化和感情的接近，无意中拉近了中韩之间的距离。再说得稍微远一点儿，中韩之间的睦邻关系还可以追溯到20世纪30年代。从“虹口公园”事件的处理到韩国光复军的建立，当时的中国政府都做出了大国的担当，特别是在开罗会议期间，中国代表全力坚持并争得罗斯福总统的支持，从而确立了韩国独立的国际地位，并将此写入《开罗宣言》。七十多年后的今天，“韩流”和泡菜已经化作“通货”无障碍流入中国大陆，在赚足了金钱的同时也赚足了韩丝们的眼泪。现在，凤鸣先生把中韩关系的源和流都追溯扒梳出来，从而为中韩关系之“近”给出了历史的依据。

但总有一道坎横亘在中间让我们难以逾越，那就是：紧密而不亲密，这就是又远又近。同时我们也清楚地知道；近是因为利益，远则受制于情绪。这已经化作了中韩关系的宿命！

对于宿命，我们肯定要在未来诉求和历史依据的双重坐标中寻求一种超越，这种超越的宗旨是实现中韩之间和谐世界的一切目标。

凤鸣先生带我们求证了历史。

遗憾的是历史竟然语焉不详，支离断续的史料无法串联起中韩之间交往的时空纽带，更不用说其中许多记载明显是一种误导。至于说到中韩关系的学术专著，竟是空白。

青史既然阙如，学者理当奋发。凤鸣先生在成功地攻占了“山东半岛与东方海上丝绸之路”研究的高地之后，又一次从山东半岛这一特定的地域切入中韩关系研究，写出了中国学术史上第一部中韩海上丝绸之路研究的专著，填补了该领域的空白。

这一部《山东半岛与古代中韩关系研究》的学术意义自不待言，而我更看重的则是凤鸣先生的研究视角和由此带来的社会学意义，像三年前出版的《山东半岛与东方海上丝绸之路》那样。只不过这一选题的专门化程度更高，对历史的梳理更加细腻，因而也更加洋溢出学术生命的温度。

在对待中韩关系的评价中，《山东半岛与古代中韩关系研究》开始就摒弃了“又远又近”、“紧密而不亲密”的纠缠。而是牢牢把握住两点，一是理性客观地钩沉梳理；二是放眼未来，总是把中韩关系置于一种热切地历史期待中。前者是基础，后者是主导，这使全书的内容始终铺排在两国关系的正面、主流叙事中。其间虽也有剔误、辩诬或祛魅，但主干不歧，贯穿本末，以时间为纵轴，牢牢串联起各个时期的主题。厚基高垒，构筑起本书清晰的逻辑线路，从而让最终的命题成为不刊之论。理性战胜了情绪，终成大道在斯。

道的坚持实际上是文化的坚守，与作者的器宇和操守因果相关。文如其人，斯言不虚。

（二）

我永远是烟师（鲁东大学）的学生，几十年来不管走到世界上哪一个地方，我都深情地关注我的母校，牵挂着我的师长。目前我尚无资格管测业师辈治学的宗旨和路径，更无能力对其成果作出评价与考量。但对于凤鸣先生，由于承教频繁，所以每有感怀，参省日久，聚气成形终于形成了学生的眼光和尺度。

在我看来，世间治学问者众相纷芸：就学识论，有通家专家；就治域论，有跨界者有恪守者；就气质论，有才子型有学者型；有人拿学术当饭碗，有人拿学问做招牌，有人视学术为生命，有人拿学术当墙头草，有人视学术为私产，有人视学术为公器；有人匠心匠手，用技巧做学问，有人燃烧自己，用生命做动力；有人玩学术于股掌之间，有人爱学术于内心深处。千姿百态不可胜数。

又有兴趣与职业之辨，说世上只有7%的人能从事自己喜爱的职业，其中又有3%的人能取得较高成就。如此权量，人类只有2.1‰的幸运者：能以兴趣为职业，又能做出成绩。

庞杂如上者其实是一个枝干盘虬的坐标系，每一个学者都可以从中找到一个属于自己的定位，只要心态平和，结论大体客观。我之所以喜欢这个坐标系，一方面沉浸于自己的侥幸，更重要的则是在这个坐标系中，我可以清晰地仰望凤鸣先生的学术位置和感受他学术成果的重量。

首先，凤鸣先生是用“心”做学问的人，了解他的人对这一点毫无质疑，且不说这几年他潜心学术后的执着和认真，也不说学问如何占据了他生活和工作的主要内容。仅仅从选题上就可以窥见他披沥的青史学子之心。

凤鸣先生是齐鲁大地的儿子，他对养育他的故乡山川和乡亲父老怀着无比深挚的感情。他一次次站在东海之滨仰望星空，但他脚下永远踏着厚重笃实的胶东大地。当他有条件可以以学术回报人民的时候，他毫不犹豫地把研究视域投向山东半岛特别是胶东。他把研究胶东文化以服务社会当作自己义不容辞的责任，他为此贡献了第一批成果。以《胶东文化概观》领衔的“胶八本”虽属急就，但意义非凡，因为此举集结了队伍，迈出了步武，初展了该领域姹紫嫣红的明丽前景，凝聚了社会各界关注胶东的目光。接下来的《山东半岛与东方海上丝绸之路》又高歌奏凯，该书在学界和社会上引起的强烈反响可以“震撼”名之，在那一阶段我参加的有关学术会议上，多次蒙受史学界特别是丝绸之路研究学者关于刘凤鸣先生和《山东半岛与东方海上丝绸之路》一书的垂询，因为是凤鸣先生的学生，竟沾光出了好几次风头。随之才有了关于《登州与东方海上丝绸之路》的蓬莱国际学术研讨会。当联合国丝绸之路项目办公室专家、日本国前驻华大使、韩国总商会会长等一批海外重量级官员、学者都认真参会并热烈地投入讨论时，我们切实感到了学术的力量和文化的魅力。也就是从蓬莱会议之后，联合国丝绸之路项目的官员、专家才开始与胶东、烟台、蓬莱紧密接触斡旋。而在此之前，关于东方海上丝绸之路的研究中，山东半岛竟然是空白！由空白变成热土，当然有《山东半岛与东方海上丝绸之路》一书的功劳，这也正是凤鸣先生的期待。因为当初确定这本书的题旨时，他就多次表示希望能对山东半岛的经济社会发展做一些贡献，这与中国当代学术“资政利民”的宗旨不谋而合。至于即将由中华书局出版的《山东半岛与古代中韩关系研究》一书，除了是前书的学术延伸和深入以外，力图在中韩两国与两国人民之间“增进了解、拓展研究，提振经济、拉动旅游、助推申遗”等文化诉求都寓于学术研究的推进之中，这些情真意切的诉求无一例外投射出凤鸣先生对胶东大地的眷眷之心和拳拳之意。

值得辨析的是，凤鸣先生的心理文化诉求是潜心研究历史而推延出来的自然学术之果，并非有史无绝缕的趋附功利之心。趋附功利与愚腐执拗都可以归为书生气，是一种价值的两种表现形式。书生气并不值得标榜，但书生还是要当。人不可有书生气，而国家和民族不可无书生。他以生命之心献身学术，难怪他笔下的学术青史与胶东大地有着共同的呼吸。一呼一吸，命之所系，一个人的学术生涯一旦与共和国的命运联在一起，天地间将永远回响着他的青春之歌。

其次，我不能不佩服凤鸣先生“扎硬寨打死仗”的毅力和态度。虽然“历史”在很多情况下未必是信史，但历史学家治史治学的态度却不能摇摇摆摆。史学前贤铺就的治学之路在取向和作风上不尽相同，只是有一点古今中外都不例外，那就是“攻坚”。在“攻坚”中工具当然重要，但工具中有矛有盾，并非所有的工具都能所向无敌。过度的工具依赖常常会变成纸上谈兵，而一旦研究的战场移到纸上，则所有的工具都将失去实际作用。凤鸣先生没有在工具的选择上做过多地徘徊，他致力最深的则是“扎硬寨打死仗”，因为他知道研究历史的基本功是考证，唯其对考证，古今中外的基本原则和方法大致相同——那就是常识和逻辑。有突破意义的考证结论固然考验着学者的洞察力、参悟能力和大胆推演结论的胸襟怀抱，但是最根本的还是多维平衡、言之成理的思维习惯。凤鸣先生多年从事管理，在许多大是大非和扑朔迷离中养成了多维平衡的能力与思维习惯，善于循着事物发展的逻辑演进一路追索，直到阶段性告成。这一优势移师到学术研究中，自然会在重大课题上获得了突破。当初为东方海上丝绸之路立论时，正是依靠浩繁翔实的史料（文献与考古成果）、常识与逻辑推理的三者合一才获得成功。例如，东方海上之路的始航地、东方海上丝绸之路的航线、徐福船队的规模、嵎夷的构成，青州的版图等，凤鸣先生无不是在攻坚中依靠考证取胜。

考证是说易行难的功夫，需要付出时间、精力和耐心，这其间会有无穷尽的枯燥和寂寞，有些是常人难以承受的。一部《二十五史》可称浩如烟海，但在凤鸣先生手中却颇有些运用自如，许多成果都得益于对《二十五史》的潜心参读，这可是在数字阅读上不能比拟的功夫。承担山东半岛与东方海上丝绸之路》和《山东半岛与古代中韩关系研究》出版的分别是人民出版社和中华书局，出版方之严谨和相关规定是目下中国出版界最苛刻的：所有引文严禁使用电子版图书。仅这一项就让作者多耗费几倍的工夫，其琐碎和繁重可想而知。还好，凤鸣先生的书稿皆一次通过，足以映照出他艰辛的付出。

再次，我想就凤鸣先生的学术路径和研究方法做一番描述。只能是描述，是流连在学术边缘靠感知和偶发的灵感所做的描述，离学术剖判还有一段不近的路程。

据我所知，凤鸣先生年轻时是有一番学术梦寻的，那时他向往纯学术，并选定了太平天国研究做首选课题。2008年夏天我去烟台拜谒业师陈洪昕先生（陈先生也是凤鸣先生的授业老师），陈先生亲口对我说：凤鸣入校不久，就表现出不俗的学术天赋，并且很快在太平天国研究领域听到了他的声音。后来他没有走上学术道路，最近几年才折回来，谁知道短时间内竟做得如此出色！

看得出，陈先生的得意溢于言表。

陈先生是我心目中的鸿儒（但愿不要辱没了业师），得天下英才而教是他一生的骄傲，学生的成就铺就了他人生的充实，这般境界非常人可以到达，因此，陈先生是永远让我仰视的师辈。陈先生对凤鸣先生的点评充满了感慨，但他不知道这一番话不但向我揭秘了凤鸣先生的学术之梦，同时让我对凤鸣先生近几年的学术三级跳也不再无缘由的叹奇。因为有渊源，所以就有人生之梦的接续，因为有梦，所以天赋机缘。我想，这就是凤鸣先生走向学术之路的原动力。知几研几，与时偕行，先哲们通过大易经典遗传给我们的智慧，不期在21世纪得到了遥远的回声。

但仅有原动力是远远不够的，40年后当凤鸣先生重新回到学术的天地，要在学术攀登上拾级而上时，学术界早已进入了春秋战国。古今中外的马队旌旗都在这爿大地上来往驰奔，征尘满天蹄痕遍地，要在这里面寻觅或开辟一条属于自己的学术之路，谈何容易！

有幸或者说不幸的是，凤鸣先生的人生履历成就了他的理性，也成就了他清醒的学术路径。

为什么说有幸或者不幸呢？这是对凤鸣先生人生履历的不同评价，角度不同，结论自然不同，随之就有了有幸或者不幸之说。当初学术界缺少了生力学子的加入，是学术的不幸。但从另一方面讲，人生的全部并非单靠学术来支撑。一个人的生涯应该有更广阔的舞台和更多元的历练，这又是人生之有幸。自从夭折了年轻的学术之梦走上仕途，凤鸣先生用40年的时间向人民交出了他的人生答卷，期间或许有学术情结的挣扎，但他没有把学术祭起来做什么招牌，以便做各种理由的人生逃遁。他只是在默默而又吃重地工作，为学校的发展扮演了垦荒牛的角色。他那一轮属牛的人与共和国同龄，他知道做共和国治下的垦荒牛是人生的荣幸。

这一段从政的人生旅途中断了他的学术梦想，却没有消解他的学术情结，学术情结一直是一条人生的副线伴随着他的升迁。当朝梦夕拾成为可能时，副线一变而成为主线。

《胶东文化概观》是凤鸣先生重拾学术（某种意义上是初拾）后的第一部专著，似乎是在偿还青春的心债，从全书的字里行间可以明显感觉到他对纯学术的神往。也许他可以在纯学术研究的领地里深耕细作，但这种纯学术倾向很快得到了人生履历和社会现状的某种济正。从《山东半岛与东方海上丝绸之路》起，凤鸣先生实现了研究宗旨和方法的个性化整合和整体性超越。

什么是纯学术，纯学术到底应该被推崇还是被放逐？这些都不是本文讨论的范畴。但从学术的价值取向和学者的人生轨迹之角度讲，过早或者人为地把研究方法约范在某种工具的功能范围内，则不管打着多么高尚的旗子，都无异于学术生命的自戕。史学长河中“论而不治”的时代已经过去，因为那常常与文化专制结伴而行。而学以致用、知行合一、经世济民、资政利民等中华文明的优秀学统是不能中断的。所以不管在历史研究中走哪一条道路，用哪一种武器，都不能忘记学术研究的根本宗旨。

说到底，汉学也好，宋学也好，方法都服从于宗旨，这是中国传统文化的特点。这种综合学术肢体被切割是西学东渐后的现象。现在的事实是现代学术体系已被现代教育牢牢地固化在几代中国学人的素质和能力中，所以在具体课题研究和在研究方法的选择上必须对西方的科学体系做出应有的文化妥协，否则就不容易被纳入学术体制。这正如中医和西医，在哲学本源上是无法“结合”的，但伟人一定要走“中西医结合”之路，那只好在方法层面上结合，几十年后竟也有了像模像样的“中西医”。“中西医”在学理上经不起推敲，但在临床实践中能互相补短，这也是一种结合。历史研究也是这样，传统的研究道路从哲学本源上无法嫁接西方的工具（如20世纪前半期的欧洲汉学），但这不妨碍历史的考证加上现代社会的文化视野。

这种传统工具加现代视野的研究方法在凤鸣先生的手下已被运用的得心应手。而溯其根源，恐怕与他“学术—官员—学术”的心路历程和人生履历不无关系。所以说这是他的个性化整合，也是他用“心”做官，用“心”做学问的丰厚回馈。

（三）

不能再这么汪洋恣肆地写了，还有凤鸣先生的几多嘱托要交代下去。

先转述凤鸣先生的一段话：

> 《山东半岛与古代中韩关系研究》一书得到了教育部人文社会科学重点研究基地齐鲁文化研究中心资助。齐鲁文化研究中心主任、首席专家王志民教授对本课题的研究工作给予了具体的指导和帮助，在书稿完成之后，又为本书撰写了序言。王志民教授系山东省政协副主席，山东大学、山东师范大学博士生导师，还但任了致公党山东省委主委、山东省社会主义学院院长等多项行政工作，能在百忙中对本研究课题给予诸多关心与指导，着实令我大为感动。
>
> 本书除个别章节由我与课题组其他人员协作完成外(篇后有注明)，其余的均为我独立撰写。鲁东大学胶东文化研究中心的李世惠、周霞等参与了部分资料的搜集和书稿的校对工作。山东师范大学齐鲁文化研究中心的丁鼎先生及鲁东大学的各位同仁也对本课题的完成给予了大力支持和帮助，还应特别感谢中华书局的李晨光主任和王传龙编辑，没有他们，很难想象本书能如期顺利出版。对各位同仁和朋友多年来给予作者的热心指导和真诚帮助，在此一并表示衷心的感谢。

总是习惯性地把成果归功于大家，不仅是出版，其他的事情也大抵如此。

去年秋天，当我知道了中华书局要出版《山东半岛与古代中韩关系研究》一书的消息后，特地从外地打电话向他祝贺，没想到他第一句话就告诉我，说他是在焕阳的督促下才向中华书局投稿的，又说倘若没有焕阳他们的督促，他自己并没想到要在中华书局出书。

这不，又成了“焕阳他们”的功劳。

刘焕阳先生是我的同门师弟，不但学问做得好，而且在高等教育管理的理论与实践领域都有很深的造诣。他执掌鲁东大学教务处多年，现在又走上了副校长的位置，算得上学界高官了。他的成长轨迹与凤鸣先生不同，是先治学问又事管理。他之建言凤鸣先生攻一下中华书局，大概除了对老师学术研究水准的鼎许之外，还有“为校争光”的因素。

是啊，算起来我们的母校已八十高龄了，举办高等教育也已半个多世纪。半世纪以来还没有一本书登上过中华书局的殿堂，确是一丝缺憾尤其是文科类别的缺憾。现在这一空白经凤鸣先生补缺，不能不说这也是母校的幸事。

凤鸣先生还说：他是鲁东大学的学生，毕业后又一直工作在母校，母校见证了他的成长，他为母校的发展付出了自己的努力。现在80年校庆即将到来，他愿意把《山东半岛与古代中韩关系研究》的出版，作为向母校80年大庆的献礼。

三十多年前我当学生时，有幸与凤鸣先生朝夕相处，但毕业后不久我即远走天涯。人在天涯时天涯并不遥远，何况心有灵犀也从不把时间空间看成有效的障碍。从这个意义上说，我从未离开过凤鸣先生的身边。只是这一次，当我读完《山东半岛与古代中韩关系研究》后，我蓦然感到，凤鸣先生离我很远，他已经把学问做到了天涯极境的临界，而我则还在小小的领域中转圈。好在学术的距离虽大，但师生之间的提携扶将不减。虽处天涯犹在身边，以此慰藉，聊效阿Q哥而已。

21世纪的第一个10年刚刚过去，母校的80年大庆即将到来。刘凤鸣先生的学术生涯虽然繁花似锦，但我知道，这只是他生命中第二个60年的悄然启幕。第一个“三级跳”后的跨度已经令人欣慰，但他的目光却盯上了更加辽远的未来。

我深信历史有情，祝福会遥远的应验。

极目于云天兮　霞光灿烂

祈福于高远兮　吾与元元

以此为跋，随书去吧。

庚寅初夏京华牡丹园

时风清月霁绿竹偷窗

青春的链接—峰门问道跋

展读《峰门问道》，青春的气息扑面而来。

青春的气息磅礴于青春的气场，但能够氤氲于青春气场的人，却不一定是风华壮盛的青春少年，人类的文明史上充满了这样的吊诡。

譬如本书关涉的这两位主人公：孙其峰先生与于文书先生。一位92岁，一位年逾60岁，从生理年龄讲，耄耋耳顺之年都早已告别了青春，甚至连青春的背影也渐行渐远了。但记录他们之间“问道”的文字却激情沛然，充溢着生命的张力、弥散着艺术的青春。

我知道，这就是文化的力量。

其实透过文化也可以折射出生命意识和人格境界的不同：强悍与狭弱，文雅与粗鄙，如此而已。

我同时也知道，在当下的社会中，不少人的灵魂都已抵押给欲望。不管这些灵魂表现的多么高傲，但我们还是很容易看透这高傲背后的苍白和单薄。当一个单薄而羸弱的身影高擎着一面炫目的彩旗时，尽管这面旗上写满了“世界第一”、“第一人”“××之父之母”的标榜，人们还是读出了这个画面的美学意蕴——滑稽。除此之外，还有别的吗？

大势如斯，谁还会舍功斥利地去“问道”呢？

有幸或曰不幸（人品贵重者与势利崇拜者的悖论评判）的是，于文书先生义无反顾地来了，很有些逆流而上的味道。在孙其峰先生年届九十的时候，于文书先生得以谦谦入室，请教、切磨、参悟、升华……与孙老先生结下了时浅意深的翰墨情缘。

当然，于文书先生肯定不是唯一的逆流而上者，这正是我对中国书画文化的信心所在。

但隔行如隔山，由于不谙笔墨纸砚之道，所以隔岸观花，不能道尽其然。至于为什么选择于文书先生为我的跋主，完全是因为于文书先生是我最熟稔并亲敬的一位师长。

得识于文书先生，好像是我一生中的宿命因缘。

我是烟台师专（现鲁东大学）中文系七七级的学生，我们那一届多灾多难的青年大多有一段坎坷的求学经历。十一年的大学梦一旦圆满，那发自内心的喜悦可想而知。1978年初春，我就怀着这样的心情走进大学校园，快30岁的人又一次走进了课堂。

在那个“拨乱反正”的年代里，我的校园生涯小有得意，被学代会推选为校学生会主席，一下子与于文书先生接近了。他那时是校团委书记，是我天然的领导。虽然大学的章程里规定校学生自治会是独立活动（自治）的，但新中国的大学传统使然，学生会历来归团委“指导”，或者说学校是通过团委对学生会实施领导的。1989年之后大学里有了学生处，现在的关系我就理不清了。

我想那一段岁月是我们学校历史上团委与学生会的蜜月期，这在很大程度上取决于我们两人的高度默契。这种具有超越意义的人格默契后来发展成我们两人几十年始终如一的友谊。在这份友谊中我们的角色分工就如学校每一次联欢会上的大轴节目一样，那时候学校联欢会上最后一个节目一定是男声独唱，演唱者是当时的团委书记于文书，而担任手风琴伴奏的则一定是我。

团委书记唱歌，学生会主席伴奏，当然会引起师生们很大的兴趣，晚会的气氛也常常在这时进入高潮，我们的合作也每每成为此后一段时间内校园里热议的话题。

舞台上的默契是短暂的，但由舞台默契引动的感情融化却让这种默契在以后的学校团委、学生会工作中得到了自然而令人神往的延伸。在某种意义上，正是团委、学生会一次次强力的联手推动，才使那时的校园生活充满了精彩。无数青春的身影，青春的声音，青春的思想得以在校园里蓬勃出强悍的生命力，为无数人生的浴火者给出了青春的奠基。

我们的青春为此而壮丽。

后来，我毕业离开了母校，开始了新一轮的人生之旅。

若干年以后，当我能从更广大高远的社会视角来回望人生时，作为于文书先生的学生，我永远对先生景仰不已，做人做文做事业。我想，于文书先生是当之无愧的。

先说做人吧，这毕竟是一道人生的大题。如果问一下做人难不难，我想可能13亿人会异口同声：做人难啊！

放眼全球，在哪里做人不难呢？都挺难。只不过在我们这里更难。因为我们这一族群特别智慧，所以能把人际关系调谐到了高度艺术化的境界。什么辨证多维逻辑规则在我们这儿通通是小儿科，我们能把最大的规律搞成无规律，我们能做到让你“眼见不为实”，让表象和实质从二元到多元都充满着挣扎。我们还能让宽阔平直的人生大道上布满漂亮的隐形陷阱，我们尤其能把“人是好人”的评价解读成十恶不赦……叹为观止！

太前卫的艺术令人脑残，我是跟不上。因为无法拿它们作为我交际人生的武器，好在我还有祖上的秘传，那就是《易》中的“方以类聚人以群分”，看人既然很难，那就看朋友吧。

视角一变，于文书先生的为人立刻清晰，因为他真正是一位朋友遍天下的人。

朋友多，是于文书先生的人生骄傲，这些超越了界别、地位、职业、年龄的朋友，给他带来了很大的工作量，也给他带来了无尽的友谊和慰藉。从理论上讲，酒肉朋友、势利朋友肯定也有，但当一个人褪去了身份地位的外衣之后仍能享受着充盈的朋友温情，这不正是人伦幸福的一脉吗？

“人生得一知己足矣”，这是一声非常挑剔的慨叹。其实人与人之间的交往确实是一门把握距离的艺术，亲疏远近这几乎是天定的，当然不能排除人为地拉近或推远，但那都是服务于有限的时空，不能与缘分相提并论。对于一个包容的灵魂来讲，无须一定要把满目朋友都拉成“知己”，有一定的距离有时会更好，更能其乐融融。

在这里，我就十分佩服于文书先生的包容和善良。

包容是一种胸怀，而善良则是人际交往的武器，二者结合起来常常会合成一种表现——单纯。我经常发现于文书先生的单纯之处，但同时我也知道，在这单纯的背后是一种境界高远的品质：察而不纠。

人至察则无徒，但人生设若“不察”则是十足的盲目。问题是“察”之后怎么办？有的人睚眦必报，有的人一挥烟云，一挥烟云代表了察而不纠，是一种对自己的严律和对他人的宽容。在这里察与不察是水平，而纠与不纠是人生的高度。能做到察而不纠的人，无疑充满了人生智慧。

更多的时候，处理人际关系不是用大脑，而是用心。孝心、忠心、恻隐之心、仁爱之心，这些都不是能演出来的。走近于文书先生，经常能十分强烈地感觉到他那颗对于家人、对于朋友同志、对于他所献身的事业的眷眷之心和拳拳之意。我想，孙其峰先生正是以他忠厚的长者之风和艺术家的敏感感知了于文书先生的为人，因此才不吝笔墨书来信往，正像本书呈现给读者的那样，在一来一往中展现出两代艺术家感人的情怀。

说到艺术，又不能不惊叹于文书先生的淹博。

做一名艺术家是很难的，既有天纵之才，又有后天的勤奋，还要有一个睿智的大脑，能品其真味，握其真谛，更重要的是能够因一点儿灵感的触发荡开思绪，在参悟和省思的耕耘中把握属于自己的那一份收获。书画如也，如其学如其才如其志，总而言之是如其人也。假如朋友们能细读文本的话，则不难从于文书先生笔下的骆驼、苍鹰身上，读出一种人格境界和生命意识的投射。

以我外行人的看法，好的书画，用墨不在轻重，用色不在丰浅，用线不在熟涩，图式也无论奇正。当这些“技”达到一定高度后，过度地斟酌已毫无意义。艺术品成就的高低完全取决与作品整体的谐与势，而谐与势的出成仅仅与艺术家的品格和生命意识有关，也就是品与气。在理论上，品与气的会通，被人们称为道。道是不可言喻的，因为它像艺术一样有自身的神秘性。艺术如果只是表达一种理念或思想，那缪斯就失去了模糊之美，艺术就成了思想的宣言。

如果要探求于文书先生在本书中的核心旨意，那么文不疏道就是总纲。

毕竟道是很难“道”的，我们只能从外部着眼，由表象而分门别类，由此或许可以深入堂奥，以界定艺术家的梯队。

平常我们所说的艺术家在当今的中国是一个庞大的群体，尤其是书画界，许多县乡都有自命或他命的画家书法家，更不用说在更高更大的领域中了。不过仔细一看一想，许多画家书法家并无过人之处。较之常人，不过是笔墨习惯比较熟稔而已。盖今人从入学到一生的工作多用硬笔，不少人连软笔摸都没摸过，如果用软笔则六神无主五指无数，绝大部分人都这样。在这样的大背景下，少数常用软笔的人就有了傲人的资本。笔墨习惯一旦形成，也就坐定了艺术家的头衔，这是第一类。第二类书画艺术家要超拔一些，因为或师承或自创，许多人已经形成了自己的风格，所谓“风格”的形成是“成熟”的标志，所以他们被称为艺术家是当之无愧的。第三类艺术家不仅具备了自如的笔墨习惯和形成了稳定的风格，而且已经将艺术化作了生活和生命的一部分，灵感袭来时他们能将强烈的生命意识注入作品，使作品产生震撼人心的效果和持久不衰的艺术魅力，从作品中大抵可以窥见作者的内心世界。这类书画艺术家可称为大家，是不可多得的佼佼者。

当然还有甚者，他们具备了一位艺术家全部的元素，经过自己辛勤的耕耘和创新，在他身后已经汇集了众多的追随者并掀起了风气和潮流，货真价实地引领了一代学风，这就是大师或宗师。大师或宗师不世出，古今中外历历可数，是人类向文明进军中的得道者，是艺术苑地中永远盛开的青春之花。

凭实而论，得“道”极难。

因此倘若我们有资格评价一位书画艺术家的话，我们看重的不是有没有得“道”，而是看他是否行走在寻道问道修道的路上。哲学上称为过程的阶段是最可宝贵的，特别是对于志向高远的艺术求索者。

于文书先生就行走在“问道”的路上，其实，大家如孙其峰老，也是在不停地“问道”。生命不止“问道”不辍，这是艺术家的使命，也是艺术青春的绵绵链接。

2010年5月16日，于文书先生60岁华诞。在回首60年人世天涯的时候，他没有如常人那样沉浸在逝去的荣耀里，而是平静地梳理过去，理性地设计了未来，他说：

过去的60年，是祖国和人民养育了我，我对我的祖国和人民怀着深挚的热爱。我为祖国和人民兢兢业业工作了40年，为此付出了我的青春、汗水和心血，回望历史，我可以告慰祖国的是：我尽力了，我永远是祖国人民的儿子。

前40年为祖国尽忠，生命的自由度不能完全由自己掌控，后40年，我自由支配的精力相对多了，我决心献身于中国的书画和国民的美育事业，努力不辜负我生命中的第二个青春。

平静而理性，似乎波澜不惊。但凭谁都能解读出这平静和理性背后的那充满自信的生命意识，那理想呼唤下的热血贲张！

就这样，于文书先生从此开始了又一轮青春的跋涉。

命运又一次眷顾了他，这几年艺术青春的履历上于文书先生硕果累累。不管是他的美育研究还是书画艺术，都开始渐入佳境，几欲美不胜收。索要墨宝的人多起来，邀请讲演的人多起来，出版社的稿约多起来。于文书先生又进入了繁忙的耕耘季节，这给下一个青春40年做了明媚的奠基，而《峰门问道》则是青春季节里第一片报春的信风、第一阵如酥的春雨、第一只衔春而来的燕子。

作为学生，愿以拙文奉上对恩师青春的祝福。

壬辰之春·北京牡丹园

书外卮言

一、吾写吾师

《艺品聊斋》付梓前，树木师命我：写点儿东西。这当然是抬举我。

几天之后，他又把我的师兄王志民教授为《艺品聊斋》写的序转给我。

那序言，写的行云流水，文采斐然。

这一下我可惨了，心中有语道不得，师兄题序在前头。

虽然活剥了李白，但毕竟没有诗仙的飘逸和潇洒，没有能力另起炉灶来一曲千古高歌，那就只能说一些《艺品聊斋》之外的话了。

就谈谈本书的作者吧。

作为学生，在树木师身边求学、工作，前后凡二十余年。师恩如海，终生萦怀。因此，当我手捧书稿时，如同手捧业师半生的心血。于书于人，都毫不吝啬我由衷的祝愿。

二、师生之间平常如歌

20世纪60年代中叶，我从淄博27中初中毕业，进淄博师范当学生。

直到现在，我也不知道怎么来描述那个风云变幻的岁月：一场浩瀚的劫难正在母腹中孕育，整个中国的上空笼罩着躁动不安的阴云，校园里也早已是风声鹤唳杯弓蛇影，师生们人心惶惶，不知要发生什么事情，冥冥中大家仿佛都有种预感：罡风四起，欲来的岂止是山雨？

一幢德意志建筑风格的教学楼矗立在校园内，树木师每天早晨从楼前走过，那时他刚刚分到淄博师范不久，高年级同学中已经在议论他的身世——一个烈士的儿子在共和国怀抱中的成长史。

因为同在一个学校，不知不觉就相识了，很平常。

以后就是好几年的闹剧连台：批判三家村、停课闹革命、横扫一切牛鬼蛇神、革命大串联、反逆流反复辟、红太阳“忠”字舞——“文化大革命”的风雨中，我们大部分时间是“战斗”在一起的。后来我毕业离校飞向了“广阔天地”，再后来粉碎“四人帮”、恢复高考，1980年，我又回到了树木师身边，在他麾下当一名教师。

接触慢慢多起来，但话题大都是工作，以他的禀性和我的幼稚，我们还很难沾染“帮”风“帮”气，更没有策划、点火之举。说实话，我受树木师批评很多，委屈自然也不少，但他有恨铁之心，我循师道尊严，如此而已，仅此而已。

后来就有了跟随我俩的传说。

斜刺里吹过来的风言风语很有些变调，令人难以捕捉那音乐的形象，但淄博毕竟是哺育过许多音乐家的较大城市，市民中的听众还是不乏其人。虽然不及师旷，但闻弦赏音，还颇知雅意。于是追着那旋律听下去，那副歌部分好像只有三个字：——师——范——帮——

我们随即大笑，大笑者还有多人。

师范本无帮，友人自撰之。

三、吾师当官三十年

算起来，树木师登坛执教的时间并不多，他大部分时间是在当官。这虽然未必是他的初愿，但环境使然，政教分途，在他也是一种宿命。树木师对此是十分坦然的，不像有些男子汉，月光下还猴儿急猴儿急地要拥抱政治，阳光下却变得羞羞答答，甚或满脸的不屑一顾，真是的。

几十年就这么走过来了，浮浮沉沉的世事经过了许多，看似无为而治，实则苦心殷殷。得罪的人肯定有，但除了误会曲解和无能为力之外，我很难找出别的原因。当然还有一些对他看之不惯的人，那是不必有什么原因的，这样的事自古有之，到处有之，也算一种比较普遍的国情吧。

吾师口碑也有了：善良、宽容、实事求是。

科学求真，宗教扬善，艺术尚美，人类对真善美的追求是那样的执着那样的悲壮，以致弥漫了时空。但对真善美的发扬光大具有无限的开放性，甚至全人类都可以世世代代努力下去。我想，树木师正是在理想的攀登上，做了几十年20世纪的愚公。

昭烈帝托孤时其言也善：勿谓善小而不为，勿以恶小而为之。很有些防微杜渐的严谨。《聊斋志异》前言中说：有心向善虽善不赏，无心为恶虽恶不罚。可社会往往没有那么理想，人们也远没有那么自然那么无辜。真善美的大旗高高飘扬了这么多年，同胞异胞们尚如此做作，足见一个人做一点儿善事也许不难，然要做它大半辈子甚或一生就不容易了。因此我十分欣慰树木师能得到如上的评价，只是我不知道这样的评价在如今的社会上到底是褒扬还是贬讽，反正我认定了民声叙述着民心，而民心折射出天良。

正是在心灵攀登的历程中，树木师付出了一个无产者孤儿般的良知和苦心，他把自己的心血融进了壮丽的事业，踏出了一串“我以我血荐轩辕”的足迹。苦水流进肚里，平静写在脸上，他抱定了最高宗旨，向前走去，走去。

他深知这是戴着镣铐的攀登，因为最高宗旨常常和现行政策相悖，而通往目的的手段也往往使良心和道义荡然无存。官员们经常被邀请进绝境，被逼着做出某种选择，这是一场染缸里的灵魂大战，很少有身子干净着出来。但他似乎不太敏感，他觉得无私即无畏。也算历史有情，他竟然跃出三界外，人在平常中。于是，宗旨与政策的统一，手段与良心的默契，都蹒跚着登台了，这决不仅仅是做官的学问，似乎还牵涉到做人。

又要活剥一段名言：谈做官很难，谈做人更难，把做官和做人合起来谈则更是难上加难。我有时觉得这事挺怪，怎么谈起来比做起来还难？对这困扰国人几千年的两难命题我本来毫无兴趣，但事关吾师就难以逃脱了，我同时知道谈这类话题最好用曲笔，那样绕来绕去极能出彩，据说还能给读者留下广阔的审美空间，多好啊，遗憾的是我竟不会。

然而又很想说实话，那只好牺牲文字的朴素了。

来吧，世纪末的江郎。我对自己说。

四、官格与人格

简而言之，做官与做人一样，都有道、术之分。道境虽高，术却难胜，时合时分，状如混沌，很难分清高下。其实根本不用分，人各有本，各取所需，这才是天然合理的。姚黄魏紫，环肥燕瘦，各人抱着自己喜欢的去啃吧，这样才有了官场人场的热闹非凡，谁不喜欢呢？

也有甘于寂寞者，树木师便是。

从政几十年，他的门前基本上车马稀少。

究其原因，一是他素来不善逢迎；二是在他的人格氛围中无聊者往往却步，有聊的人自然也犯不着去惹一个“比而不周”。

他推崇主义的信仰，他遵循既定的规矩，在毫不动摇的原则下，他以“与人为善”做武器去为人处世；他以“问心无愧”做道德底线来约束自己，如此而已。

这样，他远离了掌声和鲜花，他安于门前的车马稀少，但从灵魂深处蒸腾起的那份充实，便成了人们对他默默地献礼。在他面前，简直无法拒绝那迎面袭来的道德感染。

真和善铸成的人格之美，闪射出最耀眼的人性之光。

不过，他有时善良的不近人情，曾目睹蒙恩的男女对他反噬，竟没有一点儿反击，也许他根本就没有想到。

缺乏鲁迅先生“痛打”的勇气，又不屑于“FAIRPLAY”规则下的直击，这倒不是缺乏自信和力量，而是——反击——从生性深处就不是他的习惯。

生在硝烟弥漫的战争岁月，长在阶级斗争激烈的年代，却唯独缺少“与人奋斗”的兴趣，大概也从未尝试到这方面的“其乐无穷”，随之失去了很多的飞黄腾达和得意扬扬。只是当他走进人生金秋的时候，他笃定要丰收了。

依旧是淡泊如菊，依旧是车马稀少，但树木师肯定已经感到了周围弥漫着一种浓浓的赤子心灵的拥戴，这来自他的学生、他的朋友、他的亲人。而且，绝不仅仅在淄博的大地上……

五、遥远的祝福

20世纪最后一个圣诞节悄悄地降临了，没有雪，没有喧哗，中国的圣诞节照例是平静的。因为国人特有的成熟，无尽的诗情画意都融进了平静。

树木师此时正在美国的东海岸，那里想必是一片狂欢的大海，不知他能否和家人一起，一扫漫天的云雾，做一个快乐的圣诞客？

谨以这浅薄的文字，遥寄去学生的祝福！

去吧，祝福恩师的一切，还有他的家人，他的书……

耕书人曰：道可道

——《朝思暮录集》跋

《朝思暮录集》终于付梓。

看来字字皆心血，十年辛苦不寻常。真的吗？真的！

决不是谬托知己，大概也不是自作多情，在《朝思暮录集》作者位仁田先生的交往圈子里，我确是他的知心者之一。

因此，我自觉很有资格置喙于此。

（一）吹面不寒

你见过这样的人吗？

说，半个多世纪以来，我从未跟任何人吵过架。这就是位仁田。

当我证实了他言之不虚时，我同时陷进了深深的无言。

我想，一个生命的孕育，原本是竞争的产物，当他呱呱坠地后，竞争便构建了他相伴终生的命运。从此开始的生命全程，都被笼罩在这悲壮的抗争中。已故导师毛泽东著名的“三斗”说便是竞争不朽论最好的诠释。在这贯穿一生一世的奋斗中，人们或许能获得些胜利：古人的封妻荫子五子登科，今人的升官发财，职称车子妻子孩子房子，等等。但这场色彩斑斓的战天斗地整人的最终结果却都是殊途同归，一抔黄土掩风流。人群中不乏回光返照时的清醒者，但在这最后的彻悟之前，绝大多数人还是在津津乐道地扮演着名利客。既然这样，竞争还少得了吗？

既有竞争，就难免争吵。“从未跟任何人吵过架”，说的太过分了吧，五十多岁的人了，从孩童到青春，从学生、医务工作者干到教师、校长，难道就没有遭遇过另一类精彩的生命体。譬如马列主义老太太、一本正、刁德一、弯弯绕、常有理、滚刀肉什么的？

都有幸遇到过，但都一一化解了。

至于武器嘛，曰与人为善；化解的战法，曰以柔克刚。

抱着与人为善的目的，以仁爱之心换位思考，进而理解，然后沟通，最后将对立转变成联盟。至此干戈就化为了玉帛。几十年来，屡试不爽。说起来竟是一件最传统的武器，老祖宗那儿多着哩。

难矣哉，因为我知道在这传统武器的背后，和血带肉地连着一颗仁爱之心啊！

正是这样，位仁田从乡下小心翼翼地走来，跋涉了半个多世纪，他还要义无反顾地走下去。

循着他那吃重的行行足迹，口碑也在他身后渐渐地清晰……

（二）我以我血荐轩辕

说实话，这发自仁爱之心的与人为善和以柔克刚也不是无往而不胜。因此，无论是家庭里还是社会上．挫折与委屈总是难免的。位仁田也有无可奈何的时候，这是人性普泛的悲哀。归根结底，是一种文化的隔膜横亘在人与人之间，到处如此，从来如此。

每逢这时，苦闷和彷徨便相伴而生。当年鲁迅大师那无助的呐喊和动地的歌吟便挥之不去地涌上心头。“寄意寒星荃不察，我以我血荐轩辕”，这是历史在遥远的回响，更是心灵息息相通的共鸣。在这灵魂的苦悟和挣扎中，人们感到了我们民族根性中那股最强大的人性的力量。

果然，位仁田没有在挣扎中沉溺下去，而是在悟醒后更加坦然起来。他很快走出了一己的悲欢，并把这种灵魂历练后的体炼做了合理的外推，把自己带进了一个更高的人生境界。直到这时，他才超越了独善其身的美丽桎梏，并致力于这种人格魅力的外用。最终把一颗难得的良善之心敷衍成宽宏的人文关怀。对家人、对朋友、对同事、对一切的人。

终于，在特定的时间和空间里，他创造了“时势”——在莱阳师范七年半的时间里，他初展胸臆，得到了人格意义上甜美的报偿；在牟平师范又一个七年半，他有心插柳，在从事心中一项伟大奠基的同时，他完成了由“适世”（他有时候称“就道”）到“读世”的人生境界的升华；如今，他掌门蓬莱师范又是七年半了，丰富的阅历开掘了他的慧根，在人生旅途上他进入了硕果累累的金秋，半生的有意无言凝成了《朝思暮录集》。虽不能说字字珠玑，但毕竟是肺腑之言，加之又独辟了文体，于质于文，都算是难能可贵了。

思想者常有，但思想家罕见，这是比哲学家还要令人神往的。按国人的习惯，每每把思与想的终极核质称之为“道”，而“道”实实在在是千古以来最见仁见智的概念，要说清“道”委实太难了，因为常常找不到语言。

能行布于世的道往往是露出海面的冰山，而水下的部分是永永远远写不尽的，《朝思暮录集》算是那露出海面的一角吧，这已足够令读者高兴了，何况还有水下坚实的山体？那决非是蓬莱仙境中的蜃幻之梦所能比拟的。

（三）寡人好酒

位仁田好酒，居家独酌，辄以二两为限。偶发少年狂放，也从不因酒废它，足见其慎严之处，做人有分寸，听说在哲学上把这称为“度”。很是高深。

谜底终于迎刃而解了：与人为善也罢，以柔克刚也罢，都因掌握了这个恰到好处的度。为人处世，披沥以诚心，进退有分寸，这就是位仁田的高明了。

是啊，交人固然要有一颗诚爱之心，但如何把握其分寸，也是颇费思量的。有人说人与人交往就是掌握距离的艺术，该远的不能近，该近的不能远，很有几分道理，但如果全力以赴地去绞这番脑汁，而把心交置于身后，也不能不说是本末倒置。

一个人从涉世之初，人际交往也就开始了。这时凭的是一颗纯洁火热之心，人间是美好的，人心是善良的，世道是清平的，在他的面前，是一片晶莹的亮丽。但慢慢地就觉得不对了，误解有了，排斥来了，更不堪的尴尬也接踵而至了。在一连串的命运痛殴下，为了生存，他不得不收起感化之心，而动起了周旋之脑。渐渐地，他初步尝到了成功。风险避开了，实惠得到了，在同事们跌跌撞撞的身影后面，他笑吟吟地满足了。于是他大动其脑，把小聪明进化为大权术，在此后的一生中大行其道，岂不知这里的“道”其实不过是“术”而已。一般情况下，心之道斗不过脑之术，但人是讲进化的，而这进化的轨迹正应了螺旋式上升的道理，所以人际之间的高级交往，还要归结到心上来。

这样，交往过程中的心—脑—心便极明白地勾勒出人性不同的境界。只有极少数的人终生陷在第二层面中乐此不疲，大部分人则努力从这里收起心猿，力争往人性最高的境界攀援。以脑交友终觉浅，情到深处方动心。诚信言哉。

位仁田应该无愧了，因为直到现在，他还是操着传统的武器，还叨念着要为谁谁解决什么什么困难。这种境界，真不知是从何时修成正果的。

（四）大道随俗

作为同窗，有不少人笔耕不辍。相比之下，位仁田属“懒惰”一族。敦促再三，才将《朝思暮录集》杀青，真不知下一本书的问世当在何年何月，我想再“跋”就只有耐心地等下去，有什么办法呢，面对这样的“懒人”？

索性把时间拖得很长很长，我也来一个懒懒的祝福吧：

适世者读世者修齐治平全赖君力，

已五十又五十福禄寿考再征余文。

干脆一百岁后再说吧！

是为跋。

新纪元年九月十二日于东营。

写毕时美利坚正经历一场合众国历史上最精彩的考验。

我面前是浩渺的大海和林立的井架，这正写真了人类的碌碌和自然的无垠。

剑胆琴心汪逸群

世人间的相识，充满了偶然。但倘若这相识后来衍生出友谊或更深的过从，那就证明这偶然的背后确实潜藏着人际因缘的应然和必然。对此，有人看作缘分，有人视为气场，有人称是生命的密码，有人解读成基因的缠绵，不管怎么说，一见如故一见钟情言浅意深时短情长高山流水等等这些人际交往的状态总是客观存在的，古今中外都不乏此类的佳话美谈。但实事求是地讲，在当下社会中如果真有这样的人生际遇，无论如何都是一件十分幸运的事。

例如，我与汪逸群先生的结识就纯属偶然。

山东老乡孙一鉴弟某日给我下通知，说有几个朋友要见我，谈谈国学方面的话题。人就怕挠到痒处，我虽然深知自己才疏学浅，但一听到国学二字便情不自禁，竟一口应承下来。

那一晚的聚会场面挺大，工农兵学商都有。一鉴就有这样的本事，他是一个场面上兜得转的人，把气氛调谐得热烈奔放，代价是把我带去的两坛红曲黄酒喝了个净光，最后还点了十几支啤酒。酒喝到开怀的时候，话题自然地全面开放，但回想起那晚的话题并不乱，基本是围绕着周公——这位伟大的先人而展开。

作为周公思想文化研究会的会长，逸群先生当时话并不多。他坐在一个并不显著的位置上，认真地听着姬传东秘书长、一鉴等朋友与我的对话，当时我分析逸群先生是那晚最理性的审视者，是在时刻捕捉某种信息，而这信息与他的周公思想文化研究会的存在与发展息息相关。有心人在任何场合都不会忘形，他在那晚的举止就堪称完美。

当我完成了这个瞬间的综合判断之后，我感到在我们两人之间已产生了一种潜滋暗长的默契。一点儿理由也没有，我们就这样成了知己的朋友和兄弟。

因此，当我捧读这两卷《琴剑抒怀》时，好像是面对着一位共和国赤子的成长履历和生命的写真。我没有把它当成是别人的著作而冷静理性地注入评判，而是感同身受地品咂着作者的生涯甘辛和喜怒哀乐，为他歌吟，为他感慨，为他的一切——事业、家庭、理想——送上诚挚的祝福。同时很容易对本书的全部涉猎都产生了某些共鸣。

《琴剑抒怀》分文章卷和诗词卷。前者是共和国军人对自己生命的检阅，后者是徽州才子声情并茂的长歌短吟。源自同一灵魂的心声投射出不同的人生侧影。而令读者感受最深的则是贯穿其中绵绵久远的家国情怀、忠孝大义和作为一名军人、学者、艺术家的无比自信和豪迈。

对于自己的汪氏家族，逸群充满了神往、崇敬和骄傲，这或许可以追溯为他出任周公思想文化研究会会长的初衷之一。但世事的规律是，当素朴的家国感情凝聚成不散的情结时，就很容易成为探幽自己民族悠远文明的动力。在宗法基因浓厚的中国，男性子民一旦将自己的情感和生命意识注入进对家族堂望的梳理和研究，无形中就把自己的青春与民族的大业融在了一起。田海沧桑，如果这时正逢民族的情绪和能量在大跨度的旋升，那恰好是伟大复兴的序曲。处在这样一个壮丽的时代，汪逸群义无反顾地成为擎旗的潮儿。宗法社会天然的孝文化构成了民族道德的第一块基石，成为中华民族最初的教化。而移孝做忠则是孝的社会化升华，当忠孝的施展成为国民的常态，家与国成为人类秩序时，这个民族便由无序走向了文明，从蒙昧、野蛮到文明不是自发的进化，正是在这里产生了中华民族元初的治理，礼乐文明就是这一治理的首批成果，而这一批成果的设计和实践离不开一个神圣而英明的人物，那就是周公。

不管当初逸群先生和他的团队是源出对于祖望的热爱，还是出于对华夏文明的献身。总之，能以周公研究作为课题，这无疑是追根溯源的大智慧。

在中华民族生存和发展的进化历程中，周公是一位归梳旧邦，开启新元的领袖，是推动中华民族进入文明的导师。可以毫不愧恧地说：周公是华夏民族教化的始祖之一，是中华等级文明的奠基人和践履者，并取得了零公里碑意义的开创成就。周公倡行的礼乐是功垂日月的伟业。在某种程度上是中华民族傲然于世界文明的文化渊薮。

关于周公思想文化的研究才刚刚起步，而逸群和他研究会的同仁们就是这第一批吃螃蟹的智者勇者。

一个人从事的事业常常揭橥出他人生的格局和境界，也透露出他的文化趋向和诉求。在从领导岗位上退下来之后，逸群先生“业成挂甲休武事，志在翰墨著文韬”。用时髦的说法，这一转身着实华丽，而《琴剑抒怀》就是这一华丽转身的第一颗硕果。

逸群先生不愧是望族的血裔，在他身上不光流动着高贵的血液，而更重要的是在他绽放的生命意识中处处洋溢出的那种“自强不息厚德载物”的追求与精神。自强不息厚德载物这八个字自从被梁任公提炼为清华精神而传世以后，很少用来状人励志，岂不知这八个字几乎涵拥了我们民族生生不息的全部品质。中华文明众多核心理念尽管在界别上有明显的分野，但在其精神内核上却离不开这个源头。一个人或者一个民族如果不仅仅能在天人之际中生生不息，又能在世情荣枯间厚德载物，那么人间的臻真臻善臻美就不再是只行走在语言和理想之间的水月镜花。

汪逸群先生就这么精彩地向我们走来，带着他呼啸的征尘，带着他氤氲的书香，军魂文胆，满腔忠孝，凛然而怡然，事业与人生。

我很喜欢在繁星满天的晚上凝望夜空，一如我深情地注视着我们伟大民族的历史长河，一连串闪光的名字点燃了浩漫的天幕，连同他们的行迹和思想，都令我忆往神追。这时，我很喜欢的一副古联涌上心头，好像是关于朱熹先生的，顺手拿来小事剥洗，转身送给汪逸群先生和他的《琴剑抒怀》。

管理商量趋邃密，

诗史涵养致精神。

是为跋。

壬辰之春·北京牡丹园

“教师脸”的昨天、今天和明天

“教师脸”，听说过吗？

听说过。

但大部分人都没有仔细推敲这个问题：那就是教师的脸有什么特别！

当然，如果从人种因素和审美图构的角度看，教师的脸和其他人一样，不会有什么区别。但如果从中医“望闻问切”之“望”来看教师的脸，这里面就大有文章。

这不禁让我想起了教师的健康。

也想起了一幕幕往事。

昨天的“教师脸”

20世纪80年代初，在一个40位陌生人聚会的场合，我凭着经验和感觉，挑出了6个人，然后我断定他（她）们都是教师。

结果，我是对的。

那是在我邻近的一个县城工会俱乐部，县工会为参加县里举行的文艺汇演要组织一台节目。他们邀请我去帮忙。40个人的演出队伍来自全县各个有工会的单位，他们中有干部、工人、职员、教师，都是本单位的明星级人物。演出队分演唱、舞蹈、曲艺、戏曲、伴奏等行当，需要指定6个人分别担任召集人，于是我指定了6名教师，因为在我心目中，教师比较自律，也有责任心，用起来顺手，管起来放心。

问题是我为什么在40个人的队伍中能准确地把教师挑出来，在场的人到现在可能还认为近似于神话。只有我心里明白，我凭的是他（她）们都长着一张“教师脸”——长年呼吸粉笔的粉灰，菜色的、写满了操劳的亚健康的脸。

在场的人都很佩服我，其实我心里充满了悲哀与辛酸。那时我也是教师，我深深地知道整个老师队伍的健康水平。

还有稍早一些的事。

也是20世纪70年代初，公社中学一位表现突出的教师被公社党委“提拔”为供销社售货员。半年以后，“教师脸”变成了大圆脸，全公社一大半青年教师都对他羡慕而妒嫉。

更早的事也有。

1943年，抗日战争进入最艰苦的岁月。西南联大的教授们也饱受饥馁之苦。一教授晚上外出被劫匪盯上穷追不舍，情急之下教授回头牢骚了一句：追什么，我是教授！劫匪闻言即止，调头而去时还不忘扔下一句话：天黑看不见您老的脸嘛，早知道是教授，我还追啥子！

教授教授，越教越瘦。想必那时教授的脸也是一望而知的。

以上都是历史了。现在的情况怎样呢？

偶尔有幸旁听过北京某小学六年级的一次家长会，到会的千名教师三女一男，轮流上台向家长们汇报着学生们的在校表现。因为面临小升初，所以千位教师如临大敌，恨铁不成钢、焦躁之气溢于声色。我在台下大大地实践了一番中医“望、闻”功夫，断定其三人患咽炎，两人有颈椎病，而四人全部脾胃失调。后来一接触，一一证实。

中国教育在线曾经专门针对教师的健康状况做过5000人规模的调查，结果是：咽炎占65.22%，颈椎病占45.09%，静脉曲张者占20.49%，而亚健康和心理障碍率都超过50%！

教师的健康，不容乐观啊！

如果历史上的“教师脸”都是因为生活压力大、营养不良所致，那么今天的“教师脸”又是什么原因呢？怎样才能让广大的教师摆脱这张亚健康的脸庞呢？

今天的"教师脸"

生活水平提高了，营养不再匮乏了，但"教师脸"还是不断映入我们的视野。特别是人过40岁以后，男女教师和其他行业的同龄人相比，还是显得憔悴和苍老。

奇怪吗？不奇怪！

这是教师的职业使然。

论脑力付出，老师可能不是最大的。论体力付出，教师也肯定不是最大的。但为什么教师群体就集体陷进了"健康门"呢？教师这个职业真的特别耗人吗？

真的，不信你看：

有很多行业属于脑力劳动，比教师付出的脑力都多，但他们的工作对象是物而不是人，这样他们在动脑的时候可以动脑不动心。不动心则不劳心，不劳心则健康无忧。也有以人为工作对象的职业，如公务员、管理者或各级官员，都要面对人，整天跟人打交道。但他们的工作性质和教师不一样，法律、政策、条例、规定摆在那里，照章办事就行。再说工作对象大部分是成年人，可以在平等的人伦层面上沟通。另者，"权力使人年轻"，这是一个具有普泛真理属性的心理现象，当通常面对的工作对象是你的属员时，那种每时每刻都涌动的心理满足感足以压倒各种初起的病灶。

这一切都是教师无法比附的。

教师面对的是孩子，大部分是未成年人。俗话说一个孩子一个天，这"一个天"常常把父母搅得天昏地暗，那么几十个"天"聚在一起让教师面对时，教师面临的是怎样的琐细、繁杂和冗长，简直是"无期徒刑"啊！

诚然教师的职业是神圣的、光荣的，是阳光下面最令人羡慕的。

但阳光的另一面却是积年累月无休无止的工作压力。教师的工作是不光动脑还要劳心，世上还有比劳心更耗人的吗？这是教师之有“教师脸”的原因之一：动脑又劳心。

原因之二是教师也是个体力活，但与纯体力劳动者不一样的是，教师这个职业无法做全身运动，不是委屈腰椎颈椎就是超负荷使用双腿，还要不停地说话，比常人多几倍地说话。所谓诲人不倦，换一个角度就是喋喋不休。“话多伤气”这又是一条至理名言。所以教师这个职业不仅动体力而且伤气耗神。这就是在常人看来“风吹不着雨淋不着”的教书先生为什么总是孱弱的又一个原因：耗神伤气。

除了这些“职业需要”之外，应试教育模式下的各种压力都会分担到每一个教师的身上，和“绩效”挂钩。“绩效”的杠杆是薪资啊，谁能超脱得了！盖因为教师也需要养家糊口，也要在小康路上跌跌撞撞地奔，所以只能超负荷运转了。

超负荷运转需要代价，这个代价就是以身体健康做了抵押。“教师脸”之所以在今天仍普遍存在，说明教师的健康状况仍没有得到有效的改善。“亚健康”成了校园流行语，而中医的说法是气血两虚，气血两虚是导致“教师脸”的病理原因。

气和血是中医理论中两个重要的范畴。男性表述为气虚，主要症状是感到“没劲儿”，女性表述为血虚，主要面部特征是“没色儿”。所以气血两虚很容易自诊：男性只要感到浑身没劲无精打彩整日疲劳，女性只要对镜自顾面呈菜色或青黄不定暗淡无光，那肯定是气虚血虚。

造成气血两虚症状的原因是综合因素的长期困扰。综合因素就是多方面的原因，内在外在客观主观都有。长期困扰就不是一朝一夕偶然得之，这里既有职业病也有个人的疏忽或无知，是这些因素的日积月累。

现状如此，就需要我们认真对待了。只是这“对待”又是一个系统工程，我们对此首先要有清晰的认识。

“教师脸”会有明天吗

很难说。

不过我有一个愿景，那就是：再也不要有“教师脸”。教师的脸应该是与国民一样健康的脸，或儒雅中透出英武，或知性中尽显秀丽。如果有“农民红”爬上脸颊，那将是最令人神往的健美。当然这个心愿不单单寄予教师，也寄予广大的国民。

只是本书毕竟是在讨论教师健康，所以还是回到教师群体及其有关的题域来。

要从根本上告别“教师脸”，重要的是取得全社会支持。这不是一句空话套话，是有实际内容支撑的。具体的说可分为三个方面，一是体制机制保障；二是民心所向所重；三是教育主管部门包括一校之长要把教师健康纳入学校的治理版图。

改革开放30年，我们亲历了教育领域体制的巨变和机制的创新。历史告诉我们对我国的教育发展应该有足够的信心。因为虽然问题仍然如山，但事情正在朝着好的方面转化上升，趋势注定目标。这起码保证了教师在健康方面的体制机制保障不会低于全体国民。再说教师的健康保障条件相对于大部分国民来说还是有优势的。这一方面不必担心。

至于民心，也就是教师在人们心目中的社会地位，这似乎是一个一言难尽的话题。总体来说，现在人民教师的社会地位，在世界上不是最高的，在历史上也不是最高的。但决不是全世界较低的，也不是历史上较低的。有些事情需要具体的淘洗，因为民心是无法粉饰的。

又记起了一些往事。

距今近40年以前，还是“文化大革命”时期，还是“工人阶级必须领导一切”的年代。因为教师的世界观“基本上属于资产阶级或小资产阶级”，所以那时当教师的人在社会上大多低眉顺眼，没什么社会地位。

在山东某地一个占地110平方公里的大型工地上，职工和家属共十几万人住在这里，职工子弟学校也随之设在这里。最高的领导机关称为总厂，根据中国计划经济下“企业办社会”的惯例，总厂党委不仅要管理属下十几个分厂，同时十几万职工和家属的所有民生民计也由总厂负责。

忽然有一天总厂党委下发文件，决定要为所属子弟学校的教师长一级工资。这样一来工龄一样的工人就比教师少拿6元钱工资，但工人们每月都有5元钱的野外补贴，教师没有。统算起来，教师比工人多拿1元钱。

工人们愤愤不平了：领导阶级不如小资产阶级知识分子挣钱多，这还了得，群情汹汹，一直闹到总厂党委。

总厂党委决定给教师长工资决不是心血来潮，因此对工人闹情绪早有准备。党委下达通知，让各分厂基层工会都派工人代表来总厂开会，并特别注明这个会议晚上开，与会人员都要吃过晚饭来。

晚上9点正，几十名与会人员都到齐了，党委书记站起来说，今晚上的会到峰山顶上开，在那里可以鸟瞰到家属区的全貌。于是几十人浩浩荡荡地上了山。

晚上9点40分，会议开始，党委书记指着山下生活区方圆十几平方公里的家属楼说：请大家往下看，现在大部分家庭已经熄灯入睡，那些少数亮灯的窗口，大多是教师在批改学生作业和备课。总厂党委早已做过调查，现在我领大家下去看看，抽查一下。

结果可想而知，一场风波就这样平息。

顺便说一句，那个年代家家都没有电视机，如果不放电影，晚上照例没有其他娱乐，在“无产阶级思想占领阵地”的时候，麻将、扑克等皆不普及。

这场较量与老师健康有关系吗？有。是体制力量对老师地位的关注，这场“民心”的较量体现出教师健康的社会环境元素，具有很高的人文热度。如果这样的人文环境能成为普遍和永远，我们手上这本《教师健康白皮书》大概也就没有这么宽泛的讨论范围了。

这个故事既反映了民心之所向所重，又引入了体制因素，在一定程度上对我们解决“教师脸”问题提供了较强的安慰。

但我还是非常崇敬在犹太世界里广为流传的一句谚语：如果父亲和老师同时坐牢而又只能保释一人，做孩子的应当把老师保出来。

当初听到以色列朋友这样说时，我并没有太震撼，后来在美国又一次听到犹太裔朋友披露心中的律条，郑重其事地解说这句谚言时，我不仅热血沸腾，仿佛感到我体内的血液唰唰地流过，我惊悚地站了起来。

我慢慢明白了这个苦难民族蹒跚自强的成长史，明白了当初只有23人登上北美大陆，现在却成为600万人口大族的美国犹太人族群。虽然人口仅占全美人口的3%，但参议员比例高达10%以上，在某种程度上对美国的走向有举足轻重甚至是驾驭意义的影响。

不用羡慕，只要看看这个民族怎样对待教师就够了。在他们那儿，教师的健康从来不是一个单独的命题。

说了这么多看似游离主题的话，目的只有一个，那就是：教师的健康不光是个人功课，而是全社会的课题。特别是作为教师头雁的校长们更应把教师健康列入本职工作日程。

校长们大都来自教师，自然最知道老师的一切，对教师的健康也最有发言权。好的校长不仅应该对每一位教师的执教水平了如指掌，而且应该也必须对每一位教师的健康有一本明账或心账。

郑重推荐《教师健康档案》

在一座规模较大的中学里，校长给我看了他们学校的《教师健康档案》。

每一位老师都有两份健康档案，一份是历年来体检后医院提供的各种信息。

另一份则是学校自制的文本，里面是分门别类的小项，不仅详细登录着每一位教师的身份信息，而且还有诸如人种、体质、地缘、时令、身心、命相、属相、特长、遗传等若干与健康和体质有关的信息，在这份档案里还附有档案主人撰写的生病时的临床表现与感觉，治病经验、养病心得和本人生病的重大诱因判断，等等不一。在统一的格式后面是各有千秋的记录。

校长很有信心地表示，通过多年的档案积累和每月一次的健康养生讲座，每一位老师对自己的健康诸元基本上都心中有数。学校在这方面做足了文章，他可以保证本校的教师在健康的总体水平上比同类学校好很多，尤其是平均寿命，他认为肯定比同类学校要乐观。

许多未知的结果都没有得到印证，但明显感觉到这所学校的老师精力和体力都是另一番天地。更为惊奇的是，我在这里没发现司空见惯的“教师脸”。

这正是我所期待的。

上面我们已经就教师健康的课题廓清了一个大背景。无论是体制机制保障，还是政策环境制约，其实都是一个外部坐标。教师健康的决定性因素还在本人。理念、态度、做法、恒心都是缺一不可的。有一种说法叫我的健康我做主，很有道理。传统养生理念中有一条最重要的原则就是个性化养生，也就是说每个人都有属于个人的体质参数和健康水平，这是一个最根本的依据。任何理论或别人的经验教训只能是一种参考和佐证，真正起作用的还是个性化因素，请教师们牢牢把握住这一点。

可是任何个性都是在共性基础上的凸显，而共性又有大共性和小共性之分。具体到老师养生来说，人类健康养生的规律和黄种人特别是中国人的健康养生规律就是大共性，教师职业派生的健康养生规律或者职业病就是小共性，某位老师本人才是个性。大共性、小共性和个性之间不能混为一谈，更不能无视个性地去从众随波逐流。许多宝典、指导、基石、秘笈之类的理论或做法不一定人人都管用。另一方面通用的道理也是一个重要的背景坐标，不可完全弃而不用。人类文明最少已有5000年的历史，许多成果是不容忽视的。

现在社会上关于养生保健的健康类书籍可谓汗牛充栋洋洋大观，表面上看在很大程度上满足了读者的多方面需求。但倘若不是肤表的阅读，就不难发现这里面的问题：许多打着小共性旗号的健康书，其实并没有写出应该写的内容。大部分是根据基本原理变通了阅读对象而已。

例如关于教师健康的书不算少，但除了开列出咽炎、颈椎病、静脉曲张等老师易患的几种职业病以外，似乎再也没有针对教师的专门内容。至于教师食谱、教师睡眠、教师有氧运动、教师常用药、教师的体检等冠以教师××的篇章，大都是放之四海而皆准的普适性原理，换了其他职业也同样适用。

看来真正专门为教师写的健康读物不是太多，而是太少。

我们可以梳理一下思路，属于大共性的内容很多，也容易读到。属于个性的内容则需要本人去体悟、总结，只有小共性需要著述者下一番真工夫。也就是说，教师健康书籍的核心价值就体现在小共性内容上。凡是在小共性也即教师职业共性内容上表述比较到位的书，这类书就有重要的参阅必要。因为这类书具有独特的学术含量和实用价值。

当然作为一本完整的著作，对大共性的铺叙和对个性的点拨还是很有必要的。因为只有这样才能不失去规矩又切中要害。

《教师健康白皮书》正是循着这样的宗旨而努力的。

在关于健康通用理论（大共性）部分，我们尽自己的努力对近几年一些非常流行的理念做了辩证，指出了某些误导。在个性化的论述和实践部分，在提出一些需要遵循的原则之后，我们重点介绍了一些做法、功法和方法，供读者们根据自己的情况进行选择。小共性部分篇幅较小，证明我们的研究才刚刚起步，远远够不上精深。但严格遵照从现实出发的原则，实事求是地总结梳理生活，以提炼和概括出我们的一得之见一见之功，我们决没有偷工减料。

根据教师的职业特点和导致健康水准下降的内在原因，我们提出了“动脑不动心、动情不动气、劳力不耗神”的努力方向和以养心为核心的一整套应对措施，并重点推荐了音乐养心曲目和卯辰十五通功法。这些都是有很强针对性的设计，事实证明是行之有效的。

专业的医学内容对广大教师来说无疑很陌生，但许多常识性的养生、保健、健康理念和做法每一个教师都应该掌握。国家目前正在大力提倡健康的主流生活方式，教师们应该了解这方面的内容。我们有一个基本的观念：生活方式+心态>寿命80%。这个公式告诉我们，人类寿命80%的因素来源于生活方式和心态。其他诸如遗传、疾病、环境等要不是极端因素则只有20%左右的影响率。由国家卫生部牵头的“治未病”工程已经启动正在推广，旨在把国民的健康体质保持在“未病”状态。这是一项利国利民的福寿工程，建议每一位教师都应该热衷地参与，如果一生“未病”，那将是多大的福分啊！

本书的内容一直在中医西医范畴中，更多的是传统文化色彩，需要老师们客观平和地对待。对很生疏的领域最好不要轻易排斥，也不要简单的拒绝。因为很多看起来不“科学”的东西只要置身于中医文化的环境中就可以大行其道，俭、廉、便是每个人都希望的，一毛钱两毛钱就能治好的病没必要兴师动众地动用高端检测手段。面子的好看只是虚假的满足，而不少看起来很土很原始的“方”却凝结着人类生存的智慧。在这方面现代人的盲区很多，真需要下一些力气来打通。

“通”是不容易的，但博、通、化是每一位智识者通往极境的不二道路。有人走得远，有人走得近，也有人一生老在启步。

但无论如何在事关自身的健康大事上，每一位教师都应该有一条底线：不能因无知失去健康，更不能因无知而失去生命。

健康需要学习，那就请展卷阅读吧。

祝福母亲序

人类的第一秩序——家，家的核心无疑是母亲。

中华民族的第一教化——孝，而教化的主体之一还是母亲。

幼年时，母亲是孩子的全部；成年后，母亲是孩子的家园；暮年时代，母亲是触动人类内心深处那最动情的牵念。

古今中外，母亲已化为全人类共同的信仰。

无法设想信仰斑驳或者脱落后的恐怖，也无法想象母爱缺失或异畸时不幸儿女那坎坷的挣扎，更无法预测当恐怖和挣扎成为社会气象时一个泱泱大族面临的命运危机。

不幸或有幸的是这一切已经或者正在隆重的上演。

这构成了母亲教育的全部理由。

而烟台，正是在时代潮流中，成为全国的重镇。

烟台的母亲教育已厚重地走过了十年，既有众所周知的窘迫，又有执着而无悔地攀登。我们知道人类的良知之光也会投射出片段的阴影，但这只能让人类的前行更加笃实。笃实会焕发灿烂，而灿烂能穿越时空。从这个意义上说，笃实是不朽的。

十年间，烟台母亲教育最初由素朴的理念出发，到今天初具规模的破浪前航，无论如何这是一个奇迹，创造这个奇迹的是一个伟大的团队，伟大的核心，伟大的灵魂。

伟大，这个高贵的评价赋予奋勇实践的战士时，没有僭越，更没有献媚。

初识烟台的母亲教育，是在五年前一个明媚的春日。我应恩师于文书先生召唤，从北京飞去烟台参与一件学事。在那里遇到了徐耀国先生为首的母亲教育团队，从此我与烟台的母亲教育事业结下了缘分。此后几年，不管我走到世界的什么地方，我都热切地关注着烟台这片母教的热土，为她欣快，为她担忧，为她奔波，为她祈祝。我把最美好的祝愿奉献给她。这不仅因为我在此倾注了心血。

《祝福母亲》就要问世了，这是我目睹的第一缕霞光。

三太母仪万世风，华夏懿德九州同
家教师教须携手，中学西学宜偕行
乾天坤地俱为大，慈父严母各用情
胶莱儿女开风气，母教华彩振先声
诗以言志，序以寄情，去吧！

辛卯中秋·北京

《弟子规》是人生精彩的奠基

世界上有许多国家和民族的教育是成功的，也有许多国家和民族的教育存在着很大的提升空间。

成功的教育遵循的信念是：注重素质，全面发展。

需要提升的教育所反映出的追求是：急功近利，揠苗助长。

然后才是路径和方法的不同。

像世界上许多成功的教育一样，中华民族几千年的传统教育中也有许多值得借鉴的经验，特别是在人文教育领域。

读经典就值得推而广之。

在广泛的教育意义上，所谓人文教育，其实就包括两个大项：读经典，读大书，即社会和人生的大书。知识、能力和实践都包括在这两大项中。对于幼儿园的孩子们来说，读大书尚需时日，但读经典却越早越好。至于学科化的专业知识，完全可以等上学之后再说。因为学教材只能长知识，读经典却足以成就人生。何况教科书是学者编的，而经典一般是大师心血的结晶。早一天学会跟大师对话，就早一天淘洗自己的心灵，就会本能地拒绝精神垃圾，在无意识中养成高尚品位。可以说幼儿成长过程所需要的所有元素，经典中都有涉猎。学而践之，寓教于乐，读经典应该是幼儿园的主课之一。

读经典之风在世界范围内源远流长，斯拉夫民族的早教体系内读经典蔚然成飞，俄罗斯就是成功的经典。古罗马的训蒙师傅相当于我国古代家庭中的西宾，他们的任务不是兜售自己的知识，而是忠实的带领幼童读、背经典。犹太民族则更加严厉，他们的孩子12岁前必须能用希伯来文背诵《圣经》！经典凝聚了犹太民族的心，犹太人的血管里永远流淌着希伯来和《圣经》的血液，使这个民族纵然在全世界流浪漂泊2000年，依然能顽强地屹立于世界。

所以今日我们在幼儿园读经典，决不是心血来潮，也不是标新立异。我们实际上是在为一个近百年的缺失补课，是在回归一条业已被世界各民族包括中华民族千百年来的教育所证明的正道。我们不能再彷徨了，我们必须急起直追，才能无愧于中华民族伟大的复兴。

目前推出的这套幼儿版国学启蒙教材，历经几个寒暑，是经我们反复斟酌而定。这里面寄予了我们对目前幼教趋势的判断和未来之路的设计，忧患与信心并存，扬弃与创新兼有。经过在一定范围中的实验，终于乐观地向社会献上了我们的初成。

读经典其实就是背经典，背经典会让孩子们受益终生。因为不管是人格的养成还是真正意义上的创新，都特别需要有相应的知识和品性的基础架构，这个架构拒绝浮躁，只需要特别的沉潜，而这种沉潜首先就是回到经典的能力。回到孔子和苏格拉底，与回到牛顿和爱因斯坦有同样的意义，而只有站在巨人的肩膀上，人文和科学才能比翼齐飞。

人格崇尚完美，起码不应该残缺。我们永远用这样的理念祝福我们的孩子，愿他们不断地接近完美。

因此我们崇尚经典，崇尚读经典。

经典是人生最好的教材。

读经典是人生精彩的奠基。

国企通鉴：在共和国的史册中

青岛港之于改革开放，无疑具有标杆的意义；

青岛港之于企业和管理学界，无疑具有“中国化管理”模式意义；

青岛港之于领导科学，无疑具有资治的通鉴意义。

还有其他，但仅此就不愧为业界范式、国之翘楚。

青岛港的成就是举世瞩目的。“六大跨越”、世界一流，这都不是刻意他形象包装和虚拟繁荣。吞吐量、资产总值、上缴税费、效率、效益摆在这里，无法做假；全员队伍素质、金牌作业团队也摆在这里，同样也无法作假；领导层和管理团队的凝聚力和感召力同时也体现在这里，这也是无法粉饰的。更难能可贵的是，在市场经济环境下，青岛港没有把一名员工推向社会，没有把“养老”推向社会。他们让老百姓最大限度地分享到改革开放经济发展的成果。就企业规模和社会影响的广泛度而言，这在全国罕有其匹！

本来属于“国家队”，国家也有能力把他包下来，盈利或亏损，对领导层和管理层的利益影响并不大。或许亏损大了还能换来国家真金白银的输血。某些特大型国企最近竞相报亏就是一种“合法”的抢占，集团利益是赢了，但幕后的聪明世人都不言而明。历史有时候会有些暧昧，只是后人的评判是不留情面的。青岛港同样经历了风风雨雨，同样饱受了由计划经济到市场经济转型的阵痛，青岛港同样知道金钱不是粪土，但他们在奉献和索取之间选择了前者，这恐怕不单单是一种风格。

在这个意义上，青岛港所展现的决不是通常意义上北国汉子对国家的忠勇朴厚，而是一种与中华传统文明一脉相承又具有鲜明时代特点的精神。支撑这种精神的是一种全新的社会人格——青岛港人格——既有厚重的道德力量，又有健硕的创新元素，既是中国特色，又是社会主义，这种高度是多重超越的结果，这是一个庞大的课题，对这个课题的成功解读将足以重塑国民的灵魂，将焕发出新的时代风貌，这个全新的时代正是科学发展观的愿景诉求，或曰伟大目标。

青岛港的标杆意义不仅仅是为国家上缴了一百多亿、为国家贡献了二十多个青岛港、创造了一千多亿的GDP和提代了一千三百多亿的入库税收。在更高更深更远的标杆意义上，青岛港贡献了一种精神、一种社会人格。

与20世纪的大庆精神有异曲同工之妙，同样是逆境突起，只是青岛港面临的逆境更内在更深刻，在更严峻的历史命题面前，青岛港付出了更多的理性。时代使然，殊不容易。青岛港应该是对大庆精神全面的具有时代特色的超越，青岛港是新时代的大庆。

从本质意义上讲，管理不是工具，而是文化。当然这种文化溯源于实践。

回头看一下青岛港的管理探索之路，不难发现如下的特点，那就是青岛港在由计划经济向市场经济迈进的最初关口处，他们没有打破重来，没有先破后立，没有休克疗法。而是在民生底线和大局稳定的双重前提下，逐渐注入新的机制元素，逐渐加大改革的力度，逐渐体现效率与公平的匀势，最后成功地实现了体制转身，创造了有史以来青岛港的最好局面。

这是典型的中国之路，是深谙国情民情的明智之举，暗合了中国改革开放30年的前行轨迹，从本源上践履了“毛邓三科”的伟大理论。

从邓小平理论、“三个代表”思想到科学发展观，始终贯穿着一个治理理念，那就是稳定。从治理的角度讲，一方面因为我们是13亿人口的大国，一旦失去稳定将会波及人类社会的秩序；另一方面，“稳定压倒一切”也是源于对我们民族根性的准确把握。民族根性植根于民族的生存文化和历史，是不可轻视的民情。世界上总有一些民族适宜在强势政府和大一统的土壤里生存，这同样是一种不容亵渎的集体人权。毕竟人权有不同的层次，而生存和温饱无疑是基本中的基本。处在人权首端的汪洋大海中，容不得急功近利的“革命”。相反，倒是在稳定前提下循序渐进的改革，被历史证明了是唯一可行的中国之路。如今30年过去了，中国没有一夜暴富，但终于“摸”到了指向正道的路标，成为全人类探索大军的领跑者之一。青岛港也不是一夜暴富，但由于在改革开放之初就选择了理性智慧的管理切入点，所以终成阶段性正果，从灰姑娘变成了俏公主。缺少了大砍大杀，缺少了感性的宣泄和痛快，换来的却是沉甸甸的效益和笃实的民心。

良好的切入点奠基了此后30年的管理之路，青岛港的管理从“以政代管”的模式中脱胎而出，以中国共产党人的成功实践为主体，充分挖掘、发扬和吸收了华夏文明的精髓和滋养，广泛借鉴了发达国家的管理科学和精神，融管理哲学和管理科学为一体，形成了自己的管理模式和体系。

在中国，任何行之有效的管理都离不开两种路径，一是传统管理的现代化；二是外来管理的本土化。我们把这称为“中国化管理”，是一种“化”，而不是“式”，因为“式”可以复制，“化”只是化成，成功的管理在超越了工具属性之后是不可能复制的。青岛港模式正是这样。

“中国化”，不土吗，不狭隘吗，不闭门造车吗？不！青岛港的管理不但焕发出传统文明的智慧之光，而且出色地撷取化用了现代管理体系中最高端的元素，例如品牌。青岛港把品牌的功能和价值挖掘到极致，收获了经济、社会、人文全方位的附加值。在青岛港，不仅有许振超、孙波这样的金牌个人和团队，而且几乎在每一个劳作环节和工作中都创造了自己的标杆，甚至拧钢筋、码垛、炒菜蒸饭都有以个人命名的品牌人物和产品。品牌意识的全方位渗透，不仅极大调动了全员创品牌的心理预期，因而出现了全员创品牌的宏大气象。而且在客观上青岛港也确实为全体员工廓开了创牌的空间，提供了主体能动性以外的所有条件。创品牌意识在青岛港牵动着全体员工的投入和行为。从此我们可以看到，当一种管理理念像信仰一般深入人心时，整个青岛港也成了一种品牌，这时谁能否认这实际上是全世界最成功的管理！

在目前的体制背景下，一个企业的兴衰主要取决于“一把手”的水平。但在管理层面上，“小企业看老板、中型企业看制度、大型企业看文化”又是一条规律。就此而言，青岛港欲百尺竿头的话，文化应该是一个驰骋跃飞的选择。

青岛是一个品牌林立的城市，世界级品牌和国家级品牌占据了这座城市经济文化版图的一大部分。青岛港的文化突围需要在“中国化”的道路上除旧布新，这应该是一条可供选择的路径。在这一点上，青岛港有自己的优势。例如，改革的有序化，全员素质的实力，管理体系中红色传统、文明基因和科学元素的融合，社会主义大旗的鼎立不倒，道德的覆盖，等等等等。这些都可以看作文化对一个企业管理的健康支撑。文化对管理的作用有二，一是支撑；二是提升。既然支撑已经铸造了辉煌。那么下一步的课题就是文化如何对管理进行提升。我们在期待，青岛港之于全国，还会有更高更新的意义吗？

青岛港的崛起，离不开一个响亮的名字——常德传。

说响亮，显然是一种委屈；说辉煌，算不上过分；说伟大，则绝对不是僭越。人类文明史上有一种伟大永远和人民群众的根本利益——生存、生活、发展连在一起，永远和国家民族的兴亡大业连在一起，永远和老百姓的口碑呈不可倒置的因果链环。而常德传就是这个文明进程中扛着红旗的人。

孝子难当，长子更难当，这是环境和条件使然。但常德传义无反顾地当起了共和国的长子和祖国母亲的孝子。他旗帜鲜明地喊出了“精忠报国、服务社会、造福职工”。

他把中华民族优秀的孝悌种子撒播到国有企业的沃土中，使这个古老的道德基因绽放出灿烂的现代人伦之花，为和谐社会做了事实胜于雄辨的注解。把一切空洞高蹈的讲章撇在了身后，而将一个万众一心的青岛港大家庭贡献给现实世界。这样的治理范式，以前我只在史书中读过。

长子的使命和孝子的情怀，在践履伟大信仰的实践中得到了升华。常德传在这里实现了华丽的人格超越，站到了人生的制高点。他把孝悌情结做了高瞻远瞩的合理外推，于是诞生了农民工在青岛港如沐春风的神话。这个令全党全国都紧锁眉头的“农民工”话题，在青岛港豁然开朗，决不仅仅是一个几千人群体的生存问题。青岛港实施的一整套措施，实际上是在体制和政策的意义上给中国经济社会的发展敲碎了一个瓶颈，打开了一扇窗口，开辟了一条路径。这是真正能从根本上改变国民处境、改善生存格局、影响中华民族进程的功德之举。

品德产生智慧，人格聚合能量。正因为有了常德传，才有了青岛港的今天。一个伟大的事业和一个伟大的名字连在一起，这不啻是历史的骄傲。青岛港为中国人民贡献了一个伟大的儿子，这个伟大的人格将带给共和国一种普泛的意义：崇高的信仰、阔大的情怀、奉献的精神、卓越的实践。

在这一代有幸而又不幸的人群中，他是“工头”，又是老板，他是战士，又是统帅，不管他怎样定位自己的社会角色，他永远在共和国英雄的谱系中。

但这还只是冰山一角，真正的常德传如山如海，是我们民族不可多得的智慧者、治理者和人本大师。在21世纪的时空中，常德传完全有资格开辟他的空间和他的时代。

2009年4月21日，我第一次听说青岛港。当一位首长毫不掩饰地向我侃侃而谈夸赞常德传和青岛港时，我是半信半疑的。我出入国企这么多年，很难相信在国企形象急剧下滑的今天还会有青岛港这一方圣地！

第二天，2009年4月22日，我拿到了《常德传论国企》，展读之前我怎么也无法按下一种挑剔的冲动，我同样不相信一个大国企的老总能写出管理的“真经”！

但是，这一次我错了，几十年来可能是第一次判断失误。对青岛港、对常德传、对《常德传论国企》，我只能投去钦佩的目光。

几个月后，2009年8月11日，当我踏上青岛港后，当我此后几天辗转在新老港区之间，当我在无数的职工、干部、农民工之间实地考察后，我震撼了，彻底被震撼。

以上是我的一段真实的感情历程。

青岛港、常德传、《常德传论国企》给了我太多的精彩，连续几天，我仿佛徜徉在人类不朽的史诗中。

多么幸运，我面对着大时代的史诗！

解读这磅礴的史诗并非一件易事，但我决定进攻。

进攻从最初的印象出发，最初的印象是：

青岛港：民族复兴的旗舰，和谐社会的雏型，科学发展观最成功的实践。

从党的建设和党的理论建设上讲，青岛港就是中国共产党新一轮执政革命的井冈山。

常德传：人民的公仆，祖国的良臣，中华民族为之骄傲的长子和孝子，是伟大时代的伟大英雄。

正向的印象常常是结论的幼稚阶段，但愿我的印象随着我的深入解读而不断完善成熟，由此推衍到更广大的时空背景时，在我的心目中：

青岛港是一面镜子，足以透视不少国企的兴亡；

常德传是一面镜子，足以映照不少有色无空的灵魂；

《常德传论国企》是一面镜子，足以为天下国企之通鉴。

国企通鉴，无愧当之。

第二编 作家论

莫言论

（一）狼与狗

如果以学历特别是第一学历来考量一个作家的话，莫言无疑是野生的。

野生的生物都有强大的生命力，一旦变成豢养或栽培，品种虽然“优良”了，但生命力却日渐衰弱，并最终失去顽强。

自然的野生和人工的驯良各遵循自己的法则，20世纪80年代中叶，有两则文坛的佳话可以为此做注：

第一，有一位著名女作家抱怨当时的评论界：怎么就出不了别林斯基呢？这时一位同样著名的评论家说：不是也没出托尔斯泰吗？

从油桶里捞出来的皮球就这样在两位中间踢了一个来回，观众们以为是传球呢，其实评价和绝招都在这临门一脚中，进攻者和守门员频繁地互换着角色，让智慧和高雅的拼搏演变成某种明智的逃避。

第二，莫言谈作家与评论家的关系：作家与评论家就是狗和狼的关系。互相撕咬毛血四溅，胜利者会赢得生存的权利，失败者倘若不被咬死，也只能逃命远遁，然后找个安全的地方舔拭伤口，积累能量。当又一次具备搏斗能力时，牠会重返战场，于是下一轮狗狼大战开始，如此循环。

这个比喻着实不雅，但糙话里蕴藏着真理。这就是野性的率真与耿直。莫言的话对中国文坛的绳索牵绊是一次痛快的割裂，他自己也在实践着他的狗狼理论，1985年，刚入军艺一年的莫言就不顾自己的新人身份，向已经蜚声文坛的同窗大哥李存葆的中篇获奖小说《高山下的花环》发动了无情地撕咬。李存葆这人太厚了，他知道这是文学的、艺术的争议，丝毫不会影响他们之间兄弟般的友情，后来的发展也果然是这样。

这对军旅作家的作为行状在当时已属可贵，记忆中好像年少的王干也干过这样的事，热血侠骨，仗义执言，真理在握，不惮刮鳞，这其实是十分难得的担当。只是纵观当下，廉价而像煞有介事的吹捧已成了家常菜，本来就萎靡不振的文坛上，评论者的诤诤建言即便是一闪也难以见到。

莫言的理论实际上是为中国的文坛勾勒了一幅理想的图景，在这里只有撕咬才有繁华，只有撕咬才是和谐。反之，一旦文坛弥漫着风平浪静和温情脉然，那潜藏的觊觎一定会积蓄成地火。地火一旦喷涌，文坛会化为灰烬。

莫言的理论不仅是对作家评论家关系的一语中的，而且对作家本身的文学创作来讲也是不刊之论。大概是与自己的乡野履历有关，莫言的创作也是被狼和狗追赶着上路的。

这里的狼和狗就是莫言的身世。

像鲁迅笔下的鲁镇、肖洛霍夫笔下的顿河一样，莫言笔下的“高密东北乡”是他21岁之前做梦都想离开的地方。莫言的作品把文人们对于乡野的诗情画意涂抹的脏乱满目，把几千年的匮乏描述的无以复加：一位如花似玉的女医生仅仅为了得到一个馒头，而只好让食堂管理员奸淫，而那时在农村男性中还有“奸淫”能力的，除了食堂管理员和队长之外再无别人，连本能都饿没了，你说高密东北乡穷不穷？贫穷落后像狼和狗一般缠绕着莫言。以至于1976年莫言参军时发誓再也不回来。

已经“奔6”的莫言在此后的生涯中也遭遇了几次坎坷，这些都在驱赶着莫言的命运。为了生存，为了一次次命运的提升，莫言不断地在命运狗狼的追逐下加速，用一部部的作品演绎着自己顽强的生命力和创作激情。

饥饿和彻底的贫困织成了莫言的生存环境，以至于我们丝毫不怀疑当初他为了过上“济南有位著名作家太腐化了，竟然一天吃三顿饺子”那样的生活而投入了写作。饺子在这里已经化为精神引诱的符号，这种引诱对穷孩子来说是致命的，所以对饺子的向往改变了莫言的命运。可惜莫言至今还未写出一部关于饺子的作品，如有，一定会出神入化，成为中国第一部“饺子经典”。

不单是莫言，在北中国的广大区域内都流行着饺子崇拜，“好吃不如饺子”已成了人人都挂在嘴上的真理，饺子崇拜的典型故事是《薛平贵与王宝钏》结局的另一种版本：薛平贵从军18年，其妻王宝钏由相府娇娃流落到寒窑受苦18年，重逢后薛平贵为了报答爱妻18年的艰辛，答应让王宝钏过上心中最理想的日子，王宝钏信口就说出愿意“天天过大年”的愿望。在王宝钏眼里过大年就是能吃一顿饺子，这个愿望当然很容易得到了满足。于是薛王两人就过上了一天吃三顿饺子的幸福日子。故事的结局是这样的日子过了18天之后王宝钏就满足而死弃世而去。后人分析个中原因有几种说法，一说18年艰辛已经把王宝钏生命耗尽，她的肠胃早已习惯了野草树皮，对好吃的饺子已经失去消化能力，说以18天的超重负荷让她的生命走到了尽头；二说王宝钏18年来靠对丈夫的思念和对重逢的希望支撑了生命，当心愿满足幸福骤临时，神经的全面松弛让潜藏已久的疾病突然爆发而不治；三说有些轮回思想，说上天对每一个人都是公平的，本来要以18年的幸福来赐予王宝钏，但王宝钏天天吃饺子，过起了“以日代年”的日子，所以活了18天就等于被补偿了18年。

之所以不惜篇幅来叙述一个与莫言毫不相干的故事，只是因为要让大家理解为什么吃饺子成了莫言投入创作最初的动力之一。这样来推论决不是莫言的寒伧，而是一个民族阶层普遍的画面。对于一切穷人家的孩子，贫穷和饥饿就像魔鬼一样缠抱笼罩着他们，驱使他们想尽一切办法与恶劣的生存环境告别。命运的严酷打击锤炼了莫言的抗击打能力，因此日后莫言能用比较超越的目光来审视和描写人间的残忍，能以磅礴的叙事来演绎事件的发展，能以粗砺的笔触来砍削人性的美丽，创造出“我奶奶”和“我爷爷”那样令人心旷神怡的野合。

从被欺辱、被践踏、被鄙视的童年出发，心中怀着对命运“饺子”的向往，莫言就这样闯进了文坛。不管是在生活、工作还是创作中，莫言从不怕狼与狗的撕咬争斗，正是在这种撕咬中莫言成长了，他比同辈人有更强的生命能力，甚至敢于到世界文坛上去放手一搏。

（二）史与世

我不相信“中国文坛上至少有10个莫言，至少有10位作家不亚于诺奖”的论断，起码当下还达不到。

当然文无第一武无第二，莫言只是中国众多的优秀作家之一。在理论上，可以说获诺奖的作家不一定是最优秀的，最优秀的作家不一定获诺奖，车轱辘话都会讲得非常辩证。但也不能掩盖事实，那就是每个人每个奖项都有自己的标准，诺奖当然也不例外。现在我们讲莫言，总不能撇开诺奖的视野和喜恶。

诺奖的标准无法量化，因此尺短寸长说不出ABC。也无法揣度评委个人的喜好以及理性与兴趣各占的比例。但既然获了诺奖，那就只能从诺奖评语中细细解读体味。

诺贝尔文学奖对莫言的评价是：从历史和社会的视角，莫言用现实和梦幻的融合在作品中创作了一个令人联想的感官世界。

按照我的理解，诺奖的评语只有两句话，后一句属于莫言个人，而前一句则是作品产生的宏大意义。如果要拿莫言与别的作家相比较，我认为区别就在这视角的不同。

先说历史与文学的关系。可以说任何优秀的作品都是人类的心灵史，于是创作史诗就成为作家们前赴后继的追求，在中国新文学史上，称得上史诗的作品不多，但具有史诗品格的作品不少。那么这最后的一道门槛在哪里呢？怎样使具有史诗品格的作品提升为真正的史诗呢？

我看全在于作家对历史的理解和在理解基础上的开掘和再现。

不少人都信奉“所有的历史都是当代史”这句话，其实这是在古为今用的致用层面上理解的，拿祖宗的东西为当下助阵无可非议，问题是一回到历史主体的存在意义上，历史还是历史。对历史进行还原当然是不可能的，但尊重历史的存在，尽可能忠于文物、文字和他们在当今世界的遗响遗存遗绪，这大致还是老实的态度。

我一贯把通常意义上的历史分为小历史和大历史：我们在教科书上学的，载入经典的，赓继在庙堂和上流社会的，这通通是小历史。经过人为修饰的小历史在我们心目中占据着大部或全部，以至于我们一提起历史，那就是纸面上的材料。好像这才是全部的正统。

其实错了，真正的历史是大历史，是存在于民间的，是已经走进民族口碑、已经化为约定俗成、已成为民俗民风，无孔不入而又全面介入民众日常言行的那种无形的约束和引领，这才是历史。

真正的历史也属于意识形态，但与任何时代的主流话语形态都保留着一段距离，这段距离是时代意识调整的空间，也是历史文化与时俱进的空间。官文化与民文化有时会达成某种妥协，这种文化妥协常常以历史前进的面目出现。作家们每每以这种妥协作为思想的契入点开掘下去，然后沿着不同的思路前行，最后皈依到某种观念上。不管是文以载道者还是为艺术而艺术的倡导者，最终都会有一个想象中的落地点，而这个点跳不脱文化的制约。

莫言与时代作家比起来，他的高明无疑就在于他的笔下所表现的是氤氲于民间的大历史。这和某些拼命绑架史诗的作家有质的分野，有路径的不同。显示了作家们在经过艺术蒸腾又回到生活层面上时，每个人都有了自己的文化基座，而这基座的制高点是高低错落的。

同样来自农村，同样有匮乏的童年，同样想勾勒心中的乡村世界。有的作家至今没有超越朴素的感同身受，他们的控诉和血含泪声情并茂，努力还原那个与父老乡亲同哭同悲同歌的场面。他们笔下的作品与莫言比起来，少了一份超越，笔力轻飘了不少。因为他们虽然归拢了民众的情绪，但没有触及民族人格。莫言不同，莫言通过高密东北乡的父老乡亲形象，淋漓尽致的，真实无讳地把民族人格或曰民族根性的原貌再现出来，这是在其他作品中看不到的。

还有的作家视野宏阔，致力于在大空间长时间中塑造人物形象，时间跨度之大，空间转移之广是罕见的，在这样时空背景下人物的命运当然获得了足够的铺衬，足以引起几代人的共鸣。严格地说，这是少有的成功之作，但是同样缺少了莫言的深度，在这里形象的冲突永远比不上心灵的震颤，命运的颠波也抵不上人物内心的撕裂和挣扎。莫言有时候更干脆，他经常以不经意的叙述人物形象的下意识作为来给当代读者造成震撼，例如黑孩的所见，刽子手的内心独白，姑姑的幻觉，等等，在莫言笔下都是举重若轻的，但正是在这种看似等闲的笔墨中，让读者受到深省后的惊悚。在开掘深层民族人格方面，莫言已经进入了孤独求败。

莫言着意于大历史并没有冷落小历史，因为他明白，小历史擅长造势，是大历史的背景和底色，只有在小历史若隐若现的映衬下，大历史才获得鲜活的生命。

不少作家都把小历史过分放大，过分追求对小历史的依傍，所以尽管意在“史诗”，但还是在普世尺度面前，显示出褊狭、小器，无法撑起大的格局。

这其中还有一个重要的原因是近代以来世风世人对历史的过度打扮，使历史的畸传和异化误导了几代学人，许多被强迫的记忆和被强迫的遗忘让本来浑然天成的历史支离破碎。而大部分作家则是在这种文化主导下成长起来的，说起来作家们想亲近历史并非他们的错，毕竟文字后面的功和利也是人人心中所求。只是他们缺少了莫言那种理性的冷峻，对小历史的温情让他们疏离了大历史，所以最后出现一种失落后的悲凉，我将赤心付明月，谁知明月照渠沟。奈何。

再说社会吧，这就是本文小题目中的世。有人说文学是反映社会的一面镜子，这委实低估了文学的价值。好的作品不但要真实的镜面反射社会现实，更重要的是要用文学的光谱去透视社会，用文学的方式去干预生活。这种透视和干预的方向折射出作者的价值评判——标准与能力。莫言在这一方面的功夫最是了得，他常常力透纸背，在读者心灵深处刻下牢牢的印痕。像鲁迅先生那样的犀利有时候还略示藏锋，以文化的外衣展现出委婉，让人们先笑后哭。而莫言连这点委婉也不顾，他一下子就揭开铁幕，把读者惊得咋舌，让人们欲哭无泪。由此看来被作家们青睐的曲笔毕竟是小聪明，远不如率真来得直接。如果思想锋芒真正需要委婉的时候，莫言宁愿走进魔幻。莫言早就大胆地在现实与虚幻中穿越，这种穿越赋予他游刃有余的寄寓空间。就这样，当许多现实主义作家还在孜孜矻矻地费力时，莫言早已潇洒地串起了亲戚，觥筹交错灯红酒绿，莫言获得了更大的文学自由度。

也许这一切都不是莫言的精心设计，他的得天独厚和相得益彰或许与幸运有关。但有一点可以肯定，这所有的一切都与才具不离不弃。

（三）人与事

塑造人物形象永远是文学创作的中心任务，深入人心的鲜活形象永远标志着作家与作品的成功。在这方面莫言有得天独厚的遗传，他显然是从流行在民间的《水浒》《聊斋》之类著作中汲取了营养和灵感。所以，莫言太会讲故事。这一点也从某一角度点中了当代文坛的麻痒疼三穴。

近代学术史中“人的隐去”似乎是一种趋势，这种趋势的好坏暂不在本文的论域。我们只知道有一点，文学作品中如果抽去了人和事，那就从根本上失去了存在和流布的理由。不仅文学作品如此，甚至连文学的姊妹艺术如电影电视剧戏剧中也不能淡漠或隐去了人和事。看一看影视界吧，出尽风头的作品有一个共同的特点，那就是起码有一个好故事。电影导演冯小刚牢牢把握住这条救命规则，拍出了不少叫好叫座的片子。而另一位著名导演张艺谋却走上了另一条炫技的道路，场面固然华丽，但内容不知所云，当文化符号淹没了内容的时候，任何标签也无法挽回声望的衰弱。当然这里面肯定有“商业绑架”的因素。但我们在这里不是探讨导演个人的境遇，而是在思考一种现象。由这种比较直观的现象反观回文学，我们就知道莫言是如何炼成的。

迄今为止，莫言的笔下还未走出过一位高大全的英雄形象，但我爷爷、我奶奶、姑姑、黑孩、西门闹、母亲等一系列栩栩如生的形象还是深深镌刻进读者的心里。特别是1986年问世的《红高粱》，至今仍让人沉醉于那强劲的乡野之风，赞叹那顽强生命的媾和。可以想见，这样强悍的生命出现在抗敌的战场上，谁能拒绝这顶天立地的悲壮！

那人把奶奶放到地上，奶奶软的像面条一样，眯着羊羔般的眼睛。

那人撕掉蒙面黑布，显出了真相。是他！奶奶暗呼苍天，一阵类似幸福的强烈震颤冲击得奶奶热泪盈眶。

余占鳌把大蓑衣脱下来，用脚踩断了数十棵高粱，在高粱的尸体上铺上了蓑衣。他把奶奶抱到蓑衣上。奶奶神魂出舍，望着他脱裸的胸膛，仿佛看到强劲的剽悍血液在他黝黑的皮肤下川流不息。高粱梢头，薄气袅袅，四面八方响着高粱生长的声音。风平，浪静，一道道炽目的潮湿阳光，在高粱缝隙里交叉扫射。奶奶心头撞鹿，潜藏了十六年的情欲，迸然炸裂。奶奶在蓑衣上扭动着。余占鳌一截截地矮，双膝啪嗒落下，他跪在奶奶身边，奶奶浑身发抖，一团黄色的、浓香的火苗，在她面上哔哔剥剥的燃烧。余占鳌粗鲁地撕开我奶奶的胸衣。让直泻下来的光束照耀着奶奶寒冷紧张，密密麻麻起了一层小白疙瘩的双乳上。在他的刚劲动作下，尖刻锐利的痛楚和幸福磨砺着奶奶的神经，奶奶低沉暗哑地叫了一声："天哪……"就晕了过去。

莫言啊，不仅写活了余占鳌，还写尽了形形色色的角色和嘴脸。

由于时代背景的单纯，莫言在叙事《红高粱》家族时，还可以在那个特定的时空里恣意跑马。但到了《蛙》的时代，莫言就陷进了"横着作战"的困窘。送子观音碰上了计生国策，人性的撕裂由此开始。这里已经消逝了好与坏的评价，实际上触到了我们民族与时代的隐痛。通过姑姑的手接生和丧生的婴儿不计其数，但姑姑明明是喜欢新生命哭声的啊。一个普通的乡村女性承担不了时代和社会前进所付出的代价，于是她陷入了让她无可逃循的蛙声：

姑姑说她行医几十年，不知道走过多少夜路，从来没感到怕过什么，但那天晚上她体会到了恐惧的感觉。常言道蛙声如鼓，但姑姑说，那天晚上的蛙声如哭，仿佛是成千上万的初生婴儿在哭。姑姑说她原本是最爱听初生儿哭声的，对于一个妇产科医生来说，初生婴儿的哭声是世上最动听的音乐啊！可那天晚上的蛙叫声里，有一种怨恨，一种委屈，仿佛是无数受了伤害的婴儿的精灵在发出控诉。姑姑说她喝下去的酒顷刻之间都变成冷汗冒了出来。姑姑沿着那条泥泞的小路，想逃离蛙声的包围。但哪里能逃脱？无论她跑的有多快，那些哇——哇——哇——的凄凉而怨恨的哭叫声都从四面八方纠缠着她。姑姑说她跪在了地上，像一只巨大的青蛙，往前爬行，这时，地上的泥泞吸附着她的膝盖、小腿和手掌。她还是不顾一切地向前爬啊，向前爬。

这时，姑姑说，从那些茂密芦苇深处，从那些银光闪闪的水浮莲的叶片间，无数的青蛙跳跃出来。它们有的浑身碧绿，有的通体金黄，有的大如电熨斗，有的小如枣核，有的生着两只金星般的眼睛，有的生着两只红豆般的眼睛，它们波浪般涌上来……

这种发自灵魂深处的“怕”并不是人人都有的经历，但相信读过《蛙》的读者都不乏这种感同身受。

能把毫无经历的读者带进作者精心构架的世界，这是一种什么样的笔力！

虽然莫言的叙事有些拉杂，有时候铺排的太长太拖。但不得不承认，莫言笔下的人和事确实被显现的与众不同。表面上看是原生态，带着粗粝和低俗，而实际上却是真真切切的民族人格。

（四）俗与雅

优秀的作家是难以将他归类的，遗憾的是由于作家本身的种种局限，几乎大部分作家都能归入几个预先设置的概念，加上表现武器的单调，形成了几套固定的战法。这时即便很想转型跨界，但也无法褪去履历的底色。

例如雅俗之别，也可以称为土和洋，这就似乎是与生俱来的。确切的说雅俗土洋不存在孰高孰低，只是一个观察生活与表现手段的风格而已。切入点和观察点不一样，笔下流淌出的书韵自然有别。这些都如影随形地笼罩着一个作家，使他无法自拔，进一步说，有时即便借力他拔，也是徒费精神。

赵树理先生访苏，被招待参加莫斯科大剧院的音乐会。回国后谈到美声唱法，他说听不惯，跟驴叫一样。

美声与驴，相去甚远。设想一下，如果给我们出一命题作文记一下美声特别是大号男高音，你会怎么比喻，会想到驴吗？但赵树理先生想到了，很传神。

阿Q想女人了，会直接向着吴妈喊：我和你困觉！

志摩先生也想：我要和你睡眼朦胧地共享日出！

不厌其烦地把这些轶闻摆出来，无非是说雅俗土洋已经深入作家的骨髓，想脱胎换骨，没那么容易。例如同样是写农村，张炜与莫言绝对都有自己笔下的胜境，只是这胜境是南山北海，有着截然的不同。张炜的山光水色透出一种隽永的雅气，而莫言笔下的青纱帐却被笼罩在粗犷和凝重之中。他们俩都是当代作家中的“化人”，很难厘清魏紫姚黄。

还是说莫言吧，莫言是一个异类，无法把他归拢。

其实这正是大家的特点，雅俗共舞、大雅大俗，雅中有俗，俗中有雅，又雅又俗。

这不仅在语言上有鲜明的旗帜，而且在语言的背后，也有充分的透露。

让我们欣赏一下《檀香刑》吧：

这可以说是下刀无碍，如切秋水。刀随意走，不错分毫。师傅说他在咸丰年间做过一个这样的美妙女子。那是一个据说是因为图财害了嫖客性命的妓女。师傅说那女子真是国色天香，娇柔温顺的模样人见人怜，谁也不会相信她是一个杀人犯。师傅说刽子手对犯人最大的怜悯就是把活儿做好，你如果尊重她，或者是爱她，就应该让她成为一个受刑的典范。你可怜她就应该把活儿干得一丝不苟，把该在她身上表现出来的技艺表现出来。这同名角演戏是一样的。师傅说凌迟美丽妓女那天，北京城万人空巷，菜市口刑场那儿，被踩死、挤死的看客就有二十多个。师傅说面对着这样美好的肉体，如果不全心全意地认真工作，就是造孽，就是犯罪。你如果活儿干得不好，愤怒的看客就会把你活活咬死，北京的看客那可是世界上最难伺候的看客。那天的活儿，师傅干得漂亮，那女人配合的也好。这实际上就是一场大会，刽子手和犯人联袂演出。在演出的过程中，罪犯过分地喊叫自然不好，但一声不吭也不好。最好是适度地、节奏分明地哀号，既能刺激看客的虚伪同情心，又能满足看客邪恶的审美心……

你说这“下刀无碍，如切秋水”是俗是雅？秋水文章不染尘，雅到了极致。但细读这段文字的背后，仔细体味一下那一段对人体分割的欣赏，对受害者哀号的审美，你还雅的起来吗？

严格地说，这段文字远非雅俗能够规范，而莫言正是在这里达到了雅俗共赏。

不管什么艺术品类，雅俗共赏永远是最高的境界。因为俗容易走进民众，雅最接近艺术史。这实际上是从大历史到小历史的跨越，而完成这种跨越是值得作家艺术家奋斗终生的。

只有走进群众，才能走进历史。

在当今文坛上有两位作家风头正劲，一是莫言；二是韩寒。两位的共同点都是辍学，造成了学历之殇。莫言是被迫，韩寒是自选。但现在看来这都不是尴尬的事，反而反照出另外一种世相，“中国的教育怎么了”？

这又是一个有趣的论题，俟后吧。

耕耘：在东方文明的暮色里

——王润滋论

（一）

当代文坛似乎对汹涌而来的小说新潮缺乏有条有理的准备。这不但令读者常叹应接不暇，评论家也往往来去匆匆。这几年来，围绕着作家或作品的“笔墨官司”总不间断。有些作品，或因作者的失误，或因作品的尖锐和鲜明戳疼了社会的某根神经，自然会引起争议。但也有些作品，因其意蕴深厚，因其负载的社会使命和思想使命过于沉重，使得论者们难以看清那吃重前行的身影。他们往往用各自的尺度进行猜测、判断，却往往难中肯綮。于是，便有一种深深的隔膜悄然降临在作家的心头。

王润滋的文运就颇不妙！这位中国作协理事虽然有两次在全国获奖，但他很快就陷入了迷阵。围绕他的作品的争论有时不免使他困惑：莫非自己真的不会写小说了？为什么自己的艺术直觉和文坛的反应竟出现了如此明显的逆差？

然而一位有成就的年轻作家郑重其事地说：在当代文坛上，绝对没有一个人可以代替王润滋。王润滋确实有着鲜明的个性。他一直在走自己的路。只要深入理解作家及其创作，就可以洞见作家的心灵世界，王润滋亦不例外。

（二）

自从《卖蟹》在全国获了奖，王润滋的名字便不再属于山东。

卖蟹者是位小姑娘，她从海上踏波来．把两筐鲜蟹放在一堆买者面前，不幸一下子称出了世风与人心。小姑娘颇有些不平了，她毅然摒弃了传衍了几千年的价值标准，背叛了生意经，一会儿把价钱提到五角五，一会儿又压到三角五。难道她不想赚钱吗？不。但她又不仅仅为了赚钱。她还要为自己和这个世界赚回一些金钱买不到的美好来！她赚得好漂亮——理直气壮，问心无愧。当她把那个漫画式的“过滤嘴”甩到海滩上时，浪花中传来“要吃飞禽上高山，要吃海味下大洋”的渔歌。这是何等飞扬的神采，何等动人的气韵啊！在这一连串轻快的人物交锋中，王润滋寄托着一个美好而古老的道德判断：崇义薄利、扶弱凌强。正是在这种追求中，王润滋精心塑造了卖蟹小姑娘这一闪射着动人光彩的率真形象，给东方文明奉献了一枚透明的贝雕。

然而中华民族不能在这种古朴的规范中沉醉不起，更要在21世纪中有更为长足的发展。王润滋把这一意识融进了他的艺术追求之中。他发现：中国农民往往十分典型地代表着整个民族的性格，而妇女觉醒与自立的程度又常常是一种社会制度开明度的参照系。王润滋以农村为窗口，开始了对整个民族的返顾与思考。

当一股强烈的现代思潮伴随着思想解放运动的长风涌进神州大地时，我们这个神话般的民族忽然弥漫着某种廉价的乐观。一些同胞在大开眼界的同时往往失去了对本体的自信，仿佛迎来了救世主。这种卑微的心理很容易刺激某些人的神经，助长他们在炎黄后裔面前的自负和自大。当许多人还没有从这种氛围中突围出来的时候，王润滋甩出了《内当家》，斩钉截铁地嘟囔了一句：家还要自己当！在内当家李秋兰身上，王润滋寄寓了自己的理想性格。中国人民在强大的等级文明下产生的反叛意识，基于人的意识觉醒所产生的充满自信的宽容，在李秋兰那里得到了相当充分地表现。这不仅在人的意义上讴歌了华夏儿女——他们将告别那几千年的愚昧和屈辱而进入一个“活得明白”的世纪；不仅找到了人与社会的契合点，而且把在更高层次上实现人格的完善所面临的障碍也部分地表现出来；那些在极“左”潮流中从“气象大学”毕业出来的人，是如何“抖落”了我们党的威信，如何继续危及我们的前进啊！李主任在涉外工作中摆臭谱儿、唱空城，当官气受到挑战时便大批李秋兰的“农民意识”，岂不知这种意识比起良知沦丧要高出许多倍。何况，李秋兰到底还是显出了一代中华儿女的大度和豪气。一个“大干部”在普通农妇面前相形见绌了，这是令人深思的。尽管还有大大小小的李主任们，但我们的民族毕竟在大踏步地走向成熟。越来越多的李秋兰们从蒙昧中复苏过来，从底层拱动着厚重的地壳，正像石匠师傅在地下引发的炮，又沉又闷，但却是动地的。

文学当然要表现各种情绪，特别要表现属于全民族全社会的情绪。王润滋正是在这里进行着艰难地攀登，他把深沉的思考融进了他的小说，使艺术的载体负载着尽可能多的社会内涵。《卖蟹》和《内当家》不仅讴歌了劳动者的美好品格，调侃了金钱权势下的傲慢或卑下，更重要的是由此使我们在纷乱的尘埃中听到了文明的呼唤。在现实世界扑塑迷离的旋转中，王润滋盯牢了东方文明的亮点，以中国汉子特有的执拗，在他选定的领域中深深地开掘下去。从卖蟹者的飘逸到内当家的深沉，显示了作者这种追求的深化，透露了一种文学的“力”。

（三）

两次获奖以后，王润滋忽然大彻大悟似的说自己原来不会写小说。简直有点亵渎文坛！不会写小说怎能得奖？但有心人很快发现了王润滋脸上并没有做作。他是真正陷进了艺术家的思考，因为他此时正和“鲁班的子孙们”纠缠不清。

《鲁班的子孙》确实是发人深省的作品，但其思想命意却因寄居在传统的外壳中而经常引起论者的误解。其实，以传统的道德观念做尺度，以“利”和“义”做砝码，揶揄一下小木匠并不是一件很难的事，但这样却很难和谐地和读者发生共鸣。在围绕着两代木匠所引起的一系列冲突背后，分明还震响着时代生活的足音。几千年来鲁班的子孙们那和谐平缓的生活节奏被这足音扰乱了，导致人们心理上和观念上的倾斜。如何迎接这一场根本的变革，仅凭传统道德的遗泽是不行的。那么，用一种全新的历史前进意识做参照系，把作品浓重的道德内容看作一种惰力而加以挥斥，进而指出作者的“保守”与“封闭”，不也是很时髦的批评吗？谁知王润滋压根儿不承认世界上存在着那么一种脱离了母血和遗传的“全新”的人。他笔下的人物都是陈质多、新质少，但生命力就寓在这不多的新质中。他不但认定了这些小人物就是中国的脊梁，而且在他们身上寄托着未来的希望。他对这些小人物极有感情，当然这种倾心也不全是感情基因的作用，因为还包含着作者理智思考后的认定。对于这种毫不掩饰的笃实精神，当然可以很轻松地抛给他一顶缺乏历史感的帽子。但仅以从书本上炼就的“意识”来评判，却往往和现实生活相去甚远。一个惯性极大的社会要改弦更张决不是一朝一夕的事，思想积沉深厚的民族要脱胎换骨决非容易，不能要求东方文明之树一夜之间披上新妆。王润滋认定了中国的事不那么简单。所以他寄希望于小木匠也寄希望于老木匠，这正是一种充满历史感的艺术判断，并不是重复那种非此即彼的所谓“辩证法”游戏。

作为一名作家，王润滋首先是民族的儿子。他对故园的一切都爱得无比深沉，特别是对于“吃得下草、拉得动犁”的农民，他更有和血带肉的感情。这种饱蘸感情琼浆的爱充溢在字里行间，或许抑遏了作品的暴露力量，但同时却使作品洋溢出人情之美。这是作用于人类灵魂的文学之力，不剑拔弩张，而感化净冶。王润滋何尝不晓得农民的弱点呢？他对我们这个多灾多难的民族了解太深了。几十年前就

“大团圆”了的阿Q至今遗风遍地，在已过而立之年的共和国许多角落里，还在缱绻地眷恋着封建。这一切都在民族振兴的征程上横亘成累累障碍，令万千志士痛心疾首。出路在哪里？出路在改革。王润滋举双手认同了这个历史的答案。同时他已忧心忡忡地看到，出路并不是笔直的。中国的改革正像一棵千年老树，如何焕发青春？稳健的人对改革疑虑重重，唯恐来一番剪枝整形就会断送它的生命，因此即使在枯枝败叶面前他们也常常扮演“御林军”；激进的人则主张把这棵老树连根刨掉，然后栽上从外洋引进的紫罗兰，再然后就宣布紫罗兰是老树长成的，因而也是纯粹的国货。王润滋则认为，这些同胞们从一个极端走向了另一个极端，决不是从谬误走向了真理。他认为中国的出路在嫁接与新生，但母体必须是中国树．必须植根于中国的土壤上。中国的21世纪之光首先是对东方文明的筛选和弘扬，离开了中国这个本体一切都无从谈起，在中国不能完全离开道德观念侈谈历史前进。道德或许会束缚历史的前进，但它毕竟又是维系社会精神的支柱。对传统道德可以改善。但不能完全抛弃。从社会发展的角度来看，恶德有时候反倒能刺激社会的前进(例如唯利是图和不等价交换孕育了资本主义文明)，但世界不光是物质的，同时还是精神的，物质第一决不是物质唯一，抑此扬彼会导致社会失去平衡。经过了多年唯主观意志论大泛滥之后，民族情绪中的逆反倾向是可以理解的。但是甩掉传统道德，用绝对的历史前进意识来判断中国大地上发生的一切事情，却委实难以行通。社会总是历史与道德的统一，或是对这种统一的不断追求。由此出发，那种把小木匠和老木匠看成是两种生产力的代表，进而把他们的水火不相容地对立起来的判断就大可商榷了。道德观和生产力错综交叉在一起，你中有我，我中有你。王润滋不是旗帜鲜明地批判什么或肯定什么。在作品中，既有对现实的理解与担忧，又有对过去的回顾与思考。它们构成作者的创作契机，决不是硬贴到作品上的标签。在老木匠的精神世界里，向善心理强些。而在小木匠的追求中，生活的目标则比较高远。生活中的人就是这样，人们大可不必用固定的理论来界定他们。小说毕竟不是文件，不能拿来印证政策，它只能传达社会的情绪。对于世间大大小小的变动，允许人们从不同的角度去观照，道德角度也不失为一种。何况王润滋还不是以纯道德的观念来构思《鲁班的子孙》呢。那种未雨绸缪的忧愁倒是基于一种超前的意识，标准也比传统道德要宽容得多，否则他决不会也寄希望于小木匠。

《鲁班的子孙》引起的争议，使得作品至今罩着朦胧的雾烟。其实，王润滋的追求早就有明显的指向，他在东方文明的暮色里深深地沉了下去，他要抓出这古老文明的晶核，拂去它的灰垢，使它在今后的年代里大放异彩。他沉思之后就专注地开掘，开掘得很深很深，以至于离开了人们通常的理解。一个并非偶然的启示是：王润滋酷爱刨树根，他从别人刨过的树坑中掘出那些稀奇古怪的老根块，然后精心地雕饰和培育。结果，这些老根都奇迹般地长出了新枝叶，老根嫩叶别有情趣。沉思的老树获得了精灵，附着在老根上新枝叶扶扶疏疏地长了起来，于是人间又添了新绿，然而这也是老树的本绿。王润滋就是这样全身心地苦苦抉发古老文明的精华，并让它在21世纪之光的照耀下泛出活力。

（四）

王润滋在东方文明的暮色里发出的担忧决不是没有道理的。《鲁班的子孙》在深蕴题旨下派生出来的“怎样致富”问题至今没有获得令人满意的解决，一连串的问题又接踵而至了。王润滋仍然埋头在民族心理的核心地带进行挖掘。他把波叠浪涌的社会生活推移成背景，着力塑造那些在新生活冲击下失去心理平衡的灵魂。通过灵魂间的撞击、搏斗与自我反省，反映民族的性格和心理的变异。他摒弃了风潮的裹挟，把来自生活的材料细细地“化”出来塑造形象。他感到几年前的卖蟹者和内当家都透露出单纯，小木匠特别是老木匠虽然“浑圆”了一些，但还没有达到他所期待的“力”度。而现在，他有把握塑造出新的形象来实现对过去的超越。于是，他向文坛奉献了《小说三题》。

《小说三题》包括《三个渔人·海祭·跟小儿子去》三个短篇。人物依旧是“小”，调子依旧是深沉，语言依旧是凝练，色彩依旧是稍有传奇和神秘，而主题依旧是一个系列的拓展和延伸。凡是读过《小说三题》的人都承认，这是迄今为止王润滋最好的作品。

《小说三题》所吸引我们的不是小说的情节，而是充溢在作品中的那种气氛和读者从这种气氛中获得的感觉——一种对人生社会要义的体味。这是一个古老的命题，但具有超越时空的永恒性和普泛性，我们民族早就被它困惑了几千年，每个人都要在它的面前作出回答，因为我们时时都面临着生与死的考验。王润滋极善于让他笔下的人物在人生的关节处显出本相来。卖蟹小姑娘和“过滤嘴”面对的是金钱和道义；内当家与李主任的差别则在于人格和气节；困扰木匠父子的是古训与现实；而《小说三题》中的众生们却严峻得多，他们全都面临着死亡，这才是人生最重大的关节。人的一生要经历数不尽的考验，但所有的考验都通向两个命题——怎样生和怎样死。最严厉的是死，最复杂的是生。人之将死，其言也善，是生者对死者的宽容，由此可见死神的狰狞与可怕。王润滋把人物推到死的边缘上，让他们在最后关头自省自悔。通过主观性极强的内心活动，把一生或半生的灵魂及其搏斗白热化，让它们经过洗礼赤裸裸地展示于天日之下，或换来自己的新生，或赢得世人的思考。作品要达到这样的境界是不容易的，但王润滋做到了。

《三个渔人》的迷乱在于“富了以后怎么办”。世世代代穷怕了，他们对骤然而至的富感到难以置信，感到不安，日子久了，心才慢慢平静下来。四十多岁的老李哥在结束了旷男的孤独以后，有过一段“金钱万能”的狂喜。他天真地认为金钱可以买来一切，包括那逝去的青春和爱情。但是他碰壁了，爱情悲剧与婚姻结伴而来。老李哥被女方的冷漠折磨的痛苦不堪。他对生活失去了希望。天天买醉麻痹自己。他由原来的拚命挣钱转而向大海里撒钱，认为将钱撒出后烦恼也会被带走。这位懵懂的汉子在思考人生的烦恼时，偏偏把人的本体忘掉了，而向身外之物中寻找答案。在他的脑海里，人的意识是多么淡薄啊！灵魂被扭曲到如此程度，是悲哀的。向大海抛钱，怎么能解除心头的烦恼呢！不得已，他又转向了宿命观，然而这也不能化释心中的块垒。只是在从死亡旋涡中挣扎出来，在经验了生与死的考验之后，他才慢慢地开始了灵魂的醒悟。随着人的意识的增强，他后来终于从人的本体上找到了困扰他的原因。他否定了金钱万能的思想，认识到世上许多美好的东西都是金钱难买的，认识到“人活在世上就该谁也不欺负谁”。于是他开始尊重别人，完善自己。他一反自私与狭隘，表现了一个男子汉应有的气度。虽然后来他始终不提起让老婆自由出走，也照例地以酒解愁——痛苦有时是因为看得太透，但在文明与愚昧之间，他确实向前跨进了一大步。如果说老李哥最初的糊涂是由于一种近乎先天的愚昧，那么海生和小顺子的作为则显然是一种灵魂的自我放逐。在经历了海难和“再生岛”奇遇以后，他俩同时受到了良心的谴责，正是在道德的感召下，一度被放逐的灵魂复归了。他们经历了一次人格的升华。在这里，已经找不到《鲁班的子孙》里那样高度的伦理热情，因之三个渔人灵魂归附的意义就更加普泛，也就更能感染读者。但因为三个人的心理内容不同，他们的内省指向呈现出多元的趋势，这也许分散了作品对读者灵魂的冲击力，但这种遗憾却在《海祭》中得到了弥补。

《海祭》比《三个渔人》写意得多。那个蹦蹦跳跳的苦孩儿，后来成了具有图腾意义的象征。渔民们把全部梦幻的实现都寄托于他，同时也把对恶势力的“报应”记到他的账上。他们宁愿相信那些荒诞不经的怪事，苦孩儿成了峻烈的民意的代表。《海祭》的批判矛头不再是多元的、异化的本体，而是站在本体对立面的恶势力。因此它的主观命意倾向十分强烈，以至于从不在作品中露面的王润滋也终于忍不住跑出来借“我”的身份插了一句：“我在想庄严的海祭，想老伯、修船汉子的话，只说他们是愚昧落后就够了吗？”王润滋在这里寄托了一个深刻的社会判断，这个一直关注着下层小人物命运的作家把自己深广的忧患写进了《海祭》。当然，依旧是善恶的交锋，但早已不限于道德的内容，由于社会、政治诸因素的介入，使这场交锋获得了社会的意义。

当一个民族命运发生巨大转折时，并不是所有的遗老都会在历史的拐弯被甩下车子，他们摸透了社会的脾气，非常懂得怎样才会逃脱被淘汰的命运，并且常常借助于他们的圆熟和昔日的资本改头换面，以旧充新。他们在政治风浪中看风使舵，在经济改革中浑水摸鱼。这种人一旦暴富，往往便为富不仁。阮老七就是其中的代表。阮老七的出现是压在渔民心头的大山。

由于渔民自身的原因(如当了主人却没有权力，愚昧落后，忍辱求安等)，以及其他原因(阮老七的伪装、名气，某些干部对他的扶掖，法制不健全，社会风气不正等)，阮老七是极难“罪有应得”的。但广大群众长期的不满已经凝聚成一种集体意识，而苦孩儿的遭际更引起了大家的同情和愤懑。无力的人们在无可奈何之下往往乞灵于天，因此当阮老七的大船触礁沉没后，一向善良的人们却表现得幸灾乐祸：“限数到了，这是天意。”他们庄严而又深情地祭奠“神孩儿”。海滩上一片哭泣声。多么强大的民意啊。这种决绝的心理在一个崇善的民族中执拗地表现出来，需要多大的反弹力啊。在反弹邪恶的同时，某些被锈损的灵魂也进行了痛心的自责。修船汉子的话决不是他一个人的心声。

道德的自省和社会矛盾交织在一起，增加了作品的沉重感。应该指出的是，面对如此尖锐的矛盾，作者却通过一场非人力的灾变让神奇的大自然充当了法官，同时借村言巷语做了天人合一而主要是天随人意的解释。这是否削弱了作品的社会价值，反映了作者在现实中缺乏一种乐观奋斗的精神呢？或者进而言之，由于对一种神秘气氛的渲染，反映了作者政治信仰的偏移呢？真正在生活中而不光在书本上熟悉中国社会的人，是不会如此简单地看待这一艺术处理的。这是因为，他们懂得我们民族起飞的艰难，宁愿对生活中的某些愚昧做出宽容的解释，也不愿陷入一种盲目的乐观之中。《海祭》的深刻性也许正在这里。

《三个渔人》和《海祭》都是小人物面对现实(主观和客观)的正面交锋，而《跟小儿子去》却是普通农妇对如幻如梦的一生的咀嚼。人生如梦，原是祖先面对永恒的大自然的慨叹，是厌世出世者对人生不负责任的总结。但在一个特定的时段和环境中，在某种强大外力的胁迫下，弱小的自我被淹没后，一个人和一个民族同样会跌入梦幻一般的境地。中国刚刚结束的那场恶梦使多少人饱尝了人生的辛酸啊。苦生妈显然过多地承受了生活的重负，而每一次打击都给她留下了不能磨灭的心灵创伤。当她步入晚年，回顾一生时，她的灵魂失去了平静。

失去的丈夫和儿子无异于她的生命，她只能在梦中与亲人相会，而每一次梦都是令人痛断肝肠的幻境。她不可能对儿子和丈夫的死做出冷静的反思，因而总也不能超越那朴素的伦理感情。最后，她皈依了轮回报应的宿命观，甘愿受“推八年大磨，洗五年血衣，缝三年铁甲”的磨难去追赶丈夫和儿子，以求得灵魂的安然归去，这是多么令人痛断肝肠的故事啊。梦幻是现实的折射，王润滋不止一次地写过梦幻，但从未有这次这样蕴藉深厚，不禁使我们想到社会、人生那幽远而深沉的主题。

强烈的忧患意识，强烈的道德观念，强烈的向善心理，强烈的人道主义，在王润滋的身上凝聚成强烈的使命感。正是肩负着这样神圣的使命，他才潜入生活的大海，深挖民族心理的岩石，对古老的东方文明寄予无限的深情，才用他那支沉重的笔，谱出了人民的心声。

（五）

从《卖蟹》和《小说三题》，其上升的趋势和有序是明显的。从这一演进中，可以看出王润滋越来越成熟地强化着“自我”。

在东方文明受到挑战和冷落的时候，他决不是逆反褊狭地用整个身心拥抱它。他相信，一个沐浴着文明暮色的黄昏比早晨要深刻得多，因为在光彩退隐后便是对新生命的暗暗孕育。他决心为光大古老的东方文明弘扬铺厉，披沙拣金。这常常引出人们的嘲讽，也常常被冤哉枉也地戴上一顶保守的帽子。但他乐此不疲，并且坚信自己在为东方文明进行雕塑中已融进了深思熟虑的超前意识。

最初，他承续了我们民族传统中美好的道德观念，把它们写进了《卖蟹》和《内当家》及同时期的其他作品中，继而又大胆地在社会、伦理、道义的交叉地带揭示了两代木匠的冲突，后来更把这种交锋扩展到社会，在《小说三题》里摆出了东方文明的大阵容。他专注于东方文明的发扬光大，为此在故土上掘了一口井，并且一意孤行地掘下去。

当代文学发展已越来越靠近文学的本质——“文学是人学”。这在王润滋的创作中表现得十分突出。在《卖蟹》和《内当家》的时代，他采用的是传统的通过人物外部言行塑造形象的写法；及至《鲁班的子孙》，他已经于展示人物的言行之外，着力表现两种性格的冲突；而在《小说三题》中他更把这种冲突推进为更为深层的灵魂搏斗。谁说王润滋固执和保守呢？

王润滋的语言一贯凝重老成。读他的小说，绝对令人油滑不起来。然而也朴中见彩，特别是对一些群众语言的活用，简直是一种完美的贴切。至于小说形式的变化更令人称道，谁也想不出王润滋能写出《跟小儿子去》这样的作品。显然，他受了很多非传统的影响，在艺术上博采了许多，因此才杂糅熔铸得如此浑然统一。在不断提高自己的道路上，王润滋最大的特点是：学而有思，思之善化。王润滋顽强地保持了一个独立的自我。他的产量不高，但出手便觉沉重。他大概还要继续他的开掘与追求，人们在等待着他。

1986．8写于龙口

在淘石大浪中寻找自己

一则古老的寓言指桑说槐地向世人宣告：成熟的谷穗都低着；而风度翩翩的当代少年却每每漫不经心地反唇相讥：低着头。

一言丧邦。仿佛一下子破坏了世态平衡，使当代人的心理天平出现了巨大的倾斜：以适应社会风尚为目的的先锋战士们顾不上安慰自己的心灵了，他们匆匆忙忙地向生活中的亮点奔去，以追求心理平衡和无愧于人类为目的的人们似乎脚步迟缓了些，跟在疾进者的后面做起了繁重而又决不显赫的工作——把少数粗心人一路忘掉的良知、同情、爱国心、民族自豪感等小心翼翼地收拾起来。然后高声呼喊着向前追去，旨在把这些失去的美好还给人们。千秋仁义之师，当代炎夏精魂！在这支致力于灵魂抑浊扬清的“工程师”队伍中，一定穿行着一股被人们称为“作家”的小分队，要不我们就不会发现其中有个陈炳熙。

（一）

时代向每一个知识分子提供了广阔的用文之地，对大多数人来讲这是一个双向的选择。陈炳熙正是在知识分子的使命感和时代的召唤中找到了个人与共和国的结合部，于是他成了作家——

十年一觉。陈炳熙从噩梦中醒来，大汗淋漓，疲惫不堪。年近半百，余生几何？这位在“文化大革命”中沉沉浮浮的“零余者”慨叹之后又不甘沉沦，面对梦寐以求的21世纪，他开始在一片新奇而广袤的三维空间寻找自己的立足点：少年的梦寻与得志，青年的追求和辛酸，浩劫中的一心如灰和伴随着民族复苏而生的壮心萌动……在人生的旅途上，他从自己的“人之初”划出一条条的轨迹，通过一条条不同的轨迹线，他试图寻找自己旧我与新我的结合部，这样既可以减少事业和命运的跌宕，又可以换取一个知识分子对人民的问心无愧。然而即使是个人意义上的选择也难以一帆风顺，何况他至今也没学会拔着自己的头发离开大地——因为他毕竟是现实中那个应该大写而又常常被逼于一隅的“人”啊！

那都是如烟的往事了。20世纪50年代末，就读于华东师大中文系的陈炳熙就开始在文坛上小试身手。那是在共和国历史上一个诗的年代里，他以自己的心歌和声于一曲曲的新华颂。那些赫然占据了《人民日报》版面的小诗今天读来难免尴尬，但考虑到彼时彼地，便觉到殊不容易。何况那诗行中特有的意趣、构思、布局的精巧玲珑都显露了作者独具的才情，并非是那种把通篇旨意建立在一个比喻意义上的“诗”所能比拟的。

那么就重新写诗吧。然而令人沮丧而又可喜的是：20世纪80年代的诗神早已从“百鸟朝凤”的胡同里飞出来了，“凤”已涅槃，百鸟奋飞，这是真正的艺术的竞争。巍然峰起的新诗群带着强烈的现代意识和观念在诗坛逐鹿问鼎，艺术的五彩日见斑斓，他们不再需要“盟主”，尤其冷落了“铺陈——升华”的铁则。最初陈炳熙想无视这种冲击，处变不惊，依然故我。但现实使他很快地意识到，他应该审时度势，严肃认真地对待这艺术甄选。在大浪淘沙的艺术长河中，他明智而适时地顺应了时代，为自己诗的生涯画了个体面的句号。

作为诗人的陈炳熙已成为不太遥远的历史了，但作为人的价值也许会因明智而聪慧的抉择而更加厚重。其实，人生的活力正寓于永不停止地追求之中。陈炳熙一直坚信自己不能庸碌一生，因为自信在学业上他既有“根”又有才！他是潍城名门之后，虽然这曾经显赫的出身使他吃尽了苦头，但家学久远却造就了他一个知识分子可贵的素质，福福祸祸倒也辩证得很。总之是国学根深时学有序，这使得他在文坛笔耕中游刃有余，只要他涉猎的领域，便一定会有成果。例如这位昔日的诗人在复出之后竟然写出了颇有见地的关于郁达夫研究的论文，在《读书》杂志发表后，学界如投石击水，涟漪层层。五年之后，郁达夫学术讨论会的组织者还念念不忘这位只写过一篇有关文章的陈炳熙，特邀他与会。不过他终于未能参加这次学术盛会，阻止他的理由据说是“专业不对口”。但治学问不是搞外交，不能与会又怎能阻止他学海长航呢？他不久又写出了关于《红楼梦》的论文，借古鉴今命意不凡。这没办法，这正是他的特长。通古知今不仅为他研究学问提供了一个可靠的参照系，而且在文学创作和艺术上也遍地开花。他写杂文，屡登《人民日报》《人民文学》等高级别报刊；他写散文，也获得好评；他临丹青，竟被《山东画报》《大众日报》连连刊载；他研究动物，于是又成了《中国青年报》有关栏目的特约撰稿人，中国科学院动物研究所屡屡商调，要把这位中文系毕业的中年人调去研究动物，他们认定他将来会有成就，否则不会写出那样引人入胜的“动物介绍”……

通往理想的道路条条都变成了热线，但他仍然不能在众多热线的交织中找到自己的坐标点——包括生活和事业。生活就让它这样吧，反正他有一个和美的家庭，阖家安谧。外界的事且不必管它。学者气质和坎坷的经历使他表现出惊人的宽容，虽然这宽容也常常和软弱好欺相混淆。但成熟的谷穗不是低着头吗？他于是选择了低头。不仅与世无争，而且能十分大器地看待那些友好的调侃和并非友好的倾挤。只是对事业，他感到并未找到真正的用文之地——那还是20世纪80年代第一春前后，当时他曾经以他独特的审美尺度和绘画技巧为校办工厂设计过标牌，标牌的价值从一种30元到130元不等。这使得他后来要求调离这所学校时大费周折：不能放他走，他能创造“价值”，绘标牌就是他的特长，这不就人尽其才了吗？还要“落实”到哪里去？

陈炳熙最终是微笑着告别了他的“标牌车间”，走进了昌潍师专中文系的教研室，跃跃欲试执教他十分喜爱的古典文学。但生活有时好开一些小小的玩笑，决不让所有的人在事业选择上如鱼得水，特别是对陈炳熙这样的人。他走马上任了，却开起了《写作》课，众所周知的《写作》课在大学里最是费力不讨好，但工作需要是天经地义的，教什么课无所萦怀，重要的是有一个做学问的环境。他于是十分感谢校系室的领导和同志们，几年之后他终于如愿以偿地教起了古典文学，不过这已是后话。

到这时苦恼还在永恒地缠绕着他，因为他觉得仍然没有找到一个最佳的公民与共和国的契合点，他预感到在那个契合点上，他会对祖国做出更大的贡献。创作的欲望时时鼓涌着他、折磨着他。写吧！写什么呢？他在自己的王国里“上穷碧落下黄泉”地搜寻起来；生活积累艺术思考美学追求道德尺度、诗歌杂文散文论文……石破天惊，他突然想到了写小说，一下子找到了岩浆的喷口，拍案定夺、奋笔疾书，1981年，他的第一篇小说《夜歌》在《当代》发表了，以后的艺涯井然有序，杂文散文偶然为之，小说不断推出，终于有23个短篇的小说集《流动演员》结集了。多么好啊，我们终于看到了作为作家的陈炳熙。

（二）

他执着地眷恋着“昨天”和“我”，这并非骸骨的迷恋，当自我的微熏和民族大反思的流程同步时，新生后的陈炳熙以崭新的参照系重新审视了“昨天”。至于“我”的纠缠，不过是艺术要邀请他反复做着聪明的表演。

陈炳熙的小说是有模式的——迄今为止是这样。一般地讲，这是艺术的忌讳，构思的雷同反映了作家在自己艺术的亮点上作了过多的徘徊和留恋，也难免影响《流动演员》在整体上的可读性——尽管篇篇都是佳作。从艺术发展的角度讲，这是难以原谅的。然而鲁迅师早有训诫：文学批评一定要顾及全文全人。这样我们就不好武断了，那么就在陈炳熙的“人”与“文”之间寻找一些内在的因因果果吧，通过这样的株连，我们或许能够发现他的某些异质。

总体上观照陈炳熙的小说，极容易发现两个特点：一是写“昨天”；二是篇篇不离“我”。这宛如一位阅世深远的老人在讲他的童话，一夜一篇，天方夜谭，倒也有趣。只是在日新月异的当代文坛上老去翻这些陈年旧账簿有什么意思呢？陈炳熙不仅饶有兴味地翻下去，并且将旧账本翻出了新花样。当一篇篇“旧事重提”见诸报刊的时候，竟然没有一丝一毫落伍的窘相。相反，读者倒可以体会到一种灵魂与文化的相通，一种沉浸于幽幽往事中未被扭曲的天然深涵，感应到作者在平淡行文下厚实的功力。不像汪曾琪笔下的文化型民俗，不像贾平凹的商州系列，不像邓友梅笔下的古都市井，不像陈村笔下的某些当代“聊斋”。陈炳熙写小城、写过去，但他不是钻进地域的狭笼和历史尘封中从里往外写，从而用历史的一鳞半爪来折射逝去的历史之光。而是“深入”之后又超出，从特定地域或事件中钻出来，然后从外部视角的制高点，以一种动态的历史前进意识来观照某一历史的断代和人物命运。达到这般境地并非易事，单凭生活的积累或空灵的构思都难奏效。这里特别需要的是感受原型生活和艺术地表现感受后生活的能力，前者需要犀利的观察和深刻思想的升华，后者则需要自由的语言表现艺术和技巧，陈炳熙好像具备了这两方面的素质。

我们在这里并非出新地推出了两个概念——原型生活与感受后生活。前者是纯客观的存在，而后者则是渗透了主观评价后的生活概念。思想家与一般人的区别在于“感受”的有无和深浅，作家与一般人的分野则是在感受之后对生活的把握、开掘和表现手段的有无和其艺术性的高低。略过很多思维环节，我们大体可以解释许多饱经风霜的人为什么不能成为作家的原因。可见当作家不易，仅有“生活”是不够的，还要有深邃的思考和一定水平的艺术表现能力。现在的问题是，在这些方面陈炳熙有什么优势呢？这还需要从他的经历说起。

阅世之初的青年人永远对生活充满着热情与新鲜感，在彼时发生的事情往往会深深地镌刻在一生的记忆中。即便是痛苦的经历，在化作回忆时，也会被一种甜甜的激动所包裹，消失了当时的切肤与伤心。当然，悲观者往往会“不堪回首”，但陈炳熙不属于悲观厌世。他的经历是很“戏剧”的。新中国成立之初，他在故乡的小城里当一名文化干部，主管戏剧改革，他经常出入的是剧场舞台，他常与交往的是剧团或剧场的演职员。人说舞台是小社会，一点儿不假，何况那时的剧场和剧团都是刚刚从百孔千疮的旧中国接受来的摊子呢？新旧共处，美丑合流，就好像大千世界的复杂和斑驳都在这里集中了。这使陈炳熙应接不暇，大开眼界。原来“戏子”也有这般纯洁的心境！原来新中国的肌体也难免出现疽痈！这一切都是令他瞠目结舌的，是教科书和政治课上少有的。当然他不是局外人，他也深深地卷入生活的潮流，并免不了要喝几口水或丢下几个遗憾。但这同样是大有裨益的，有了此番经历，当他由“小社会”转入当时单纯而朝气蓬勃的大学生活时，便有了咀嚼生活、追求理想的余暇与资本了。这两个阶段对陈炳熙的一生至关重要。前者帮助他在一定程度上认识了复杂的社会，这或多或少地增强了他以后在政治沉浮中的冷静与节气；而在大学阶段建立的对生活对事业的追求信念又是如何地成全了他20年前的奋斗和20年后的选择啊！他还应该“感谢”“文化大革命”，那是一次神圣的冶炼。当他脖子上挂着“八年如一日反党黑歌手”这充满浪漫诗意的黑牌子在潍城大街上游走时，他蓦然想到了自己的与众不同，“八年如一日”，当人们习惯上这样措辞时，那往往是到了荣誉与鲜花的边缘。但生活还是讽刺了他，此后三昼夜“连续作战”地逼供拷打，使头脑中的残留的诗意荡然无存。他忽然十分羡慕陶潜。后来他弃文从画，寄情动物，何尝不是在寻求一种解脱！然而能解脱得了吗？一个中国公民沉重的责任感和知识分子的使命感日夜煎熬着他，使他不能安然“出世”，他还要尽一个读书人的绵薄，用自己的武器，干预人民灵魂，为民族中兴大业作一些力所能及的匡扶工作——譬如灵魂的抑浊扬清。正是特殊的经历和冶炼，使他清醒地看到感到了许多灵魂的沉沦和飞升，他以一个知识分子成熟的身心去拥抱过去的生活，因此他每每能从常人常事的熟视无睹中发现惊心动魂，这就是昨天的故事在今日开花的导因。正是这样，他才从自己的生活仓库中掘出一杯杯的辛酸和甜蜜，洒向文坛。经过了炼狱的陈炳熙在民族大反顾中用自己的头脑进行了苦苦地思索，他没有抚摸着我们民族遍体的伤痕而痛哭流涕，而是小心翼翼地诉说一个个小人物的命运，进而楬橥他们的灵魂，在中华民族的心史上添加一笔笔的纯洁、向善、美好。当然有时他也顺手牵羊地揶揄，但我们很明显地看到这揶揄后面的宽容。生活之路暗淡的时候，人性便大发光彩，他以这样的心境对待自己和别人。于是，学子的气质和一种成熟的大器巧妙地结合起来，对事业的自信和对他人的宽容共同建构了他的性格。从这里出发，他把昨天的故事溶进自己的小说，就显示了先天后天双重的优裕了。因为特殊的履历使他过早地看到了浓缩的社会；一定的文学修养帮助了他得心应手的表现大舞台；高层次的宽容使他适度地把握了抑扬的分寸；成熟的反思使他占据了抉发生活的有利视角。直言之，陈炳熙钻出了真人真事相纠缠的“怪圈”，他以当代人的清醒评价过去的一切，站在一个合适的立足点，把自己当年动过情、动过心的人和事写出来，用渗透了现代意识的价值尺度加以艺术的剪裁。这就形成了他的特色，怀旧而不老不俗，有序而不拘不直。和许多作家一样，他谦虚而固执地写“昨天”和“我”，但没有陷入骸骨的迷恋，也没有误进“滑铁庐”。他点燃生活的一星熠火，掬起生活的一浪微澜，借有我之境，化人之常情，从一扇窗口洞观社会。从《夜歌》到《留恋的青山》，“我”的出现由最初和角色热情地平分秋色到后来冷静的淡化，预示了一种蜕变的兆头。他逐渐学会了减轻自我重负，而把一路卸下的悲悲喜喜转嫁到人物形象的身上，使他们更加撩人心旌。这显然不是雕琢和江郎才尽的表现，而是把生活看成了一本长书，片片段段地写下来，篇目之间呈现出一种大体的平衡，并无浪峰深谷的扯裂，当这二十几篇小说结为一集的时候，这种和谐就更加显豁，于是我们只好为以前的武断进行自我的解嘲。

“昨天”是被浓烈的现代意识笼罩下的昨天，自我的介入是特定艺术需要对角色的聪明设置，它远远超过了教科书中的“亲切、自然”观。

（三）

无数小人物的灵魂悲剧在他笔下扮演，他大声呼唤着“人”的复归，他对于民族中兴的参与意识从来没有今日这般强烈。成全他艺术追求的则是语言。文化汁液的浸润，使他的作品通向一个古典的美学境界——典雅。

也许是有感于生活的风刀霜剑过于尖利的缘故，当陈炳熙舔拭了自己的创伤，并决心献身于文学创作的时候，一个前所少有的愿望占踞了他的心：呼唤大写的“人”——在社会主义时代人的价值、尊严、人性、人道主义的复归和高扬。那刚刚过去的一切是多么令人不堪回首，而现实生活中一种匡正和参与意识作为内驱力，陈炳熙把一个顽强的意念融入某些层面的浇薄又多么让人忧心如焚！正是由此而产生了创作：长歌小人物的命运曲折与美好心灵。和近世文学史上不绝如缕的以下层普通人为描写对象的作品一样，陈炳熙师承新文学的优良传统，决心从对小人物的心灵照射中映现出我们民族的优秀心理素质。弘扬美德，鞭笞丑恶，催生崭新的世风与人心。然而在艺术天地中他又不愿意重复别人——甚至大师们。他推崇我手写我心，决不作誊抄件或模拟品。譬如说写悲剧吧，陈炳熙笔下的小人物悲剧，已经不是经典意义上的命运悲剧和性格悲剧，而是一种更为复杂的灵魂的悲剧——被严重扭曲了的魂灵悲剧。这里面或许有命运悲剧的影子，但那命运的强者不再是坦率而蛮横的大自然，而经常是笑眯眯的环境和朋友；也掺有性格悲剧的因子，却永远不向性格提供忏悔的机会。这种灵魂的悲剧潜滋暗长在读者心头，决不让悲泪痛快地宣泄，只让你欲哭无泪，揪心伤情。这种悲剧因作者那出奇地平静而格外耐人寻味，它使读者的思绪不可遏止地跑向了社会、人生等大的课题，展示了作品沉甸甸的价值——社会的、艺术的和美学的。

陈炳熙的小说的主人公大部分是老人和妇女，而职业也不外是演员、商贩、市民、知识分子，无论从哪一个角度讲，他们都是明显的弱者。但正是从这些弱者的身上，陈炳熙发掘出了那人性岩层中熠熠闪光的金子。《夜歌》中童趣盎然、天真无邪的小郦，虽然在爱心萌动时便受到抑制，此后一生潦倒，但她始终不悔地为祖国歌坛输送“小珍珠”；《寄托》中的老谢，在重金面前保持人格的尊严，全力维护国格，他对爱情的忠贞显然是被一种古老的道德所规范，但仍旧打动人心；《流动演员》李明霞为了执行党的戏改政策和捍卫艺术的纯洁，决不把旦角戏唱“骚”……正是通过这些凡人小事，陈炳熙多侧面地反映了下层人的乃至民族的心界：爱国心正义感道德观同情互助理想进取崇义薄利守诺等。当然他也痛感到民族根性中的褊狭麻木和愚昧，但从创作总体趋势上看，他还是致力于正面弘扬人间的美好，并常常以美好的破灭而强化这种怀念与歌颂。与全民族反思的滚滚潮流同步，从深层挖掘人物的灵魂，从而打动读者的心。没有剑拔弩张、泣血和泪的控诉，只有平静中的辛酸和泛善的被放逐。陈炳熙以为许多微不足道的小悲欢正是社会大舞台的缩影，而对小人物的遗忘从来就是历史不可原谅的过错，对文学尤其是这样，也只能这样。

当一名小人物的歌手很难，难就难在它虽然微不足道，但还要和大的道理相通，然而陈炳熙还是津津有味地当起来，并乐此不疲。

当代文坛中一个令人担忧的现象是：很多作品得“意”忘言。文学是语言的艺术，但我们往往在批评作品时忽略了它。这实际上也是好多作家受委屈的原因，陈炳熙也难逃此劫。因为读者和评论家常常显得太匆忙，而他的作品的耐读性又大大超过了可读性。然而有心人还是能够发现他那动荡的文采。孟伟哉、阎纲、杨桂欣等都是第一次读到他的作品就来信嘉许的。当然名人的见解也是一面之词，但有此殊遇的作者并不多，这或许能说明一点儿道理——语言到底可以征服一些人。要从语义—结构的角度来分析陈炳熙的语言是机械而麻烦的事，因而我们不妨从审美直觉出发来“感受”他的语言艺术。一些说不清因果关系的现象是：是否因陈炳熙长于丹青，才使他的语言那样色彩绚丽，具有透明的绘画美；是否因他通过戏曲和音乐的结缘，才使他的语言在平静中常常显出一种高雅的律动，具有旋律美；是否因他国学根深，泽被笔下，才使他的语言凝练准确，在典雅俊逸中透出古香古色？让我们读一读这些片段吧：

“此时宴会正在开始，少不得菜列八珍，瓶开茅台。大家举着杯，向老寿星祝贺；凑趣的天公，恰在这时，悄悄儿地从它那银灰色的幕帏后面，把那些积攒了一冬的碎琼乱玉只管抛洒下来，使那寥廓却又寂寞的穹苍，变成一个万花飞舞的世界。”（《灯谜》）

“吱呀一声把门敞开：好清亮的月夜呀！他满身满箱子都是月光，进门时给门口一挡，月光就从他身上卸落下来，留到门外那水溶溶的月光世界里去了。”（《留恋的青山》）

这是令人心旷神怡的语言。那气氛、那意境，令人陶醉。也许是久违了这种笔致的缘故，我感到这才真正是文人的小说。他的语言无疑是从民族语言中“个性化”出来的，他十分得益于古典文学的滋养，奠定了凝练准确的基调，又得益于他高雅的审美情趣和广泛的爱好，形成了飞扬的辞采和色繁声茂。在这种开放型的语言熔铸系统中，我们不难从字里行间看到《红楼梦》《水浒》等古典名著的影响。但他更接近现代文学史上的巨擘，郁达夫、鲁迅的遗风尤为明显。东方文学成为他最方便的摄生体。只是在他的习惯句式中极少欧化的痕迹，这使在不自觉中成为民族文化的卫士，从而奠定了他的语言风范。但或许又构成了他的局限，因为寓藏了奔放热情的语言常常要扭断文法的脖子——这也是一种无可非议的需要。然而他太规范，他只能通向一个古典的美学境界——典雅。

（四）

找到自己不容易，实现自己就更难。中国知识分子面临的命题同样高悬在陈炳熙头上，大家都在翘首企盼着世纪黄昏那艰难孕育的娩出。但生命毕竟是自己的，路还要自己走去。

文如其人，在大多数情况下，这简直是一条颠扑不破的真理。陈炳熙的内秀表现在他心境的旷达与处世的拘谨，并非不善辞令和语汇不丰，而是羞于奉迎和当面的夸饰。这使与他交友的人相得益彰，时光老人的恩赐——像老酒一样经久而越醇。不幸这种拘谨也有令人遗憾的时候，那就是过于规范地做文章。他精于锤炼，便难以挥洒；他匠心构建，便失之雕琢；过于崇实，伴随着题材的狭窄；追求完善，妨碍了艺术视野的拓展。关防太多，牵制了身手的腾挪，于是出现了小人物小事体的小格局小悲欢的小家碧玉体。典雅而已，不够辉煌；玲珑而已，缺少豪放。本来小家碧玉也可以因小见大，但那历史和现实的沧桑不幸又被推移成淡淡的背景。因为和现实隔开了一段不太遥远的距离，便在不同程度上淡漠了时代。虽然他在对历史的艺术观照中融进了强烈的当今意识，但终因意识的载体是昨天的故事而让读者感到隔膜。他师法鲁迅，但不及迅师的深刻与尖锐；他师法郁达夫，但不及郁公的热情迷狂与奔放。这样，陈炳熙的作品由于当代性的稀薄而对人类灵魂的“轰炸”功能已经弱化。而对于东方民族的文化审美心理而言，作品的“轰炸”力从来就是艺术魅力的组成部分。最能使人惊心动魄的是那些以强烈的爆炸力轰毁一代人心理的平衡静态，用巨大的落差造成人类心灵的交锋碰撞，从而达到新的高层次的心理平衡的作品。不断地轰毁和轰毁后的平衡是永不停顿的演讲，人类灵魂的工程师也需要具备轰炸机的功能，然而这需要作家的胆与识。对于陈炳熙来说，识不可谓不深，只是胆怯了一些。这也委实是难怪的，像他这样有思想有追求的知识分子在饱经忧患之后，大概对自己所从事的事业的地位和个人的价值做了较多地考虑。在摒弃敏感带来的烦恼之后，便增强了独善本体，追求心理平衡的意识。然而中国知识分子根深蒂固的忧国忧民品质又不容他逃避，课题是保国又可保身，战战兢兢，务求两全，难免吞吞吐吐。但现在看来大可不必了。历史的玩笑增强了社会“拨乱反正”的动力，但也使某种惰力在人们心灵世界中找到了寄生体。这种惰力的增殖往往是对生活“看透了”的缘故。但从宏观和动态的系统来看，又没有看透。把社会放到人生中看，则蚁负粒米就难能可贵了，把人生放到社会中衡量，则又需要一种乐观的牺牲精神。人本来不需要太谦虚，陈炳熙尤其不需要这样。应该有大的气魄、大的跨度、恢宏的视野和更高标的追求。这不仅是一种自信，也是对时代的把握。

寄语陈炳熙：除了“文化大革命”之外，在人生的每一个转折点上你都善于寻找自己的立足点，不，这不是寻找，而是一种努力。这使我们庆幸于你的聪慧。但今日，生活怪圈的弧线两端快要接吻了，过早地“圆满”起来可是不好，其弊端已经和你作品的优点相伴而生了。看来你又不可避免地面临着再一次选择。不要慵散地失去这次机会，特别是在为你提供了用文之地的今天！

贺敬之论

1949年，当开国大典的礼炮隆隆震响时，苦难的中国迎来了一个崭新的黎明。年轻的共和国在略显忙乱的狂欢之后，很快迈出了挺进社会主义的步伐。而新诗却在战神退出后的大地上，在辉煌的胜利后出现了焦急地徘徊。是啊，面对这梦寐以求但又十分陌生的一切，该怎样拨响诗的琴弦？奏出旧中国的呻吟吗？发出黄河般的怒吼吗？不！这些，早已化进了历史的年轮。那么，如何来歌颂这新的时代、新的国度、新的建设、新的进军呢？这是时代向每一位歌手颁发的考题。新中国的诗人是以开拓为己任的，他们怀着投入新生活的喜悦，向着新的制高点，开始了尝试性的进攻。于是一曲曲华彩般的新华颂出现了，一阵阵大建设的号角吹响了，抗美援朝，民族团结，都涌上了诗人的笔端。当然，在胜利进行曲的副旋律中，我们还间或听到那远遁的炮声。那是一个“八仙过海”的年代，诗坛上不断有精彩纷呈。但遗憾的是，“海”终于没有过去。新诗，尽管在内容与形式上都有了较大的转变，但终究没出现大的突破。“美好的生活掩盖了诗艺的不足，过分忠实的描绘束缚了诗的想象的翅膀。”而时代却要求诗人们像文学史上的巨擘们那样，用辉煌的创作来开一代诗风。

在时代的挑战面前，诗人们从未停止过艺术探索的步伐。艰难困苦，玉汝于成。当新一代诗神在朝阳中度过了七年自由而苦闷的初生期后，终于迎来了蜕变后的快乐——一个政治抒情诗的大潮开始在诗坛澎湃了。而贺敬之便是鼓动这大潮的一员骁将。他和他的同伴们一起，承继着“五四”以来新诗的战斗传统，在新的历史时期和社会条件下，开创了中国当代诗歌的一代雄风。他并且以自成高格的创作，向诗坛献上了丰厚的诗礼，对此，评论家们早已众口一词。因此，当我们在今天试作新论的时候，不得不力求开辟另外的角度。

(一)

“情与气偕，辞共体并。文明以健，圭璋乃骋。蔚彼风力，严此骨鲠。才锋峻立，符采克炳。”

——《文心雕龙·风骨》

把贺敬之和他的诗作放到新文学发展的历史进程中，放到当时的社会、文学环境中来考察，我们就不难得出这样的命题：贺敬之对于新诗的贡献，在于他站在前辈诗人的肩膀上，用自己的艺术实践所达到的成就，为政治抒情诗体走向成熟，做出了卓越的贡献。

文学史上标榜着这样一条规律：一种文学样式的成熟，往往要经过几代人的广泛的创作实践，在有了大量的艺术积累之后，终于在最后一位巨匠(或作家群)的手中产生了本质的飞跃。从此，这种文学样式便成熟地载入文学史，给后世的文学创作开辟一条新的路径。翻开中国诗史的浩瀚卷帙，我们可以看到屈原与《楚辞》、司马相如与汉赋、沈佺期与律诗、温庭筠和词、郭沫若和白话新诗等，都体现了这条规律。在政治抒情诗的领地内，郭沫若、艾青等诗人都曾洒下过耕耘的汗水，但直到新中国成立之后，在贺敬之、郭小川、公刘等一个庞大的诗人群体的努力下，才使政治抒情诗作为新诗的一种独立体裁成熟起来。在这个胜利的光荣榜上，贺敬之和他的诗作无疑是名列前茅的。

但是，贺敬之在诗歌创作上的成就，使我们不能满足于这一显而易见的结论。更深入的探讨应该是从对作品本身的研究出发，用作品所达到的艺术成就来评价诗人对当代诗坛所做出的贡献。

对于贺诗在各方面所取得的成就，自《放声歌唱》问世以来，一直佳评如涌，无需赘言。但有一点却被评论界忽视了，那就是充溢在贺诗字里行间的、最能体现政治抒情诗的特长、又最典型地代表着贺敬之抒情个性的、一种带有新中国气魄的——风骨。

自刘勰楬橥“风骨论”以来，历代选诗的标准都是风骨、声律并重。不管论家们对风骨有多少种诠释，有一点是可以肯定的，那就是：风骨是诗歌的生命，是客观存在的审美标准，是诗歌艺术力量的渊薮。正是在这一点上，贺诗获得了极大的成功。

在我国，每当民族和国家处在大转折的关头时，在历史的回音壁上，我们常常会听到发自文坛的不同的乐音，虽然也间或听到那远遁于世外的低唱，但更多的却是壮怀国事，召唤人民的高歌。因此，在中国源远流长的诗史上，“忧国忧民”就成了历代进步诗人一脉相承的优良传统。和这样的思想内容相得益彰的是，中国的诗歌在自己漫长发展道路上形成了独特的风骨。遗憾的是，在当代诗坛上，风清骨峻的作品毕竟不是对这种闪闪发光的特质的继承，而且也发现了时代的投影——显示了贺敬之较之古代诗哲们的不同。同样是把天下大事维系于心，贺敬之往往不唱“长太息”的悲歌，而是甘愿在事业维艰时发出催人进击的呼叫，或在胜利后充当奏凯的歌手。在继承我们先辈“忧国忧民”传统的基础上，他想得更深、更远：忧固忧之，但忧有何用？与其和人民洒下共患难的眼泪，何如吹响震天的号角，激励起万马千军在前进路上迅跑！要做到这一点是不容易的。首先，它需要诗人们高瞻远瞩，站在时代的制高点，通览全局，把握古今，既看到事业的艰巨性，又要透过眼前的烟氛，看到前途中的光明。并且还要通过自己的歌唱，让光明召唤起民众，使人们振作起来，迈开前进的步伐。其次，在吹响号角的时候，还要谨防空洞的高调，要让作品深厚的思想使读者感到凝重，要以真正的艺术的力量打动人心。正是在这样的美学追求中，贺敬之向诗坛献上了风骨兼备的艺术珍品。

贺敬之的许多佳作都是在经历了严峻的深思熟虑后开始落笔的。20世纪60年代初，当我们的共和国在前进途中步履维艰的时候，诗人强烈地感觉到，应该写一点儿美好的东西来鼓舞我们的人民。于是他拿出了早在1959年草就的《桂林山水歌》；当雷锋的名字在祖国上空回响时，他又以一个革命诗人义不容辞的责任，以极其严肃的态度，写下了他的问鼎之作——《雷锋之歌》。在构思这些佳作时，作者显然是把自己的襟怀借诗的翅膀做了坦露，把华夏子孙坚毅、深沉、辽迈、豪强的品格在字里行间流露出来，而表现为诗的风骨。

在礼赞雷锋的时候，作者没有把英雄形象“抽出来”颂扬，而是把雷锋的出现以及雷锋事迹给我们的历史启迪和探讨什么是真正的人生，什么是人间的正道联系起来，把无产者大军的永远进击革命精神和人类壮丽的共产主义事业联系起来。因此，诗人歌唱雷锋，也就是歌唱一个阶级。通过对雷锋的讴歌，他揭示了这样的真理：在中国，出现雷锋这样的共产主义战士是时代的必然，雷锋的道路在本质上代表了一代社会主义新人的道路。在充分、正确地估计和表现了我们人民、我们党在过去、现在和将来的困难的同时，作者透过雷锋的形象，让我们看到了民族的希望之光，他对革命抱有必胜的信念：

“哪怕它啊 / 北风欺我 / 把我黄河 / 一夜冰封 / 我们有 / 革命壮志 / 浩浩长江 / 万年奔腾 / 哪怕它呵 / 山崩海啸 / 天塌地倾 / 我们有 / 擎天柱 / 我们的党 / 我们有 / 毛泽东思想 / 炼成的 / 补天石 / 百万雷锋！”

读着这样的诗句，我们可以感觉到，贺诗的字里行间，有一股内在的精神力量在冲动，使他的诗高亢而深厚，风彩神飞而不飘逸浮靡，产生了振聋发聩的效果。在这里，诗歌已不仅仅是“炸弹和旗帜”，而是使读者心中升起一种历史的、时代的责任感和作为革命战士的由衷的自豪感，从而唤起人民心灵深处的崇高美。这种美感的诞生根源，无论是从思想内涵还是从艺术表现上看，无疑都是来自诗的风骨。我们讲风骨是诗的生命，当不是危言耸听。这一点，从贺诗中得到了明显地昭示。

在通常情况下，大部分诗歌是不能容忍没有形象的，贺敬之深谙其中三味。但是，他没有塑造通常意义上的形象，而是浓墨重彩，用开天辟地般的笔力塑造了一组全新的形象——祖国的形象、人民的形象、党的形象和革命战士的群体像：

“在节日里／我们的党／没有／在酒杯和鲜花的包围中／醉意沉沉／党／正挥汗如雨／工作着——在共和国大厦的／建筑架上！”

“为什么／沙漠／大敞胸怀／喷出／黑色的琼浆？为什么／荒山／高举手臂／捧献出／万颗宝石？”

“啊／是谁／在地上／又在天上／啊，我们／啊／谁呀／是人／又是“神”／啊，我们！看／五千年的白发／几万里的皱纹／一夜东风／全吹尽！”

就这样，作者在诗行里树起了柱地通天的形象，开拓出恢宏的艺术天地，这些前无古人的诗句，使读者瞠目于前，倾倒于后。这种几乎是很难比拟的壮美。使贺诗自成高格，这同样是因了风骨的缘故。

贺敬之极善于把握重大题材。他把党的主题、人民的主题、阶级的主题、人生社会的主题尽收笔底，纵横开阖、下地上天，唱出了豪情如海气如长城的战歌，抒发了革命战士的壮阔胸怀，鼓动着万千读者的豪情壮志。强烈的时代感、历史感、革命的责任感和对新中国及世界前程的庄严思考充溢在诗句中。豪放奔涌的风格，巍峨壮美的成就，高扬博大的意境、顶天立地的形象，撼人魂魄的力量，这一切都体现了贺诗的风骨。贺敬之的诗歌之所以在中国久盛不衰，除了别的原因之外，风骨是重要的因素。

风骨是我国古典美学中重要的审美标准，客观上反映了审美主体对文艺作品的审美情趣和要求。这种有深刻的时代、历史和社会内容的审美观，是与民族精神的崇高倾向有密切联系的，所以风骨理论被接受下来，对后世的文艺创作和批评产生了深远的重大的影响。当积弱的中国一旦获得新生后，时代便以从来没有过的执着要求审美对象中新的风骨的显现。在从20世纪50年代中叶开始的其后十几年左右的时间里，尽管我们在前进中出现过几次失误，但是蕴藏在中国人民心中的那岩浆喷薄般的激情和社会主义革命、建设中焕发出来的冲天干劲以及战天斗地、重新安排河山的气概，还是构成时代精神的主流。在这种高扬的精神状态中，风骨卓然的贺敬之诗歌便成了岩浆的喷口，无数心底的热流都从汇聚、喷发中得到了充分地宣泄，这无疑引起了读者的强烈共鸣，贺诗也就成了人民的心声！正是从对贺诗的欣赏中，人们得到了美感的享受，产生了心灵的激动，进而转化成昂扬向上的精神状态。因此，贺诗产生了广泛地影响，激荡起亿万人心灵深处的浪花层层，也就是理所当然的了。

贺敬之诗歌中特有的风骨如此准确地体现了时代精神，焕发着振奋人心的阳刚之美，这使诗人获得的巨大成功。由此我们得出结论：艺术形式的出新是贺诗成功的外在表现，而风骨才是它崛起的顶梁巨柱。正是在这个意义上说，贺敬之的诗歌是时代的大歌。他可以无愧地对前辈诗人们说：我们的歌声格外响亮！

（二）

也许会有人说：这是假、大、空——作者题记

在从20世纪60年代中叶开始的一场“文化大革命”中，政治抒情诗被罪恶的黑手玩弄般地利用着，被强烈地扭曲着，一度陷入“假大空”的绝阵。那些也叫作“政治抒情诗”的怪胎曾一度充斥于报端电台，直到粉碎“四人帮”之后，这种毒氛还在一段时间内弥漫于文

坛，混淆了某些人的视听。而真正的政治抒情诗却蒙上了一层厚厚的灰垢，甚至在今天，余风仍未荡尽。但是有良知的艺术家知道，人民的心里也清楚："假大空"是阴谋文艺的宠儿，而政治抒情诗却是阶级战士的心声。发自内心的高歌，"大"则大矣，何"假空"之有？对于这个不仅仅是艺术分寸感的问题，早已有评论家论及，我们只在这里做一点儿小小的辩证，同时通过分析，力求公正地对贺敬之诗歌的抒情做出评价。

真正的言志之诗，是与"假空"无缘的。但志有大小，视有远近，加之诗人的艺术出发点和归宿各不一样，这就出现了诗歌主题中的"大我"与"小我"问题。一个有限的圆圈是不能局囿所有诗人的。有人善于在有限的空间内翩翩起舞，做千姿百态，引人入胜；也有人只有跳出圈子，在更大的舞台上纵横驰骋，方能抒发豪情，寄寓壮志。只有各恃所长，各尽其妙，诗坛才能百花齐放。孰优孰劣，岂可以大小而发？"大我"和"小我"，诗坛皆需要。并非所有的"大我"都是"假空"者流，反过来，也不是所有的"小我"都是值得提倡的。但有一点可以肯定，不管"大我"或"小我"，只要从祖国和人民的伟大形象中游离出来，或者远离了现实生活的土壤，断绝了和社会的相通，那就只能发无病呻吟，这样的咏叹调，是决没有出息的。

贺敬之没有小家儿女之态，而以"大我"标榜，其气魄无疑是阔大的。他用辉煌的诗句，塑造了党、祖国、人民的形象。而他自己，则是与党和人民息息相通的普通一兵。这样，诗人的感情便汇入了党的血液之中，使他得以站在祖国和人民的阶级事业的高度上纵目远眺，展开了诗的翅膀，写出了思接千载，视通万里的壮丽篇章。同时我们也注意到，诗人没有站在云端向人们指手画脚，而是从脚下的祖国大地上起步的。像每一个中华儿女一样，他深深地爱着祖国，爱着社会主义。他对人民、对党、对领袖倾注了满腔的爱，这些都毫无做作地流露在诗行中。

了解贺敬之身世的人都知道，翻腾在诗人胸中的那如海的深情，是有其深远的渊源的。诗人的出身和经历，先天性地赋予了他投入人类解放事业的阶级素质，而长成后在革命队伍中度过的峥嵘岁月，又终于把他锻炼成一名有觉悟的阶级战士。确实，他没有办法怀念旧社会，他的血管里流的是阶级的血，他心里装的是人民和革命，除此以外，岂有他哉？因此，他在早期的创作中就不能不倾注进自己的真情实感。待诗人在政治和艺术上臻于成熟时，这种感情变得更加深沉、炽烈。循着这样的轨迹来评价诗人在作品中的抒情言志，又怎能以“假空”冠之呢？

多少年来，正是这全心全意，真挚热烈的爱，化成了诗人对祖国、对人民、对党的歌颂。从《放声歌唱》到今天，二十多年过去了，我们手捧诗卷，仍感到常读常新，那昂扬向上的激情，一直鼓舞着人民的心。艺术的力量和作品蕴含的内容都是沉重的、实实在在的。他通过自己的诗，鼓动着人民，召唤着阶级，鞭挞着黑暗，憧憬着未来。这一切都使我们感到：贺敬之，首先是一名阶级的战士，其次才是诗人。

就是这样，他把整个诗心献出来，献给党、献给人民。献给阶级的弟兄。他没有掩饰这种感情，也没有必要去掩饰，在任何时候，他都自豪地宣称：

“作为革命文艺队伍中的一个成员，从我投身到这支队伍时起，我从未动摇过我的自豪感。”

“我曾用真情实感去歌颂光明事物——我们的党、人民和社会主义祖国。”他这样用诗来发表自己的“宣言”：

“我的工作／为祖国／劳动／和歌唱／我的誓言／为共产主义／奋斗／到底！”

“让延河的水／在我的血管里／永远／奔流吧／让宝塔山下的／

我的誓言／永远活在／我的骨髓里！”

“在阶级的事业里：‘我是一个兵！’在祖国的大地上：‘我是一个兵！’在今天、明天／所有的／斗争里：‘我是——一个兵’！”

他对人民、对党、对祖国爱得那样虔诚、以致带上了天真。所以，我们党后来在前进中出现的偏差，也就影响到他的诗作，出现过某些不正常的折光。1979年，他在《贺敬之诗选·自序》里这样来回顾和认识：“我还必须说：我对社会主义事业的理解是太肤浅，太幼稚了，对我们生活中的矛盾的认识是过于简单，过于天真了。这就使得我在作品中不能准确而大胆地表现矛盾斗争，因而就不能更深刻、更有力地反映和歌颂我们伟大的时代。例如《十年颂歌》这首长诗，今天看来不仅显得无力，而且其中关于庐山的那段批判性的文字还是错误的……我不能不以负疚的心情把它删除。是的，历史在教育我，党和人民在教育我，‘四人帮’从反面也在教育我。那么，为了迎接今后的更加复杂艰巨的斗争，跟上时代的前进步伐，为了做先进战士的一个够格的战友，我怎能不奋起直追呵？”

“殷忧启圣”，这是历史在作家头脑中的积淀，听着这大段痛定思痛后的独白，我们感到：诗人的躬身自责是严厉的、发自内心的。像他在大部分诗作中表现的那样，感情是纯真的。

一时代有一个时代的诗。诗人可以站在时代的前列，但决不会成为超越时代的先知。环境促成了诗人的失误——当然，也有他认识上的偏差的因素。但另一个令人深思的现象是：在“反右派”运动和““大跃进”高潮中”，面对这样重头的题材，诗人竟作悄然无声，这不恰好证明了我们把作者的失误的自身因素归结为认识问题，还是很中肯的吗！在当时的形势下，博大精深如郭老尚有《防治棉蚜歌》之类的小唱，更不用说那决心实现：“村村都有王老九”“县县都有郭沫若”的新民歌运动了。我们无需以此为贺敬之辩解，因为艺术是不能原谅人的。但结合彼时彼地的环境，对作家作品做合情入理的解释，进而驱散笼罩在政治抒情诗人身上的“假大空”云翳，还是很有必要的。

贺敬之不会玩弄感情，他的诗也以直情见胜，虽然他的构思恢宏辽迈，但决无虚假的造情和空洞的高调。因为：他是一个有觉悟有坚定信念的战士，同时又是一位坦白、热烈的诗人。他的品格像泉水，清澈见底；他的豪情如火，峥赤红烈；而他献给时代的诗篇，便是那燃烧的心。

（三）

“我心灵的门窗，向四方洞开……

我胸中的层楼呵，有八面风来！”

——贺敬之《雷锋之歌》

作为诗人，贺敬之是善于学习、勇于探索的，并且在探索艺术的道路上取得了成功。几本集子，大体按年代编起。每一个集子都呈现出不同的风格和面目，留下了作者在诗歌创作道路上学习的印记，成为他艺术成长史中的一座座里程碑。简单评述一下他走过的创作道路，从中总结一些带有规律性的东西，不一定奉为圭臬，却可以受到启迪，这对于认识诗人和振兴新诗创作是有好处的。

贺敬之没有受到“家学渊源”的熏陶。他成长在动乱的20世纪30年代，学诗伊始，便首先接触到西方的诗星。可以说，诗人最初的歌吟，是借欧美的梵阿琳，唱中国的土著歌。之后，他又在民族化、群众化的追求下开始了向民歌和古典诗歌的学习。通往新诗的道路不止一条，条条都留下了他学步的足迹。总体来讲，诗人在建国前写成的几个集子，就好像在同一平面上不同风格的建筑，并没有重大的突破和创新。但值得注意的是，从这些集子中，我们可以看到，在贺敬之的诗歌创作中，古今中外的诗河，已露出了合流的趋势，他将要在诗体的合流中，褪尽摹仿的痕迹，孕育出新的形式。十几年后，贺敬之用自己的作品证明了这一点。

《回延安》让读者心悦诚服了！由《信天游》化出的诗体却明明不是《信天游》，而荡漾在这曲延安颂当中的，偏偏又是浓郁的陕北气息。

瑰丽的《桂林山水歌》幻化出新的风彩，气吞山河的《三门峡歌》脱颖而出，是新诗！又明显地令人想起“信天游体”，但字里行间呈现的，又是古典诗歌的色彩美、音乐美。

《放声歌唱》问世了——马雅可夫斯基的“楼梯式”！但细细比较，又似乎不确。有心的读者一定不难发现贺敬之对这一外来的诗体没有生吞活剥，而是扬长避短，使之更容易为我国读者所接受。让我们引用一段马雅可夫斯基的《国防进行曲》中的诗句，来进行一下比较吧：

前进，
兄弟们，
你要，
昂起头来，保卫，
房屋、劳动、五谷、田地，
……

这种排列句式，用俄语来表现，据说已达到了炉火纯青的地步。但中国读者却接受不了，像听一个口吃病在说话一样不舒服，像读一段佶屈聱牙的文字一样别扭。贺敬之对这种诗体进行了大胆的扬弃，根据民族语言的习惯和诗的要求。在诗的分行、排列、语言诸方面进行了革新创造，终于谱出了具有中华民族风格的新诗——贺敬之式的“楼梯式”诗。

除了形式上的创新之外，贺诗在语言上的成就也是值得深入研讨的。

贺敬之在向古典诗词、民歌和外国诗歌学习的过程中，逐渐形成了自己的语言风格。人们说，风格是成熟的标志，这一点，随《放声歌唱》的问世已使人们深信不疑。但贺敬之却没有满足，他没有停止锤炼语言的步伐，而是继续探索、追求，终于使他在《雷锋之歌》之后的作品中，在语言成就上又登上了一新的台阶。特别是《雷锋之歌》《西去列车的窗口》等，虽不是字字珠玑，但堪称篇篇佳唱，妙语如珠。

读着这些诗篇，我们有一个显著的感觉是：贺诗的语言不单单是体现诗人个性的语言，而是熔时代精神与抒情个性为一炉的崭新的语言。这不仅为诗的艺术披上了彩衣，而且在很大程度上，决定了贺诗的风骨。如果忽视了贺敬之后期诗歌(暂且称为后期)在语言上的进步，就很难得出这样的命题：在政治抒情诗中，代表诗人的抒情个性的语言还不算语言的最高成就，而只有将这种语言和时代精神融为一体，才能使诗的语言获得长久的生命力，这才是语言的珍品。贺敬之在涛歌语言上的成就为这条定律(如果能称为定律的话)做了极好的佐证。

贺敬之在诗歌创作上成功的根本原因，就在于兼收并蓄、熔铸创造。无论是欧风美雨，还是华夏古声、民歌俚曲、四方合奏、八面来风，他都来者不拒，采取“拿来主义”，经过长时间的博采广收，终于吐丝酿蜜，创出新声，成为一个时代的诗人。时代需要他的诗，他的诗无愧于时代！在诗的成就上，他达到了时代的高峰！

贺敬之是一个严肃的作家，虽然我们常常深憾于他提供给我们的作品不多，但对于当代诗坛的贡献是有口皆碑的。诗人刚交花甲，对个人来讲，正如日行中天。那么，让我们期望他拿出更新的诗作来装点我们的艺苑吧。我想：诗人也正是这样想的：

“我必须／赶上前来！
和你／一起呵／奔向这
伟大斗争！”

1983．夏．苏州

与沉重的黄河同崛起

——论王忆惠和石油文学

（一）

这里，是雄浑的大河与浩瀚的大海亲吻的地方。

它，地下淌金流银；地上寸草难生。富庶而荒芜，人们称它三角洲。

三角洲遍布世界的海岸，是一个令人神往的名字。在中国的版图上，三角洲更有它无比动人的风韵。十里洋场的大上海是三角洲，那是浪漫扬子江的结晶；珠光宝气的广州是三角洲，那是富丽珠江的骄子。它们的兴起都在不同程度上沐浴了欧风美雨，在开发文明的同时也紧紧地裹上了民族耻辱的外衣。毋庸讳言，在旧中国，病态的繁荣都带着浓厚的殖民色彩。

而这古老的黄河三角洲呢？有幸或者不幸的是殖民者竟把它遗弃了。我们在很长的一段时间内竟也没有注意过它。于是它和贫困结下了不解之缘，进而成为荒凉闭塞愚昧落后的寄植体。它好像还要沉睡几万年。

突然有一天，它醒了，旋即发现它有了几万名冲冲杀杀的儿女。在冰天雪地里打出第一口“争气井”的大庆人来了，中国西部浪漫的克拉玛依人来了，“铁人”王进喜的兄弟姐妹们从豪情壮志或诗情画意里走出来，呼啦啦扯起了中国工业的一面大旗，中国人纯粹靠不息的志气把那个艰难的年代搞得轰轰烈烈。继大庆之后，几万名石油工人涌进了这片辽阔的海滩。于是，古老的荒原上井架林立，钻机争鸣。现在很难想象这个大油田的出现是怎样地振奋了全国人民，反正中国“贫油”的帽子早已被扔到太平洋、大西洋或什么洋了。虽然直到今天我们还面临石油的短缺，但那时没有理由不把它命名为胜利油田。

无法估量石油工业的大踏步前进给中华民族带来的生气，经济的、精神的抑或其他方面的；也无法估量这支为共和国立下汗马功劳的石油大军是在怎样的环境中享受着艰苦——那是真正的艰苦。不是一两天，也不是一年两年。有的石油工人踏遍了全国的油田，第一代石油人的子孙也快当爷爷了，生产设备更新了几代，但他们，仍是艰苦：吃的、住的，关于人的生活的一切一切。

人高马大的小伙子从井场下班回到宿舍，油工服来不及脱就进入了梦乡，在尚清醒的一刹那他对同伴说：到了上工班时间请喊我，如果我不醒就狠狠地打——

遍布荒野上的千名钻井队队长在一切有意识的时刻都在想：进尺进尺——

油田的一位高级领导人说：我活着不带一根草来，死后也不带一根草去，只是我死了也要把手伸出棺材，高声呼喊：要油——

每一个亲临油田生产第一线的旁观者都会热泪盈眶，但眼泪早已不能表现在伟大和奉献面前的激情。

这就是中国的石油工人，古老黄河的子孙。

面对他们，文学感到了愧悪。

应该有石油文学——确切地说是石油战线题材的文学。然而，玉门人的轻歌曼舞已化为遥远，峥嵘的《创业》已凝入史册。尽管文痞们罗织的十条罪状音犹在耳，尽管后人对《创业》有见仁见智的判断。但公正地说，《创业》是少有的好作品。它确实写出了一个民族与命运和大自然搏战的气概，而我们正是靠这种气概倔强地站了起来。我们的历史不就是一部恢宏的创业史吗？

但《创业》以后呢？是令人汗颜的萧条。

在这样的背景下我们推出“王忆惠和石油文学”的命题，谁也不会相信是小题大做。

(二)

如果没有王忆惠，中国的石油文学仍然会潇洒地发展；如今有了王忆惠，这支作家队伍中就增添了一名能征善战的战士——不知他想不想当元帅，反正目前还是战士。

记录这位战士功劳的，是反映石油工人生活的长篇小说《眷恋》。《眷恋》的诞生不仅是石油战线的幸事，老实说，它波及到了全国：小说获奖、改编话剧、搬上电视屏幕，然后又是话剧获奖、电视剧获双奖、权威的《红旗》杂志发表评论等，着实热闹。现在不忙对《眷恋》做什么结论，但一个有趣的事实是：不仅工人们把《眷恋》看成是自己的骄傲，而且干部——从基层井队的头头到中央的领导，都一致赞扬《眷恋》以及由它改编成的话剧、电视剧等。仅仅这样来认识《眷恋》的价值未免太功利了一些，但小说、话剧和电视剧一下子吸引了众多的评论家，人们众口一词地称赞《眷恋》，近20篇评介文章见诸报端，这样的事实就不容忽视了。我们之所以说这个事实有趣，是有感于当前文坛上能得到这样青睐的作品毕竟太少了。文学发展到今天，据说已到了“多元”的时代，不但作品多元，连读者的反响也呈现了多元。往往有这样的情况：领导人推崇的群众不买账；读者群极小的专家们却高度赞扬。特别是近几年，众口难调几乎成了作家们面前横亘的勃郎宁雪峰。但《眷恋》却受到了殊遇。这个现象无疑告诉我们：在我们民族心理的深处，一定有一个共同的东西凝聚着全民族的心，而《眷恋)正是抓住了这共同的东西。

这共同的东西是什么？

是人性，是民族的精神，是文学的真实。

问题说穿了，道理也就简单得很。现在的谜是在群星灿烂的中国当代文坛上。高举人文主义、民族精神、文学真实旗帜的作家大有人在，为什么名不见经传的王忆惠却单单受福？

至此，我们不能不烛照他的灵魂，不能不考察他那独特的经历。

生在普通家庭，长在高等学府的校园里，优越的文化环境使王忆惠长成多才多艺的小伙子。其实在20世纪60年代的青年中，所谓的多才多艺往往特指文艺活动的热心人和多面手，因为那时特别重视宣传。锦州石油学校里自从来了王忆惠，文艺活动便大改观。这位学生会文艺部长不光有组织才能，把一帮宣传队的小伙子大姑娘们调动得疯疯颠颠，而且他个人还深深懂得打铁先得本身硬，他苦练各种基本功的结果是使自己在表导演奏几方面都不含糊。编剧导演演员伴奏常常集于一身，颇有“乌兰牧骑”之风。他特别擅长曲艺，能把一副竹板敲得莲花落一般动听。他把全副身心都投入到宣传队的工作，把全部的理想和热情都寄托在唱唱跳跳中，干劲冲天，好像找到了报国之门。由于这方面的才能，他得以在史无前例的风暴开始不久便带领一支队伍杀向社会搞“革命大串联”并宣传毛泽东思想，很不情愿地失去了在学校“造反”的机会，没有捞到触及别人和自己的灵魂和皮肉。这一课后来补上了，那是作为革命对象被别人触及了自己，这时已经进入70年代。

从进入石油学校到“文化磊革命”这一段春风得意的日子为王忆惠以后从事文艺活动奠定了良好的基础。直到现在，胜利油田的歌舞团还经常上演他编的剧目，气壮山河的《战井喷》和情谊绵长的《三鞠躬》都以老旧的形式征服观众和读者。不用说，和《眷恋》一样，这同样是因了作品内含的思想感染了读者。

这一段春风得意的日子也为王忆惠几乎敲响了政治的丧钟：他曾把宣传毛泽东思想当成最大的政治而耽身其中。岂不知他真不知道政治为何物，所以后来他被政治大大地嘲弄了一番。清理阶级队伍的时候，他正在一个二级单位的宣传队当队长，正把“最大的政治”宣传得热火朝天，眼看就要在油田会演中名列前茅。突然一纸飞鸿从与胜利油田隔海相望的辽东半岛飞来，一夜之间，他便成了闻名胜利油田的反革命。

罪名：恶攻。

这是那个特殊时代的特殊罪名的简称，即恶毒攻击×××，属现行反革命罪。

罪状：毛泽东在很多问题上搞一言堂，这不太好；

江青只能算一个第三流的演员；

江青缺少领导人的气度，有点像泼妇；

林彪靠掀起“活学活用”运动才爬上了高位；

全厂开他的批判会，义愤填膺的批判者在台上翻着厚厚的卷宗，翻来覆去念着这么八条，据说王忆惠的罪状是“罄竹难书”。

宣传队长当不成了。“公民”也失去了资格。一向骄傲的小公鸡初步尝到了“政治”和无产阶级铁拳头的味道。怎不叫广大革命群众和干部拍手称快！拍手称快之后又大吃一惊：原来赫鲁晓夫式的人物就睡在身边，正打着红旗反红旗，险些让我们的红旗变了颜色！

华丽的冰山倒塌了。王忆惠也几乎瘫了下来。沉到社会最底层以后他反而感到了实在，再没有精神支柱倒塌前那种痛苦和绝望。一种新的心理平衡产生了，从这里出发他开始了灵魂艰难的复苏。可怜到了二十几岁的时候，他才真正开始用自己的心来体验和观察生活，而不是靠别人的脑和无数迷人而空洞的概念来规划自己。换言之，王忆惠到了这时候，才活得“真实”了些，其实，有此思想经历的是整整一代和几代人，并非只有他自己。

思维内容和方式全变了。他首先想到的是良心、正义、人性等作为人最基本的“性”，因为他在最低谷中不断沐浴着人性之光。他发现“广大革命群众”对他并未另眼看待。继而又知道有些干部为了给他安排合适的工作而到处奔波。虽然这些奔波注定了要失败，但王忆惠明白这是时局使然。他直到今天并未对哪一个整过他的人怨恨，而对当时投过一丝理解目光的人都感恩戴德。他始于天真，止于绝望。其后再也没有在人生观上走极端。他终于发现了人间良心不泯、正义永存和真正人性的可爱。在当时冰冷的环境中他第一次真正地摒弃了绝望，产生了一种对人生的眷恋，对生活的眷恋，对石油工人的眷恋，无疑也是对一个民族的眷恋。

在我们党的威信受到最严重的戕害的时候，他产生了对党的坚定信念和刻骨铭心的信仰，一种为之献身的强烈要求不可遏止地烧灼着他，他终于找到了终生不渝的高标。这个一直被共青团大门排除在外的游子以炽热的心向党呼唤。党理解他：这样的儿女太难得了。他经常在私下里表白：没有人比我更热爱党了。当然，这话太绝对了些，但由此我们看到了他的真实的内心。

最大的闹剧中常常套着许许多多的悲喜。戏剧性的变化也降临到王忆惠的头上。他很快入了党，并担任了油田的工会、文联领导人，但他丝毫没有志得意满的侥幸，而常常是神色严峻地低下头。沉重的使命和责任充满了每一个毛孔，此时他最容易想到共和国石油工业的艰难步履，一种神圣的悲壮感涌上心头。在民族中兴的大业中，他强烈地感到一个共产党员的责无旁贷。

他把当初对人性、正义的渴望融进人民的事业中，他超越了彷徨之后的寻找自我。一颗赤子之心和党的要求达到了最内在的统一，他把自己的理想和思想倾注到文学创作中，于是就有了《眷恋》。

当然，《眷恋》决不是主观意志的扩张。它的成功也因了作者扎实的生活底子，因为王忆惠毕竟是“生活型”的作家。

他有一段难忘的经历。

那是他获得“劳动”的权利之后。他的专业是电工，依他的身份，脏活儿累活儿险活儿自然不会光临别人。全油田的线塔、最高的电杆他几乎全部爬过；亲身经历过普通下层工人的悲欢，知道这些国家主人公的胸怀。这一切，他都在《眷恋》中表现出来。《眷恋》受到工人的欢迎是意料之中的。

谈到往事，联系到今天，王忆惠总有一种发自内心的感情在奔涌。首先，他感到在政治风雨中他彻底实现了脱胎换骨。灵魂深处浮躁狂热的成分消失了，代之而起的是对人民和民族更加深沉地挚爱。他毫不怀疑，在四千万共产党人的行列中，他属于最忠实的分子之一，他把个人融进了共和国的大“我”之中。看他的《眷恋》《战井喷》《三鞠躬》等作品。让人感到决无半点做作和奉迎，完全是一种真情实感的流露，而这种情感和共和国息息相通！

其次，随着近几年思想的成熟，一种忧国忧民的思绪开始煎熬着他。特别是他生活在其中的石油工人那令人难以想见的艰苦和令人肃然起敬的奉献常常使他彻夜不寐。他不能自拔地把心通向石油工人。他焦虑，他兴奋，他叹惜，他神往，完完全全是一个石油工人的心态，《眷恋》的情绪就是这种心态的写照。

他要为石油工人树碑立传，他要为石油工人鼓掌，欢呼！

于是，他不仅写了《眷恋》，还写了《战井喷》等许多脍炙人口的作品；

于是，他还要写第二部、第三部长篇，要写史诗般表现石油工人的力作，要写中国石油工业沉重的崛起，要写黄河——民族沉重的崛起。

这不是畅想和口号，他已经在脚踏实地地行动，第二批成果很快就将问世。那是：荒原上，十七对男女的十七个故事——我们将更动情地看到中国一代石油工人的处境——命运！

存疑的问题是王忆惠如何把自己的生活和思考转变为文学。这将是表现的技巧，可以有很多文章可作。但我们现在要强调的是：《眷恋》无技巧，它只是胸襟的袒露，只是心血的结晶，只是憋在作者胸中很久很久的一个非向世人诉说不可的故事！

因此，《眷恋》自然和谐，浑然天成，洋溢着浓厚的生活气息，活跃着光彩照人的形象；

因此，《眷恋》的语言极有特色：凝练，幽默，生活化，色彩缤纷；

因此，《眷恋》结构整齐、节奏性强、戏剧性强、雅俗共赏；

因此，《眷恋》还不够沉重的大吕黄钟，还不是史诗；

但是，《眷恋》的地位很难忽视，因为在石油文学的道路上，它毕竟是一方计程的碑。

（三）

我们很久就企盼着一部石油文学的力作问世——它不仅要呐喊出石油工人的心声，而且也揭示出作为真正大写的“人”的衷肠。

现在，《眷恋》向人间宣告着：文坛上闯进了蟹子滩人！叶明、常胜、韩贵、金玉香和“魔鬼胡安”联袂而至，后面还颠颠儿地跟着崔百华们……这是真正属于油田的各式各样的人，通过他们的命运，我们很容易摸到了当代石油工人的脉搏。这就是高唱着“我为祖国献石油”的钻工生活：崇高的使命感和责任心促使他们长年累月从事最艰苦的劳作；凛然的民族正气和良善的人道主义精神又每每令他们面对现实社会上的乘风巧雨而爆发极大义愤；经济的富有是常常和精神空虚联姻的；超强度的体力消耗、百无聊赖的“八小时之外”“牛郎织女”的离愁，旷男怨女的暗恨，不无残酷的厚爱，面带笑容的切齿，井喷面前的奋不顾身，报国无门的深刻眷恋……矛盾真实地交织在一起。生活啊，多么好！多么难！

这样，真实而艺术地映现了石油工人生活的《眷恋》就被赋予为民族魂写照的意义了。在这里，石油工人成了整个民族的缩影。作者严格地提炼、抉发了生活，饱蘸感情地画出了色彩斑驳的“工俗画”。积极的针砭和浓郁的悲剧笼罩了全篇，使得每一个人都不能悠闲地读下来，而是怀着铅一样的沉重想开去。在民族浩然之气鼓涌胸膛的时候，我们也感到了阵阵袭来的悲凉。世风浇薄，人情势利，都如锁链一样缠绞着我们，窒息着改革的活力。被锈损了灵魂的犬儒分子崔百华和大愚大忠的韩贵以及心理变态的热血男子胡安，都是被某些外力强烈地扭曲了啊！他们的大量存在给社会主义精神文明建设提出了长期而严峻的社会命题。然而无需悲观，从他们及叶明、常胜们身上，我们毕竟感应到了那种强大的抑浊扬清的心灵冲击力量。正义不泯，浩气长存，这正是我们民族的希望。很难说书中的某个人物是“好”还是“坏”，但他们毕竟是真正的石油工人。《眷恋》用血肉丰满的形象为石油工人树立了群体的塑像，这是作者的成功，更是石油文学的收获。

在新时期文学画廊中，深入人心的形象接踵擦肩。但在石油文学的人物谱系上，《创业》之后寥寥无几，这是十分令人遗憾的。现在《眷恋》来了，一下子涌进那么多性格鲜明的形象，这不但使读者耳目一新，而且令石油文学为之一振。还是让我们看看小说的人物吧！

小说是围绕着弧原油田三〇钻井队展开的。井队的新任队长叶明，是个有理想、事业心强、富有进取精神的改革者。他是呼唤精神文明的勇士，建设新型钻井队的带头人，也是社会主义新时期文学画廊中的一个新人。

叶明是由钻工成长起来的队长，而当一名石油专家，乘坐着高速越野汽车，像当年斯大林指挥苏联红军进行伟大的卫国战争那样，指挥最壮观的石油大会战，就是他的理想。他很有点好高骛远，但他认为钻井队长是通向石油专家的起点。他的当务之急，是在蟹子滩扎下根，当好这个七十多人的钻井队的队长，治理好、建设好这个井队。

从被任命为队长时起，他就立志要改变钻井工人的“臭”名声，摘掉“油鬼子”这个不恭的称号，创造闪耀着光彩的钻井工人的新形象。他认为，世界上最苦、最累、最危险的工作是钻井队，最好、最善良、最纯朴的是钻井工人。他们为了石油，钻进荒凉、寂寞的盐碱滩，把一生最宝贵的东西——青春和爱情慷慨地奉献出来。他们理应受到赞扬和尊敬，理应得到相应的荣誉和地位。然而。社会上却有一部分人鄙视钻井工人，鄙夷钻井队的生活。有人听说在钻井队工作就撇嘴、摇头，甚至有人散布好人不上钻台的流言。这是极不正常、极不公道的。但追究起来，这种现象的产生又不是毫无缘由的：钻井队那野外的繁重而枯燥的劳动，那无聊空虚的工余生活，那没有味道的大锅菜；钻井工人那“油篓”般的打扮，那张口带骂的粗俗语言，那一横二野三放荡的表现，确实不能给人好感。叶明就是生活在这样的矛盾斗争中，他不是掩饰矛盾，回避问题，而是要改造现状，解决矛盾。他要改变钻井队的面貌，解除钻工们的苦恼，扭转社会上的种种偏见，把石油工人从受歧视的境遇中解脱出来。他要美化井队的生活，为工人们净化灵魂，充实精神，陶冶情操，恢复他们国家主人公的感情、天性和尊严，让他们兢兢业业地工作，大大方方地做人，甜甜蜜蜜地生活。叶明的心灵多么美好，他的事业多么值得赞扬！

叶明了解钻井工人的性格，熟悉他们的心理。他以信任换取信任，由知情变为知心，用爱美之心燃青年们的上进之火，抓住青年人的兴趣和爱好，吸引了一颗颗火热的心。他把建浴室、办图书箱、出黑板报、开诗歌朗诵会、请歌舞团演出等一系列具体工作，通通纳入井队建设的宏伟规划，把每个工人都卷进井队建设的热潮中去。叶明的所做所想，对20世纪80年代的青年产生了巨大的引力，在钻井队的小院里掀起了强大的冲击波：一度产生轻生念头的陶红，感到有了盼头；开始沉沦、放任的常胜振奋起精神；心直口快而又愚昧无知的金玉香觉醒了，她要和大家一起去寻求知识和光明；粗壮的汉子脱下了油工服，换上了新装，举止言谈显出几分斯文……钻井队的生活增加了几多诗意，歌声和爱情开始叩响“U”形小院的大门。蟹子滩的春天哟，已经变得清新而迷人！我们欣喜地看到，叶明正领着一代新人，向着理想的境地迅跑。

在短短几个月的时间里，三〇队的变化最大的是常胜。叶明来队之前，常胜几经磨难，心如死灰，眼光也似乎暗淡了，对待生活开始放纵了。“我对生活无所欠负，生活对我无可奈何”就是他的心理状态。叶明来队后，他像换了个人，不仅没有玩世不恭的举动，反而成了叶明的好帮手。他为什么变化这么快，这么大？是叶明有什么“魔法”吗？当然不是。常胜本来就是个有志气、有追求、有素养的青年，他有良好的思想、文化基础，有上进心、自觉性和自控力。由于井队领导平庸守旧，井队生活枯燥无味，再加上社会的曲解和偏见，多种因素扭曲了这个自尊心很强的青年的性格。由满怀“希望”跌入绝望之中的青年，思想的火花容易熄灭，对生活的态度也容易由热烈积极而变得心灰意冷。这种消极放荡的表现，不是他的本意和心愿，而只是对现状不满的反应。叶明的到来，为常胜创造了良好的条件，引发了他的主观能动性，使他迅速成长起来。

作品中常胜的形象是感人的。作为叶明的助手，他和叶明“火借风势，风助火威”。由于他的赞助，叶明的工作才开展得那么顺利；由于叶明的点拨，琴声才从他那生了锈的精神之弦上飞出，歌声才唱出了他五彩的梦。

常胜不仅敢打敢拚，是一条硬汉子，而且钻台工作熟练，头脑机敏。当强大的机械力带动着又粗又重的钢丝“猫头绳”向徒工小庞袭来时，常胜一个箭步跃过去，把小庞拨到一边。小庞脱险了，他的一个小姆指，却被网丝切掉了。常胜的英雄主义精神不仅表现在舍己救人上，而且反映在对指伤的治疗上。小庞拿出常胜断掉了的小拇指，盼着大夫接上。常胜竟不等大夫回答，“一把夺过小拇指看也不看就扔进了门旁的污桶里”，并说“一个破小手指头，不值得下大工夫，又不影响干活，抹点儿药，包包就行了”。这豪放的举动朴实的语言中，透露出多少感人的侠骨英风！

作品写常胜的成长，为他往战井喷中英勇献身做了铺垫。常胜，这个懂得了热爱生活的青年，有理想、有追求的生活的强者，冲锋在前、英勇能战的好司钻，在战井喷的过程中，死死地握住刹把，坚守在最危险、最关键的岗位。在巨毒的天然气窒息下，在还存有自我意识的最后时刻，他没有撒开手中的刹把，离开井场，去吸口能够起死回生的新鲜空气，而是下意识地、本能地把身体重重地压在刹把上。他宁死不下岗，终于用生命换来了战井喷的胜利，谱写了新时代钻井工人的一曲悲壮的颂歌。

《眷恋》中另一个别具特色的重要人物是韩贵。这个形象是震撼人心的。农民的老实、淳朴，战士的认真、服从，工人的踏实、本分，党员的纯正、坚定，在他身上融为一体。而对领袖的虔诚，使韩贵的个性异常鲜明。这一性格来源于被共产党解救出来的翻身农民朴素的阶级感情和阶级意识，在20世纪60年代政治宣传的灌输下，顺应“潮流”而得到发展，其后的极“左”思潮又进一步把它推向极端。这一思想、感情的定型化，就成为他的性格的组成部分。历史前进了，形势变化了，他的思想、感情和语言的某些方面，还停留在过去的历史阶段。所以，他的这种虔诚，在社会主义新时期，便成了惹人戏谑的笑柄。

韩贵，有一颗赤子之心，是一位毫不掺假的忠诚的国家主人公。井架子倒了，指导员受伤住了院，老队长已调走，新队长还没有来。在此情况下，为了使国家财产不受损失，他主动提出，自己留下看井场。窦成一赶着毛驴要进井场“清理废料”，韩贵说一声“不行”，就立马横枪挡在他们面前。他们把一小包“礼物”拿出来，贿赂韩贵。他一脚把“礼物”踢开，公私分明，决不拿原则做交易。这种纯真的思想，是极其宝贵的。他的家庭非常困难，家里需要他的钱，更需要他这个人。就在韩贵拿到调令，准备调回老家去的前一天，他把

100元钱递到队长手里，让叶明用到井队建设上。他解释说，回家需要的钱都留下了。车票十一块二，路上两顿饭六毛，留出五毛钱给儿子买画书，其他就再也不需要钱了。几句家常话，捧出一颗多么高尚的心啊！

韩贵是个不善言谈却容易动感情的人。在欢送他的宴会上，他的心情异常激动，却说不出几句表达心情的话来。他只会用“嗳”“干杯”之类最简单的词语应答着，接过每一杯敬酒，痛痛快快地一饮而尽。他爱井队，爱同志们。临行前，半夜醒来，一个人悄悄地上了井场。他要多看一眼战斗过的岗位，他要郑重地和井场告别，这个蔫声闷语的老工人，胸中蕴藏着丰富的感情。常胜牺牲了，他跌跌撞撞地一头栽到常胜床边，呼叫着：常胜，你不能离开三〇队……我也不走，不走了！他呜咽着，从兜里掏出调令，把它扯个粉碎。掂一掂这调令的分量，就会理解韩贵的举动是多么诚挚、多么情重。总之，韩贵是一个有特色、有典型性的艺术形象。他在体现作品的主题思想上，具有重要的意义。

此外，宋宝德、胡安、金玉香、陶红等人，也都是有血有肉，形象鲜明的。他们是叶明的积极支持者，井队的改革使他们振奋了精神，点燃了革命激情，使他们的生命之火越烧越旺，放射出熠熠的光彩。精神文明建设像一把火炬，照亮了他们的心胸，也照亮了他们美好的前程。

动人心者，莫先乎情。《眷恋》是一部有“情”的书，具有打动人心的力量。读者一接触它，就被吸引住了。并且越读越爱读，越读越动情。直到读完了，心情还难以平静。

小说的“情”来自能够引起读者共鸣的健康真挚的带有普遍意义的人情和人性的描写。韩贵的调动，陶红的爱情，金玉香的哭诉，常胜的牺牲以及叶明的胸襟情怀，这些作品中最动人的描写，正是高尚优美的人情和人性表达得最充分的地方。

高尚优美的人情和人性受到压抑，最容易唤起人们的同情。青年女钻工金玉香的遭遇就是一个例证。她是油田职工子女，井队离家不远，可她很少回家。为什么呢？她不愿回家，不，实质上是不敢回家。就因为她在钻井队工作，周围的人都不给她好脸看，说的话都带着“刺”，投来的目光也使她气恼。这些世俗偏见，深深地伤害了姑娘的自尊心。她一年回十趟家，能有五回是不等吃饭就含着泪、憋着气离开家，她感到在家多待一分钟都是受罪。无家可归是一种不幸，有家不能归，想归又不敢归，则是一种哀痛。这哀痛长期闷在姑娘的心底。载着沉重的精神负荷回到队上，又会怎样呢？死静死静的大碱滩，冷冷清清的小院。井队这个“家”，同样缺乏温暖，缺少乐趣，哀痛仍然无法排解。这块“心病”，把姑娘的性格缠歪了，扭弯了。读者的心灵能不因此受到震颤吗？

情欲感人，必求其真。井队生活枯燥，钻井工人被歧视，青年工人的上进心和可贵品质受到挫伤和压抑，这种种情况，是生活中实有的，糅合在一起，就能产生一种感人的力量：金玉香如泣如诉的肺腑之言，是真情的喷吐，是心底的呐喊，是对不合理现状的抗争，是呼唤改革的雷声。她用自己的不幸，换取了人们的同情和怜悯，道出了精神文明建设的必要性和迫切性。

情欲利人，必求善美。小说所表达的人情和人性，既是真诚的、令人信服的，又是健康的、高尚的，符合“善美”要求的。这在叶明身上，体现得最清楚。韩贵为了办成调动，不得不走“送礼”的路子。叶明想到韩贵咬一口干馒头啃一块咸菜的情景，又看到他的“送礼单”气得手都哆嗦。他“哧”的一声撕破送礼单，盘算总有一天要和这些坏了心肝的人算账。这里，透出了一股刚正之气，疾恶之情，体现了共产党人一心为人民群众谋利益的高尚情怀。叶明把心操在整个队上，操在每个工人身上。钻井工人找对象，是个棘手的难题，他为此费了不少心血。他为宋宝德、金玉香牵线，为常胜和晓羽的接触

创造条件，为赵建峰与窦彩莲的结合加温加热……而他也是个二十八岁的光棍汉，自己的婚事却无暇考虑。急他人之急，解他人之难，先天下之忧而忧，这是中华民族有志之士的传统美德。叶明在继承和发扬光荣传统，在全心全意为人民服务的伟大事业中，不失为工人阶级的先锋战士。中华民族的优秀子孙。

叶明不仅对三〇队的工人情同手足，一往情深，而且对他来队之前已被开除，以野蛮、粗暴、桀骜不驯闻名的所谓"魔鬼胡安"，也表现出深情的爱。这爱的主要内容是：理解的良愿、宽容的态度和感化的信心。

叶明刚到三〇队，就从大老实人韩贵那里，了解到胡安的为人和被开除的原因，他把同情心投到胡安一边。胡安住的地窝棚里，横七竖八、杂乱不堪。唯有那顶钻井工人的铝盔，洁净如新，在阴暗的角落里闪闪发光。叶明从铝盔上体察到主人对钻井工作的爱。铝盔帽沿上，还刻着一行字："失去了，才知道它珍贵"。叶明从这里，又触摸到胡安对井队生活的怀念和对自己过失的悔恨。叶明断定，胡安的心仍然拴在井队上。他感到有责任帮助胡安归队，也有信心帮助胡安结束那"游子"般的生活。于是他毅然决定，让胡安搬到队上去住。

在崔百华的挑唆下，头脑简单的胡安，"恩将仇报"，错打了叶明，叶明却没有计较这种凌辱，而是以博大的胸襟，宽容了胡安。他没有放弃对胡安的感化和援救，而且对胡安更加关心了。欢送韩贵时，叶明想到了胡安的归队。在医院的病床上，叶明听说胡安因单枪匹马开四通闸门而住了院，就急切地要见到胡安，他相信胡安是会转变的。

叶明深知，钻井工人就像那奔腾的黄河之水，表面看来含泥带沙，颜色浑浊，但一经沉淀，就会变得海水那样透明、清澈。胡安就是一滴浑浊的黄河水，在叶明的耐心等待下，终于"沉淀"了。觉醒了的胡安为了不给心爱的三〇队增加麻烦，减轻可敬的叶队长的负担，甘愿牺牲个人的感情，断然离开了三〇队，抛给我们一个遥远的思念。

从这个意义上讲，《眷恋》是一首赞美高尚人生的歌诗，是以情感人的佳作。

但主要的，《眷恋》是一本沉重的书，它刻画了我们民族崛起的艰难困苦。这不仅仅是书中明确表现的客观条件的艰苦，而更多的是内里蕴涵的令人担忧的大人文环境中传统的坚不可摧。

有的评论家对韩贵在饯行宴会上不动声色而又熟练地背诵《为人民服务》这一细节击掌叫好，我却心酸得几欲失声，谁能体味到作者是以怎样复杂的情愫去歌哭这一笔下的人物呢？韩贵是整整一代人的写照。每一个同龄同感的人都可以从韩贵身上看到自己的影子，也可以认真地反思一下当初在对心中的圣像付出全部的虔诚厚爱之后，自己到底是人还是工具。我要大声说：韩贵是人！他以人的纯情感化了读者；但我们又不能不惋惜，他实际上已经做了可悲的殉道。韩贵也许可以抛弃家室之累而毅然留在井队，但他那艰难竭蹶的家庭呢？他感动了读者，也引起读者的同情。他奉献了自己，也奉献了家庭。我们的事业需要这样的战士，我们的目标包括改变这样的家庭。但韩贵应处于什么样的地位呢？这整整的一代人能不深思吗？

韩贵是真实的，他对牺牲是心甘情愿的，他也许淡漠了那个属于自己的“我”。但这是一种人性的悲哀。韩贵是时代的典型，他将永远属于历史。

正是从这里，《眷恋》通向了民族的灵魂。

不忍心再赘述民族心态的积重了，但谁都感到，《眷恋》在举重若轻的背后隐藏着一种深刻，尽管还没有充分的沉甸。

完全可以说，《眷恋》就是新时期的《创业》！只是它更大胆地切进了生活，更加正面地审视了现实，更加真实地写出了工人的境遇，也更加艺术地实现了作者的美学追求。

（四）

我知道，最近几年王忆惠的心里很不平静，老是有太多的感慨噬咬着他的心，特别是一说到油田夫妻井的时候。

他从前线归来，看到太多的夫妻井，感应到了中国新一代石油工人跳动的脉搏。从最基层的工人那里，他触发了感慨，受到了震颤，他拨开了重重弥漫的云翳，看到了中国工人的太阳之魂。于是他甩掉了溢满全身心的疲倦，写下了《夫妻井》。

从夫妻井到《夫妻井》，是从一种文明的升华，心灵的、社会的。

夫妻井是中国石油工业的产物。特殊的环境，特殊的需要，发展中的现代化生产力对生产关系的强烈要求，这一切构成了夫妻井娩出的背景。对于国家和民族，夫妻井是一种贡献，对于普通人的尘世幸福，夫妻井是一种牺牲。心甘情愿——有时并非心甘情愿而是一种深明大义——牺牲一己的幸福和许多生活权利去效劳人民的事业，把自己的青春和幸福完全融进这单调枯燥与世隔绝的日日夜夜，这正是中国工人的风采。

但很少有人注意他们，更少有人写他们，人们都感到他们太渺远了。

腾空而起的飞机，乘风破浪的轮船，风驰电掣的火车，宛如长龙的汽车队，这一切都和千里荒原上离群索居的夫妻井形成了不啻霄壤的大反差。但我们同时又知道，任何现代文明都通往这里，通往夫妻井，通往千千万万的崔洪海和兰秀们。

崔洪海和兰秀是一对精灵——太阳神的精灵。他们生活在广袤无垠的蓝天之下，但属于他们的空间却是那么局促；他们为现代文明传送着血液，但现代文明却每每遗忘了他们，像一对默默无闻的无名战士，他们没有活跃在“铁人”的时代，没有在那个全民族同仇敌忾的峥嵘岁月里叱咤风云，没有赶上创业大军起始的步伐，甚至很少享受到集体生活的喧哗吵闹。总之，一切都“生不逢时”，但是他们却赶上了具有崭新特点的时代之路，以独特方式掬出了中国工人的一颗赤心。

当一个民族由喧闹沉入冷静时，特别需要她的子民默默地奉献.也许对于中国工人来说热血沸腾，慷慨激奋，争当元帅和北斗星诚然可贵。但更难得的却是几十年如一日没有任何怨言的劳作，是当惯了士兵和星星的平衡心理和乐趣。如果说当年王铁人和他的伙伴们亲手结束了中国的“洋油时代”，表现了中国工人阶级顶天立地的形象和气派，造就了那个时代精神的话，那么30年以后，以崔洪海为代表的新一代中国工人则以他们长期默默地无私奉献，唱出了改革开放年代中国工人的主旋律。

时代精神在民族心理质核的最深处是一脉相承的。

因此，崔洪海和兰秀正是新时代的铁人！

谁也不会怀凝，这就是《夫妻井》最深刻的题旨。

正像夫妻井生涯的平淡无奇一样，《夫妻井》剧本的叙事风格是淡淡的。一切都在平淡中得到展示，包括给大田村停电而引爆的事件也是浓入淡出，没有通常意义上的高潮，没有惊验曲折的情节，像一首无怨无怒的叙事曲，按照自己的逻辑缓缓流下去，流下去.似乎这是在我们这个社会上平常而又平常的故事。

但全部的情蕴正在这里。

主人公是普通的工人，同样也喜欢投入火热的斗争和繁华的生活，优裕的城市对他们毕竟是一个无敌的诱惑，孩子上学也让他们绞尽了脑汁。钻政策空子的人，从改革中揩油肥己的人都曾激起他们出于朴素的阶级意识而产生的义愤，到头来他们还不得不在夹缝中以求伸展，为保住抽油的正常运转，他们几乎付出了生命和全部心血，而这些都在为国分忧为国贡献的理直气壮中化解了。他们反复计算这两口井一年为国家创值两百多万，多次拿这个数字作为支持或阻止某件事情的理由，他们视国为家，爱井如家，所做所为正是国家主人公的姿态。

当兰秀累病在野外时；当他们夫妻冒着生命危险保卫国家财产时；当我们看到小满拿起报话机熟练地汇报油井数据而想到他还是个没上学不识字的孩子时；当我们听到父子俩对现代生活略显无知愚昧的对话时，谁能不为之心动，谁能不想到我们的工人阶级我们事业的接班人这样沉重悠远的时代命题？所有这一些都在剧本平淡的叙述中一一闪过，没有丝毫人为的夸张。但无疑，这平淡却比许多剑拔弩张给读者的震动要大得多。

冰下的潜流汹涌潮湃，以平静的外表揭示丰富深刻的灵魂，这是《夫妻井》的成功。在这里，平淡已经成为风格。而风格，显示了一种艺术的成熟和均衡。

也有强烈的笔墨，这就是反复出现的现代化的交通工具，鳞次栉比的城市楼群和寂寥荒原孑孓油井的对比。这是惊心动魄、内涵深蕴的对比，但它没有划入剧本的正面内容，作为背景和环链，在衬托和结合上孕育了强烈的效果。

忆惠终于懂得惜墨如金了。翻开剧本，几乎每一个关节处都充满了平实的潜台词，甚至连插科打诨式的笑谑也常令人读出心酸。太生活化的语言是心之炼狱的结晶，因此在这平淡的情节推进中渐次接近了一个辉煌的命题：中国工人的太阳魂。

（五）

魂兮归来！

不知有多少人在呼喊着他。

但他毕竟去了。过早地离开了他的亲人、他的朋友、他的笔和纸、他的一大摊未竟的事业。

英年早逝，谁也不忍心“盖棺论定”。但每个生者又确实感到了王忆惠在我们心中的位置。确实，他以短暂而灿烂的生命之花，摇曳出一个明朗的未来。

未来是什么？是石油文学的振兴。

在王忆惠身后，黄河三角洲正在崛起，深重的黄河正在崛起，这是民族崛起的象征。这沉重的崛起必然伴随着石油文学的腾飞。可以预料，那将是王忆惠梦寐以求的节日。

第三编　作品论

向芦青河唱出少年的歌

——评张炜《芦青河告诉我》

据说：风格的形成是作家成熟的标志。

也许我们还不能断言张炜已经成熟，但他的作品却明明显豁着自己的风格。

一部《芦青河告诉我》共收录19个短篇，尽管内容互异、文旨不一，那艺术的效果也披拂着参差。但掩卷凝思中，却有一种直觉恍然而至：这本《芦青河告诉我》不是“19篇”的排列，而是“一本书”的整体。那么，一定有一个共同的东西在胶结着全书！现在，让我们从审美过程中这一点最初的直觉出发，来寻求张炜作品中这共同的东西吧。

（一）

文学作品的力量表现在征服读者，而当代读者颇有些桀骜。在看厌了许多假的东西之后，人们对文学作品产生了一种不自觉的戒备力和近乎天然的批判态度。于是，社会审美力变得非常苛刻。许多读者心中原来那根极容易被艺术激起共鸣的凡阿琳C弦，早已在风风雨雨的几十年特别是十年大革文化的“命”之后，变成了不易拨动而频率很低的G。这无疑是文学面临的严重挑战，但尽管如此，当代文坛的风起云涌还是不断逼拶着读者心中的凡阿琳在不同弦线上发出共鸣，淌出一曲曲赏心悦情的音流。这无疑又在证明着，新时期文学的空前繁荣。

当代文学作品中这种激荡人心的力量，来源于现实主义在新时期形成的大潮。正是这大潮的冲击，荡涤了那些顶着各色艺术桂冠的反现实的种种“主义”，激励着作者们潜入现实主义大海的。深水层，去抉发那些曾使生活发生震颤，而又使作家和读者们动过心的人和事。于是，生活和艺术都在“真”的大纛下统一了，文坛开始了百花齐放：有的作品以磅礴的壮美慑服了读者；有的则以动人的悲剧感染了读者；而有的，则以清新含蓄的优美陶醉了读者，张炜的作品正是后者。

严格地讲，《芦青河告诉我》所写的都是“昨天”的事情，“昨天”虽然刚刚逝去，但那时用整个身心沉浸其中的事却已化为回忆，那时的激动也因时过境迁而接近荡然。因此，一个年近“而立”的作家要写出童稚少年和青春少年的情趣特别是要写出他们的心界中种种带有神秘色彩的萌动，这决非靠玩弄“技巧”所能奏效。在这里，张炜恪守着现实主义的真谛，调动起自己的生活积累，既不做外在粉饰，又不在艺术中加进味素和香精，而是让芦青河畔的人、事、风光像山泉流水那样浑然自如地淌出来。透过一幕幕芦青少年(主要是处在青春成熟期的少年)的悲喜剧，反映出生活和人生中某些带有本质特点——不一定是主流——的东西。于是，读者们被激动而产生共鸣了，年长的人读了《芦青河告诉我》以后说：历史有惊人的相似(他们年轻时也许有过类似经历)；青年人看了《芦青河告诉我》后则说：社会有惊人的相似(他们的身边也许出现过类似的事)。这样的艺术效果，或许是因了艺术的通感，但我们同时又知道，这通感是最终的源泉，却是来源于生活和艺术双重的真实。在这一点上，张炜如果稍微陷入油滑，便会增加作品在思想上的“保险系数”，然而也无可避免地要失去读者。可喜的是，张炜义无反顾地前行了。

看看张炜是如何传真地刻画芦青少年的心理的，就可以知道张炜确实在“走自己的路”了。张炜没有用成年人的思想去印证少年人的感情，也没有用简单的情感归属概念去解释少年心中的种种思想萌动。他只是如实地把他笔下人物的直感毫不掩饰地写出来，这就抹去了在作品中常见的那种用成年人的做作扭曲少年人单纯的油彩。于是，少年纯真的感情便赤裸裸地流露了。《生长磨菇的地方》中的“我”是一个18岁的小伙子，他在乡下遇到了少女捧捧，心中便萌动着一种不可名状的感情，可以肯定，这时两人之间若隐若现的情感决不是爱情，然而又比单纯的友情要复杂得多，这种令人“说不出”的感情大概是不更事的异性少年第一次接触时的共感吧。在文学史上，两小无猜的友情和一见钟情的爱恋一直是热门题材，有关的描写可以说汗牛充栋，惟独对这种由少年到青年过渡，在无邪和相恋之间的朦胧的“边缘感情”的描写如凤毛麟角。张炜却把它恰如其分地表现出来，为芦青少年塑造了一座座感情的雕像，让读者揽胜之后，油然产生美感，这不能不是张炜的独特贡献。这才是真正源于生活的艺术。

生活虽然是艺术的源泉，却远没有艺术那样美好。现实生活中的“大团圆”是不太多的。在一个时期内，我们的文坛上曾出现过太多的“大团圆”，这虽然“展示”了光明，但读者心里却明白：那是一种假的东西在作怪。张炜似乎是忽视了这种保险系数较大的艺术时尚，而不惜让吃惯了甜食的读者咀嚼一枚苦涩的橄榄，读者当时是有些勉强的，但不久也就尝到滋味了——这是一种艺术的享受。譬如说，谁也愿意《紫色眉豆花》中的小疤和楞冲实现完美的姻缘，可楞冲偏偏又那么坎坷——他突然失去了双腿，成了残废，于是读者的心中似压上了石头。生活是严酷的，但艺术不可以迁就吗？时尚是允许的，但张炜却出来发难！而这种“不识时务”却偏偏使作品的主旨得到了升华，这就是张炜的高明了。如果说楞冲的致残和小疤的忠贞还只是道德上的歌颂，那么《声音》中的少女二兰子敬重的那个“小罗锅”便是一个含蓄着更丰富社会内容的形象了，自然的丑变成了心灵和艺术的美。对青年们来说，尤其具有叫人发现自己，催人奋发向上的意义。多才多艺、心眼又好的大榕。偏是个“地主”出身(《天蓝色的木屐》);《古井》中老奶奶的儿子又竟然当了土匪。这些，都是险笔。而水灵灵的通通媳妇身为妇女干部却不孝敬公婆，还敢用三个大喇叭向外说谎。这就有干预生活的味道了。还有那神秘、放荡的拉拉谷啊，难道就不能吹进一点儿新道德的清风吗?(《拉拉谷》)诸如此类，都沉甸甸地压在读者的心头，造成无数人的心理“阻塞”，引起许多人的惋惜，甚至有人认为这正是作品的瑕疵所在。然而一个有趣的事实是：这些有悖于流行时尚的作品恰恰是最受读者欢迎的。这正是经过“嚼橄榄”达到的境界。当读者恍悟了作品真谛的时候，就不能不对作者叹服了。在这里，真的力量是伟大的，它不但了结了多年来那种虚假的“现实主义”的旧账，而且帮助读者提高了审美的情趣和艺术欣赏的水平。

当然，生活的真实不等于艺术的真实，作品也不能照搬生活。否则，张炜就会陷入自然主义的泥淖。他只是凭着一个作家的良知去感受生活，通过生活中某些真实的情节去挖掘它在社会意义上的内涵，从而向美和光明唱起赞歌，并且小心地扶起被暴风摧折的幼苗，然后细致耐心地给它包扎、支撑，让它恢复向上的活力。透过作品，我们看到了作者对于生活和艺术的态度。正是这种恪守真实的信律，才使他敢于冲破藩篱，不顾一切地向艺术的最高品质奔去。于是，读者对张炜的作品表示了极大地的信赖和赞赏——因为这是真正意义上的艺术。通过这样的艺术，我们可以透视真实的生活和生活的真实。

就这样，张炜在创作中紧抓住真实不放，他的作品不以粉饰标榜，而以真情见胜。他凭开掘记忆的矿藏把心中的生活积淀升华成一篇篇的作品，在艺术的攀登上，虽然这是一条困难的路，但是却无比的可靠。真实是艺术的最高品质之一，如果这样来评价张炜及其作品，我们就能够得出如下的结论：张炜作品的艺术感染力是生活真实和艺术真实统一的力量，他在追求这种艺术的最高品质，正是在这种追求中他奠定了自己风格的基础。

（二）

在张炜的心目中，芦青河边的人们："女的，没有一个不灵俐秀气；男的，没有一个不英俊端庄！他们都身心健康，挺拔向上，不由你不去爱慕，不去讴歌，不去宣扬。"正是基于这样的原因，张炜对他笔下的人物倾注了满腔的爱。他致力于表现芦青河畔的人儿那纯洁、崇高和美好的心灵，而这些大都是通过对善的歌颂来体现的，他力求使善和美达到完美的统一。张炜作品中善的意向是极有层次的，这首先表现在他对形象的刻划上。张炜赋予他热爱的形象一颗纯真善良的心，如《看野枣》中那位率直开朗而又好似"缺个心眼儿"的大贞子便是一尊善良的女神。心地善良的人往往容不得市侩气，大贞子也不例外，她看不惯爹爹的势利眼和狭隘记仇的心胸。她报名上大海滩看野枣也主要是因为要以此来遏制蛮横的老混混糟蹋集体的东西。她厌恶游手好闲、一身贱毛病的队长三来，在三来出言不轨时，她甚至麻利地打了他一棍子。在世风并不纯正的社会上，大贞子似乎没有被"污染"，这正是中国劳动妇女美好品质的写真。但更能引起读者赞赏的是大贞子能用她那极善良的心去对待每一个人，特别是对于弱者和处于逆境中的人，她往往挥洒更多的同情和正义。三来好久没来海滩上，大贞子就怀疑是否那一棍子打伤了骨头；当三来下野，在老混混逼债下不得不到海滩上割草换钱时，大贞子的心里忽然"像被谁拧了一下"而升腾起深深地同情；想到三来那被晒脱了皮的身子，她心里暗暗叫着"你年轻轻弄坏了名誉，没人看得起，加上浪荡惯了做不得重活儿，可怜不可怜死个人哟！……"随后，她决定每天帮三来拔鲜刺蓬，并为自己想起这个主意而十分得意，情不自禁地做了个十分可笑的动作。天真、善良的大贞子如画般出现在我们面前了，谁不为这个形象而感动呢？其实，像大贞子这样善良的人我们可以排成一大串：阿队、小疤、二兰子、小能、大萍儿、小罗锅、大碾、云奶奶、达达媳妇……几乎所有收进集子里的人物，张炜都赋予他们一颗善良的心。这反映了张炜的一种思想追求，这种追求，使《芦青河告诉我》弥散出强烈的人道主义的倾向。

和对善良的赞扬紧紧连在一起的，是张炜通过艺术的手段写出了对于弱者的同情。对于大榕、云奶奶、小罗锅，甚至于死去丈夫的黄鲶婆，作者对他们都是小心翼翼地抚慰创伤。作者不是在实行无原则的“人道”，也不是消极意义上的悲天悯人，而更多的是积极意义上的扶持。张炜善于从他们身上，找出不同常人的价值，然后表现他们自我认识的强化，在纷纭复杂的社会中找到自己的立足点，开始向命运挑战并最终获得进步的历程。应该指出，这种表现是带有浪漫主义色彩的。但张炜好像不忍心让他笔下的弱者受到更大的难堪，所以总不让悲剧得到充分的渲染——这或许削弱了悲剧的深刻，减损了作品的艺术感染力，但无可奈何，因为这正是张炜的风格：不管表现什么情感，都讲究“点到为止”的含蓄。

像劝善必须惩恶一样，揶揄和针砭也是“善”字旗下的文章，对老混混、王二力、李来祥、卢支书等人物形象，张炜都表现了明显的轻蔑和鞭笞。在《丝瓜架下》中，一向文风绵厚的张炜甚至大反常态，大胆地用“鲁迅笔法”漫画了一个可悲的丑角——李来祥。李来祥那令人捧腹的“一本正”言论和颐指气使的步步紧逼，令人想起了鲁迅《风波》中的保皇党，这种对邪恶的忮刻讽嘲，使作品焕发出浩然正气。然而这种揶揄也不是怒目金刚式的凛然难犯，而是像一道缓缓流动的圣水，冲刷着污垢，净化着世风，陶冶着人心，表现了对于社会的爱抚和博大的善良。在揶揄和针砭中寄寓着对人生和社会生活的爱，这同样是张炜的特点。

有心的读者也许会注意到：在芦青河人的行列中，明显地表现出“女胜于男”的现象。张炜把大部分篇幅和艺术心血献给了妇女。这实际上也是一种向善的心理在创作上的反映。我们并非在宣扬以性别论善恶的唯心主义，但一般地讲，在处理人与人之间的关系时，女性往往心软一些。

又因为在文学的长河中，善良女性的形象一直赓续不断，因此在读者的心理中，多少已经形成了“女性善良”的“定势”。加之在大多数情况下(特别是在阶级社会中)妇女往往是实际上的弱者，更容易引动人们的同情。因此我们说作者对女性的歌赞也就是对善良的崇颂，不是没有道理的。

歌颂、同情和揶揄从不同的角度体现了作者对于“善”这一带有浓厚伦理色彩的命题的开掘，使作品闪射出人道主义的光辉。虽然这未必是中国人道德中和文艺作品思想成就中的最高层次，但这种道德范畴中的心态却往往由于人们的向往和在生活中真实的存在而使读者由笃信不疑到感怀倍至。在艺术的欣赏中读者的心灵不知不觉地受到了“善”的感召，这种崇高的心理反馈到作品的欣赏中去的时候，善便产生了美。

(三)

在哲学意义上，要本质地论述美也许是极难的。但对于作品的美，却是人人都有发言权的。因为不管见仁见智，那美是实实在在地出现在审美主体的感觉中。读过《芦青河告诉我》的人几乎众口一词地称赞作品的美，虽然人们所持的理由不尽一致，但结论应该说是不错的。

张炜的作品美，首先表现于文学语言。

张炜从芦青河边走来，那带着山野气息和海水腥味的朴实亲切的群众语言，早已融进了他的身心；他又走进了大学的中文系，一头钻进了古今中外的名著中，语言大师们不可抗拒地熏陶了他，当他从名著中钻出来的时候，大师们的语言已经转化成了营养，他又是一位坚忍不拔的有心人——在发表第一篇作品之前的“热身赛”中，他已经写下了几百万字！这些因素的合流，便产生了张炜的语言：明丽清新，朴中见彩，即便是闪射出哲理的警句，他也极少雕凿，而力求达到“清水出芙蓉”的境界。

张炜的生活积累，使他熟稔芦青河人的语言，这实际上也是一种艺术的积累。当他把这些积累化到作品中去的时候，一个个人物的语言就表现为性格化了。大家不会忘记那看野枣的大贞子被父亲的误会和斥责激怒后说出的话：“哎呀你呀！我还当你为了什么，你还记得那五十块钱哪！人家当队长，你就笑眯眯递烟卷，还是‘大前门’的！人家落选了，就当面用鼻子哼人”，“说话比扎刀子还狠”，“你原来是个势利眼啊！哎呀你呀！”不用说“用鼻子哼人”、“说话比扎刀子还狠”、“势利眼”等群众语言中飞动的神采，单是两句“哎呀你呀”就堪称绝妙的台词，在一般农村姑娘的口中是经常能听到这句话的。

这没有字面实义的四个字包含着无尽的感慨，当姑娘们感到千言万语要辩解而一时又难以说起，同时又为对方的误解所焦急愤慨时，便常常面带“狠”容说出这句话。这是典型的包含农民姑娘无限情愫的语言，十分切合大贞子的身份和教养。那在朦胧觉醒中的二兰子（《声音》），骄傲而善良的小能（《天蓝色的木屐》），令人想起某种嘴脸的李来祥等形象的成功，大部分是因了语言刻画的成功。

在描述性语言上，张炜力避辉煌华丽，因为那太多人为的东西和雕琢的痕迹。他宁可提炼出自然流畅的语言，但朴素中仍见风采。

像许多胶东籍作家一样，张炜喜欢在作品开头渲染一种气氛和环境。在这些最容易使作家陷入“炫耀”的地方，张炜却十分平静。在《山楂林》的开篇，张炜三笔两笔就勾勒出一卷色彩鲜明的风景画，但行文中决无雕琢。在《声音》里，作者虽然设计了一个寓意双关、紧扣题旨的开头，但同样没有那种故弄的玄妙和神秘，而是娓娓道来，毫不费力地预兆了某种悲剧性的因素。

张炜小说中也不乏哲理深湛的语言. 在《生长蘑菇的地方》结尾，张炜写道："是的，没有腐烂就没有新生，人，应该好好研究一下那些鲜嫩的、美丽的蘑菇是怎么生长出来的。"这不难引起读者对自然界的递嬗消长和人类社会兴衰无限的感慨。在《天蓝色的木屐》中，小能面对带有"原罪"的大榕那段深深的思考，也同样能引动我们对刚刚逝去的那些历史错误进行深刻的反思。古凿老爷爷的话，大萍儿的见解，都包蕴着丰富的内容，但张炜在表现深刻哲理的时候，却没有落进目前常见的那种"抒情+哲理=佶屈聱牙的深刻"的语言的窠臼。

张炜让这些奇警的句子随着人物和故事自然地流动出来。显然，他在追求语言的最高境界——天然去雕饰。看过《芦青河告诉我》的人说：张炜具有"孙犁风"！很难确切地阐明什么是"孙犁风"，张炜也不是单一地走孙犁的路，但相近的语言风格和追求，却把他和一位大家连在一起。

张炜小说的美还充分体现在强烈地抒情中。文章不是无情物。张炜的小说无不饱蘸着感情的琼浆。然而他既不正面直抒胸臆，也不任感情的潮水放纵奔流。他总是把隐藏在主观心灵中的情感凭借作品形象地显现出来。有时作者也"点睛"似的插上几句，但那决不是无节制的宣泄，而是有分寸的收放吞吐。这种抒情的方式是造成含蓄的一个重要条件。含蓄的抒情和作品形象中的"女胜于男"结合在一起，常常赋予作品一种浓郁的意境，而这种意境产生了令人怡情悦性的阴柔美——这就是张炜作品的美学风格。

纯熟自然的语言，含蓄隽永的抒情，恬淡清丽的意境，使张炜的小说呈现着诗情画意的美。但这还只是形式的美。对真的恪守，对善的开掘，才是升华为美的内在因素。

张炜在追求真、善、美的过程中，通过大量的艺术实践，形成

了自己最初的“风格单元”。然而张炜的创作之路大约还很长，旌旗所向，还需由作品作证，但我们也已经注意到，近两年来张炜的作品中，芦青河已渐渐流远，而雄浑的大海却伴着涛声逼来。这说明他在完成了第一个“风格单元”的工程之后，又迈出了新的步伐。《芦青河告诉我》作为他早期风格的里程碑，已经成为张炜的过去。而新的追求正在密鼓紧锣之中。下一个“单元”将是什么呢？让我们拭目以待吧。

灵魂的悟醒与挣扎

——评《秋天的思索》中老得的形象

（一）

无论从哪一个角度讲，张炜的中篇小说《秋天的思索》都应该引起我们的思索——这不仅仅是艺术的邀请。

匆忙地对这部意蕴深沉的中篇做出全面评价似乎不容易，但有一点可以肯定：只要我们民族中兴的历史上能永远彪炳近几年中国农村的沧桑巨变，那么，人们一定不会忘记老得这样的人物和整整一代的老得们。因为时代典型和人类历史总是结伴而行的，文学和评论又怎能把他们析离分刈呢？

概观而论：老得这个人物颇有些“古怪”。他是地地道道的农民的儿子，他本来可以和父兄一样，平庸而无声息地度过自己的一生。但他不幸读到了初中毕业，很明白了一些“原理”，成了有知识的农民之子。于是他的灵魂便不大安分了，开始了灵魂的思索和无休止的人际间心理冲突。一方面，农民的忍耐、息事宁人、甘于受命等品质严重制约了他；另一方面，人类进步的一些初文明——如是非好恶的道德观、英雄人民的历史观、法律的概念、宁折不弯等，也鼓噪着他与中国农民旧的传统习惯做了大幅度的决裂。他开始对一些历来如此的观念和做法进行深深地思考，思考的结果便是悟醒和悟醒后的一切。这样，作为一个新时代的青年农民形象，老得不仅要向自己灵魂深处那方农民意识积淀甚厚的区域发起进攻，进而克服自身的明显落伍于时代的特点，还要以一个农民哲人的思想，对新农村中鲜亮外衣下的腐朽进行原理的探究和力所能及的扫除。

于是，一个葡萄园里孕育的哲人便开始了灵魂的悟醒与挣扎。

（二）

老得的灵魂是一个多重元素的组合体，占据这个组合体核心的是人——组成人类社会的最基础单位——的概念的历史性觉醒。人可能是宇宙间最神圣的家族。但自从出现了阶级，这个家族便经常沉湎于悲剧。在阶级的挤压下，泯灭了多少本来属于人类的美好感情和正常的天性啊！这就是诸如封建主义、资本主义等尖锐对立的阶级社会中不断强化的人类等级文明。在中国，社会是那样缱绻地苦恋着封建的东西，以致在新中国成立三十多年的时间内，封建的余韵还曾经不失辉煌地回荡在某些人的心头。在中华民族的心理结构中，属于封建范畴的思想一直占有相当大的比重，并且长期地相当胶着地凝聚着民族其他心理原质。从清末叶开始，就已经产生了一种亚细亚式的奴性主义。这种奴性主义和封建残毒合流的结果，就使很多人被迫挫折了自己的意志，将真正的个性掩映在灵魂深处，用以迁就环境，求得心理平衡和对社会的适应。乘此机会，近世许多灵魂冒险者便不失良机地在这块肥腴的土地上播育了权力的鲜花。封建势力的顽强、资本主义的腐朽，权欲者的鸷诈同国民的愚钝，就交织成一张对于思想界先躯者来说未必有形、却硕大无朋的潜网，我们的老得也网在其中。并且，这张网还在冥冥中笼罩着大部分中国的农民。

中国农民的忍耐和厚道是令人吃惊的。为了适应不断变幻的环境，他们常常不无痛苦地将民族心理中那种蓬勃向上的活力缩紧在愚钝的硬壳内，从而心安地做一个弱者。任强者的皮鞭抽打着自己的躯体，灵魂由善良变为麻木，甚至怀着面对伟大而产生的卑微心理，对鞭打自己的强者产生崇拜。老得不是也认为王三江不但“内秀”，而且颇具幽默感吗？但王三江何曾把老得当成一个“人”来看待？后来老得厌弃了这种贱性的忍耐，这实在是一个大进步。

大概是知识对他的启蒙，也许是深藏在灵魂内里的人类争自由、反奴役的本能受到了铁头叔事件的触发？总之，老得很不简单，他不再无所用心地活着，而是抓住生活中的不平气，从自我的愤慨出发、进而思索下去。终于参悟出某些“原理”——尽管是十分朴素的和已被思想界斗士说滥了的常识，但如果不是人云亦云的盲目接受，而是经过独立思考后的心得，那是多么不容易啊！在几千年沉积而成的民族堕性外壳的封闭下，点燃老得心灵深处那思索的引信并未灭烬。他像睡醒后的战士，最早感到在王三江治下的葡萄园里，属于“人”的正常的天性受到多么厚重的挤压！在这里，一方面是权欲的横流与跋扈；另一方面是卑琐的下贱与屈从，当然还有那厚道到几丧人生本能的忍耐，而真正的人性呢？不是被逼缩进一隅，便是被远远地放逐。老得觉悟到这一点，不能不说是一个历史性的进步，是本质意义上的人的概念的觉醒。悟醒后的老得尽管还只是明白了“世界上有黑暗东西，不能向黑暗东西低头”这样浅显的道理；尽管他还刚刚踏上人生道路的零公里碑处；但他毕竟站在了一个人生真正的起点上。

当“公仆”和人民处于被颠倒的位置时，不首先反正，遑论人类进步？所以，尽管老得的觉悟尚十分幼稚，但这种探求原理的精神却代表了中国农民将从此结束浑噩，而进入一个“活得明白”的阶段，老得的悟醒显然不同于一般人文主义的崛起，而是随着一个民族的成熟而表现出自身纠正力和完善功能。联想到近几年中国农村发生的具有沧桑意义的地覆天翻，就不难明白老得这个苦苦思索的灵魂涵盖了多么深沉的社会内容，是多么无争辩地代表了一代农民的觉醒。

（三）

老得对人生某些“原理”的思索是由感情的愤慨引爆的。他最初怀抱着农民之子的泛善心理走向社会，但现实很快嘲弄了他。铁头叔的被逐使他大吃一惊，继而陷入迷惑，随之开始了思索。当他经过了痛苦的思辨，终于参悟出许多原理之后，便开始了和王三江们的斗争。斗争常常是对一个人的考验。欲望和勇气的反差、雄心和实力的距离，都反映了这个葡萄园里的哲人自身的矛盾棱面。在思想上，老得是农民队伍中的先锋，但祖先的怯懦还是严重地遗传给了他，使他真正投入斗争的时候常常现出底气的不足。王三江一掌砍下去就足以使他的思辨进程推迟两个月。尽管他此后积蓄了足够的思想力量，但真正遇到王三江，还是心怀忐忑，他发现自己和别人一样怕王三江，这说明了他的脆弱和局限。这种脆弱和局限还可以从他那近乎敏感的自尊来印证。一般地讲，弱者才是敏感的，老得就敏感地几欲变态，他甚至把跟在王三江后面的小伙子们也视为“黑暗的东西”，这是多么褊狭呀！

这种思想上的局限和心理上的褊狭决定了老得要走一条孤军奋战的路，这又决定了他屡屡受挫的命运，表现了狮子的雄心和兔子的意志。然而可贵的是，老得的思辨并未停止，在短暂的休整后，他试图把这种人性最初的醒悟升华为进行人生斗争的理论和必胜的根据。他于是想到了王三江的“无根”，失去大地的无根者当然要被大地的儿子所战胜；进而又想到法律——这可是维护人类文明与进步的武器。从这些出发，他又升腾起反抗的勇气。我们终于看到了他那措辞可笑然而又分明透出英气的人生“宣言”：

“挺起腰杆大步走，
使劲甩动两只手。
做人要做条硬汉子，
黑暗的东西，
都要藐视！”

老得义无反顾地踏上了他自己思想史上光辉的巅峰。然而，决定他悲剧命运的大局限也随之而来了。

勤于思考、标榜正义的一代青年为什么总不能抛弃幼稚和滑稽，最终跳出悲剧的樊笼？归根结底还是灵魂自身的局囿。中国农民的悲剧是总不能清醒地、唯我地审视自己，因此导致一代代乐此不疲的殉葬，还把这自我的泯杀尊为美德。无产阶级的大革命掀翻了这段历史，它的最终目的是实现全人类的自我解放。这场革命在中国的胜利使中国农民的命运多么令人羡慕啊！然而要消除民族心理的惯性又是多难啊，单单是一个破除偶像，就使许多人“拍案奋起”，何况是更深入的革命呢？我们的老得就是在终于揭开王三江是个“有大智慧的坏人”的铁幕后，旋即又陷入对铁头叔的迷信的。多可悲啊！难道中国农民非要崇拜偶像不可吗？打碎偶像的同时会失去自己的自立吗？古往今来的老得们，这才是一个值得大思索的“原理”哩！

老得凭着强烈的道德正义感和悟醒后的自信投入斗争。但对斗争的前景，他是茫然的。20世纪60年前的阿Q还想到了“革命”后的恩仇财色，而老得想过吗。他似乎想过，但无疑不甚高远，好像只是要恢复什么。这种没有远大目标的斗争，只具备暂时的轰炸功能，决不能最终取胜。新的迷信和孤军奋战。特别是缺乏经济观念和政治头脑的纯道德挞伐，在今天是何等无力啊！

斗争的结果是，老得不仅受到了劳动“制裁”，经济惩罚，而且饱受了皮肉之苦，最后被逼出走，踏上了铁头叔的老路。

这就是老得的斗争。斗争失败的原因固然是王三江的强大，但主要根源在于自身。天赋的软弱和后天的不成熟，都是致命的弱点。因此，老得的斗争尽管他自我感觉剑拔弩张，但在王三江看来，连对手的资格也未必够，充其量是一种弱者的挣扎而已。

老得临走前大惑不解的是：王三江为什么势力那么大？我为什么低估了他？为什么，又是为什么？这说明要投入真正的斗争，仅仅靠灵魂的初醒是远远不够的。

但无论如何，灵魂的悟醒和挣扎却是中国农民崛起中的必然环节。

更重要的是，作为一代农民的代表，老得毕竟醒了，而且按自己的设想在行动。

(四)

《秋天的思索》是张炜创作中向新的风格单元进军的界碑，是由田园抒情小唱到人生社会交响的幕间曲。在人物形象的行列中，在“女性方队”和“老年阵容”之外，他第一次把艺术聚光如此执拗地凝集在一个青年农民身上。在探究形象灵魂奥秘的方法上，他由横向切入转为纵段截取——他开始致力于表现人类心灵的一段历史，而不仅仅是一个侧面。虽然那种古朴久远的道德流韵一直回萦在张炜的笔端，这或许从反映历史的深广程度上和作品撼人魂魄的力量方面限制了作品的历史价值。但人类的文明，不是从最初的美好起步的吗？何况老得的悲剧性出走已宣告了旧道路的结束，而引动了新浪潮的涛声！

可见，张炜写《秋天的思索》只是一次大战前的预演，一次尝试性进攻。现实已向我们提供了中国农民对当今社会风起浪涌般冲击的例证，大批的农民骄子结队而至了，敏感的张炜会视而不见吗？但他为什么把老得性格的发展界定在悟醒到挣扎的阶段，而不做更远、更时髦的延伸呢？这正好说明了张炜创作的清醒和有序。他的艺术蓝图大概是：步步为营的征服，层次分明的攀登！那么，老得定有后来人，而且后代要胜过前代的。

思索总有收获。

秋天定伴随成熟。

中国农民一定要崛起。

对这一切，张炜会艺术地告诉我们。

悠悠芦青汇沧海

——论张炜风格的转变

(一)他从胶东来，带来……

1983年，当张炜的短篇小说集《芦青河告诉我》呱呱坠地的时候，评论界就有人断言：“荷花淀”闯进了山东人！

然而不久，敏感的评论家们又发出警报：张炜在变！

果真如此吗？这是有作品为证的，请看一下张炜的近作吧(为了论述的方便，本人只涉及《一潭清水》《海边的雪》《黑鲨洋》并以《黑鲨洋》为代表)，我们会不约而同地得出结论，他确实在变。

这个从胶东走来的年轻作家，将要给我们带来什么呢?

让我们追踪着他前进的足迹，去寻找他新的艺术制高点吧。

(二)一潭静水鉴浊清

我们记得，在《芦青河告诉我》这部“少年的故事”里，已很有几个各具情态的老者引起我们的注目了——虽然他们只是作为少年人的陪衬，人数很少，尚不能列成阵容。但现在，在张炜的近作中，老人们不但排列了谱系来接受时代的检阅，而且在作品中他们都显然由陪衬跃上了主席。作品主人公的易位当然不能从根本上说明张炜创作中发生的变化，但我们却不难比较出这样的结论：《芦青河告诉我》意在通过对少男少女的描画，表现生活在人们心头荡起的美感；而《黑鲨洋》们却明显地通过对老年人心理的剖析，表现生活在人们心头淀成的沉重。张炜到底比芦青河时代成熟多了，他开始追求一种深广的开拓——深入人物灵魂，写出它的复杂底蕴。一句话，他在追求作品内涵的深邃。

不过张炜在实践这种艺术追求(也可看作是思想追求)时，很少正面表现社会的动荡，而更多的是通过探析老年人的心境。老人不常常是“活的历史”吗？张炜正是抓住这一点。于是，他从观念和道德入手，着重楬橥一个古老民族代代相因的心理是怎样在现代波的冲击和地层板块的挤压下产生裂变，以及这种裂变所引爆的种种心灵碰撞。从而让我们透过不同扮相的各式灵魂来认识、理解、崇颂(当然也不乏积极的针砭)我们的民族心理中的主脉和支流。

人的心理是一个多么奇怪的领域啊，古今中外的作家们没有人能够把它写尽。因此，中国文人骚士的“祖训”中就有“写形不难，写心惟难”的告诫。但张炜还是知难而上了。他借《一潭清水》泾渭分明地照鉴了两个沉重的灵魂。在徐宝册老人身上，分明透溢着我们民族优良品格的华彩，使我们敬重而自豪。而老六哥的作为，却让我们何等震颤地感到袭上心头的冷意啊！他慷集体之慨．用西瓜收买人缘，破费生产队的东西，他大方得很。但当瓜田承包到他的名下时，“这片瓜就和自己的差不多了”的时候，他对少年“瓜魔”那暗地嫌弃，明里的冷漠，一直到公开的变相驱赶，就完全褪尽了慷慨大方的影子。为了每人能得500元，他决裂了人与人之间最宝贵的东西——当然，这只是一种道德感的评价，未必能触到当代人的真谛，但我们还是被震动了。于是在慨叹世风受到玷污，老年人也未能幸免的同时，我们又深深地感到我们民族性格中那带有狭隘和自私的劣根，当这种遗传的陈腐意识和具有现代色彩的狡黠胶和在一起的时候，就产生了老六哥的性格。因袭的重负，现实的扭曲，使我们的民族中兴步履维艰。然而，赖有人心未泯灭，《海边的雪》在一片阴冷广漠的海岸上，已升腾起一股热情召唤生命的烈火。虽然在开始的时候，那火苗还羞羞答答，老刚在点火之初也有些优柔寡断。但大火终于冲天地烧起来了，在漆黑的大海上，无疑升起了希望之光、生命之光、道义之光和民族之光。老金豹就是举火把的人，他要驱赶的就是紧紧扼住小峰兄弟生命咽喉的死神——而小峰兄弟就是刚刚用暴力夺走金豹那根梁木的贪婪的年轻人，多么不可思议啊！但这就是我们的人民。中国也有数不尽的普罗米修斯，把火带给人间，却不惜毁掉了自己的希望。不愧是中华民族！这一脉相承的民族性格中的崇高倾向随着那烈火的升腾而光焰四射了。

无独有偶。《黑鲨洋》里的退休船长和那些在经济改革浪潮冲击下顽强守旧的村民们，都在关键时刻迸发出我们民族性格中那种闪闪发光的火花。当老七叔的船在惊涛恶浪中濒临绝境的时候，当18年前的悲剧又要重演的时候。岸上的村民全体出动，为船上的人点起了大火。然后惊惧、敬佩地簇拥在老船长身边，看着他遥控这场人与大自然的搏斗。直到渔船驶离险境，人们才如梦初醒，没等船驶近，“几个小伙子就冲上去，帮着把船推了上来。”在全村人都为老七叔们庆幸的慨叹声中，老船长訇然倒下了——他耗尽了最后的生命力，这最后的生命力献给了别人。于是，不乏冷漠的村民们靠近了老船长(靠近了人间的道德正义)，也同时理解了老七叔(理解了党的富民新政)。海上踏波恶，人间行路难，人们自古就这样说。然而经过这一次生与死的试炼和洗礼，人们的心终于接近、相通了。老船长、老七叔、曹莽、众乡亲，正是我们民族大家族的缩影——这个大家族曾带给我们多少心头的烦恼。又赋予我们多少人间的温馨啊！

由此，我们看到了民族的灵魂。

张炜通过对灵魂的探险，敢于正视生活了。他开始由心驰神往地吟唱芦青河牧歌转向了冷隽深刻地潜入人生大海，指出旋涡、礁石，通过动魄惊心的灵魂搏斗来实现民族心理的抑浊扬清。于是，在张炜的近作中，芦青少年的单纯透明不见了，代之而起的是另一个人物的谱系的严峻和深沉——经过地层挤压和现代波冲击而产生的裂变后的种种心态。这种裂变，牵出了多少历史的年轮和内涵啊！你能说张炜没有变吗？

就这样，张炜对纷繁的生活进行了不无哲学过程的道德思考，并从这里出发，表现了人与人、人与灵魂、灵魂与灵魂之间的吸引、摩擦和碰撞。这是在完全道德化的评价历史吗？好像不是！他只是在抉发一种人的和生活的底蕴。即便道德不是人生要义中最高的思想层面吧，在迄今为止的社会里，谁又曾摆脱过它的制约呢？也许过于浓重的道德感局囿了历史感的纵深，但和《芦青河告诉我》比起来，张炜把笔触伸向这里，就已经使他的作品向着“深邃”的境界跨出了关键性的一步。

从这个意义上讲，张炜是变了。

(三)刚烈风骨始长成

几年前，当张炜在为《芦青河告诉我》结集的时候，几乎天天醉心于“昨天的故事”，终于，他把一条名不见经传的小河引进了中国文坛。芦青少年一幕交织着悲喜情愫的轻歌剧上演了，如此传真，于是人们对张炜不得不刮目相看：他能用小说表现生活，并且表现得十分忠实、十分“艺术”。虽然他不止一次地冒着风险，不肯屈就当时的时尚。但这第一个战役显然是成功了。然而随着艺术之路的不断延伸，他也越来越不安分。这位不到“而立”之年的年轻作家竟然把他手中的笔伸进了老年人的世界里，在一个他并不熟悉，更没有经历过的领地内开始了拓荒。这样，仅仅依靠“生在农村长在农村”的那些生活“积累”便远远不够了。这需要作家恪守着现实主义的传统，勇敢地攀登新的艺术台阶——从单纯地表现生活到准确地驾驭生活和深刻地开掘生活。张炜是满怀信心地攀登这个艺术层面的。当他成功地把目光由少年男女的倩影转向老人刚硬的身躯时，我们知道，他的信心决不是来自空泛的幻想。

比起表现生活来，驾驭和开掘生活不仅更需要技巧，而且更需要思想，后者对于一个作家是特别重要的。张炜不是靠走红运和抄捷径取得成功的。虽然他不乏才具，但他更是艺术探索的有心人。在扩大战果、不断前进的艺术进军中，他不搞“游击战”，而是精心设计了自己的系统工程。在明确的思想指导下，步步扎营，逐级攀登。因此，他极少走弯路，而始终以较快的速度保持着上升的趋势。这表明张炜在创作中力戒盲目性，始终保持着清醒的头脑和不懈地努力。从他的作品所达到的思想深度来看，我们可以这样说：张炜是用心来写作的。而这正是作家——思想家所必备的条件。

张炜在创作上的这种自觉性和明确的艺术追求，不仅明显地表现在力求对生活更准确地把握和深刻开掘方面，更表现在作品风格的转变中。

当他唱着芦青河之歌向我们走来的时候，同时带来了清新明丽的自然美质。论家们每每把张炜和孙犁、荷花淀连在一起，这主要是因了美学风格相近的缘故。阴柔之美——虽不能无一例外地涵盖《芦青河告诉我》的每一篇目，却委实代表了这个集子的主导风格。然而，决非无意巧合的《黑鲨洋》们已经褪尽了阴柔的丽质，而代之以苍劲中杂陈着粗犷、厚重的阳刚之气。

这是有文可稽的。从《一潭清水》开始，张炜的笔调就明显地沉重了。虽然在老六哥和徐宝册两个老人暮气郁集的生活中不时溅起几簇轻松的浪朵——那是少年“瓜魔”身上溢出的风采，但笼罩全篇的气象毕竟是凝重的。虽然谁也不挑明心头厚重的云翳，保持着形式上的伙计，但心里的疙瘩越来越大，最后分手时谁的心里也不轻松。虽然宝册老人和“瓜魔”又凑到一块儿了，但那心中的阴影却不容易隐去了。他们也曾幻想刨出一潭倒映的清水，但土层那样的坚硬。能轻易刨得动吗？这一切都沉甸甸地压在我们心头，无情地增加着读者心里的重量。如果说《一潭清水》里那耿介正义的徐宝册对来自另一灵魂的某种陈腐表现了由冷漠而悄然离去，这还是一种“和平”手段的话，那么在《海边的雪》里，老金豹在危急时刻面对老刚由于“一闪念”而造成的犹豫“猛然伸出那只钢硬粗拳头‘噗哧’一声砸过去……”就显出正气的凛然威风了。老金豹的确像头豹子：年轻时“抢”媳妇，现在还一天和年轻人干了两架，临了还打了他的老伙计……太粗蛮了！但值得深思的是：读者还是由衷地喜欢他——这决不仅仅是因为他最后的大义点火之举，主要是因为在他那粗蛮的举动中，我们却发现他的心底像雪一样纯洁。他热爱生活、热爱人类，他容不得星点邪气，因此每每伸出刚硬的拳头，他对别人实行着带有残酷的爱！抢和打还不残酷吗？但那是出自他为了使同类不致受难和免予沉沦的爱心而发出的行动啊！所以根本不需要原谅，我们就理解了他。于是，老金豹的粗蛮变成了美，而这种美又和崇高连在一起。

和老金豹相媲美的是《黑鲨洋》里退休的老船长。这位几乎掉光了牙齿，眼珠也已发黄，背又驼得厉害，患有严重气管炎的垂暮之人，竟能出人意料地焕发出超人的活力，用最后的生命之火驱走了自然界的死神，融化了人世间的坚冰。这是多么令人惊心动魄的悲壮啊！外形羸弱和内心的强悍极其辩证地融为一体，自然的不美变成了艺术的美，而这种美又是透出雄浑刚烈之气的美。

由《一潭清水》到《海边的雪》和《黑鲨洋》，文风由不乏敦厚渐作苍劲为主，这是一个缓变。但和几年前的《芦青河告诉我》比起来，就迥然不同了。这说明张炜已经由诗情画意的阴柔美转向了对苍劲深邃的阳刚美的追求。当然，这第二个战役尚未结束，但从迄今为止的战绩来看，张炜又胜券在握了。

张炜的变将是一次成功的升华。

(四)芦青汇沧海，沧海……

我们终于理清了张炜前行的行行足迹并了解到他的“变”了。于是一个结论也就随之豁然：张炜在打总体战。或曰：他在追求一个接一个的不同的风格单元。假如我们通过预测，把张炜大概还极其漫长的创作之路比拟成不断延伸的铁路线的话。那么张炜将要在这千里行程中，建筑许多不同风格的驿站。在张炜的蓝图上，始发站就是芦青河，它是以如诗如画的姿态迎接旅客的，神采飘逸，美不胜收，令人回肠荡气。第二站便是黑鲨洋，雄浑奔涌里露出狰狞，让旅客经受一阵阵带有恐怖的心灵震颤，但终于在崇高之神的抚慰下收回了忐忑。虽然黑鲨洋还没有完全竣工，但既然是总体战，那么下一站的构思当已完成。张炜将要带给我们的，又会是什么呢？我们等待着。

就目下来说，芦青河既已汇入沧海，大概总要激起更大的浪涌吧！

但愿张炜在黑鲨洋掀起的排天巨浪中大显身手，驭涌弄潮。并希望他不要再把摆脱险境的希冀屡屡寄托在岸边的熊熊大火上。难道没有更好的办法了吗？张炜，你在追求深邃和力度，难道忘记了悲剧在这方面得天独厚吗？何苦老让那光亮的尾巴照亮苍穹！

失去锁链以后

在中国农民的大趋势——也是农村题材的一般趋势中，张炜吃重地夯实了一桩砥柱。这决非逆潮流而动，因为历史的河床里总是有石头，有的随波而下，被大浪淘尽；有的却硬硬地在潮流中生了根，驾波驭浪，成了得其所哉的弄潮者；还有的本意在顶住潮流，却不料被冲的晕头转向，在失控中它开始怀念那潺潺的细流和静穆的安静。农村的情况概莫能外。在发家致富的光明颂里，很有一些农民被惯性和潮流搞得失去了自我和平衡，盲目地东荡西杀，结果非但没有致富，反而很有些狼狈不堪。他们近几年的经历堪称一部绝妙的传奇，这不能不引起我们的兴趣。《你好，本林同志》就是反映农村潮势中令人瞩目的一篇。

若干年后，当历史老人如数家珍地回首20世纪80年代中国经济腾飞的神话时，一定会说，中国的农村是率先筚路蓝缕，率先创出奇迹的。中国共产党人成功地导演了这场大江大河般的改革，农民大家族首先沐浴了新世纪的光辉。但这辉煌到来之前的漫长与艰巨，却极少引起人们的关注。实际上像一切嬗变一样，其过程最令人触目惊心，中国目前的农民正处在这个时期。看看农民的千姿百态吧：弄潮人，逐浪者，还有那无数被退潮搁浅在海滩上的麓尬儿；雄心大志，奔波不息，孤注一掷，一帆风顺，开发智力，皈依辩学，审时度势，巧取暗夺，大意失算，倾家荡产，歪打正着，百万富翁……不胜枚举。于是我们看到了说不尽的愁愁喜喜、乐乐哀哀，当然农村大趋势是蓬勃向上，但这丝毫不妨碍最打动人心的悲剧的诞生。

这可真正是农村的悲剧了，在李本林这个农民悲剧性格的寄植体上，我们仿佛感受到了近世中国农民无休止的磨难和时时受到抑制的性格光辉。当强大的环境把一个充满生命活力的灵魂压缩在一隅，而悲剧性格在大部分农民的心灵空间中形成定势的时候，他们连创世纪的福音也难以听进了。当十一届三中全会把富民政策送进每一户农家大门的时候，许多农民竟不敢相信。更可悲的是他们有人对新的富民政策竟不屑一顾，甚至顺口就溜出一句“这是资本主义复辟”！究意是什么迷住了心窍，一言大概难尽，但他们比儒林中的范进还要可悲。范进是毫不掩饰地追名逐利，可怜中裸露着坦白。而许多农民兄弟却是抛弃了自我，湮没了自己的意志和追求，祭起别人的“红绒套锁”把自己的手脚和灵魂捆绑起来，牢牢的，并不以为苦，习惯了过这种镣铐锁链中的生活。现在，中国共产党挥动大斧，给他们这些被迫或自愿的殉难者们砍断了锁链。失去锁链之后，一部分农民得其所哉；另一部分人却觉得一下子失去了依傍，失去了自己的空间，他们颇感茫然了。有人甚至觉得还不如捆起来好，即使不能全捆，用那些残断的链索，局部地牵制一下手脚也好！然而历史却不能倒转了。时代强迫他们去适应新的生活。于是他们带着被解放后的失落感，不无盲目地奔忙起来。他们要做万元户！要发大财，还要交朋友。要重温旧梦，要尝试未来，他们开始无边无际地憧憬起来了！但是人世间的许多铁一样的规律却又处处对他们施以恩赐或惩罚。这样就导致了一幕幕的喜剧和悲剧。有人获得了成功，思索着如何更进一步。但也有人却怎么也演不好新角色，只好退回原地，譬如李本林就是这样的人。

但是归根结蒂，这不都是中国农民本身的过错。中国农民从来就不是一个冥顽不灵的家族。虽然有些根性并不崇高，但那是无伤于整个民族倾向的。只是当各种苦难像山一般压下来的时候，才产生出一种民族性格的异化和扭曲。这些性格，便形成了农民悲剧大系统的心理元素。进而成为这个悲剧大系统派生的许多于系统悲剧的直接导因。

在李本林充当角色的诸多悲剧中，给我们印象最深的是他在经济奋斗中的出色表演。

在那“火热”的年代里，作为一名社员，他无需什么思想，只要做好一枚“螺丝钉”，便能够混点儿工分，能够过上和别人家差不多的日子。但随着农业经营方式的改变，他却一下子感到空闲起来。他不能从“土为本、粮为纲、食为天”的小农观念中脱体出来，而是两眼仅盯着土地，除此之外便无所事事了。当百无聊赖的时候，他就回到了芦青河口，寻找那逝去的童年，终日泡在慵懒的水中，让思想和肉体的功能慢慢地蜕下去，蜕下去，进取的航船抛了锚，但却总也不能求得心灵的平静。因为发家致富的潮流鼓动着他、诱惑着他，他终于蠢蠢而动了。风风火火一阵子后，结果出师不利，工厂倒闭，老婆大哭，还白白扔掉了300元钱。后来的卖蒲窝等大起大落，把他折腾得像一名总也挣扎不出芦青河的溺水者，最后可怜地捧住了一个挺“优越”的饭碗。

一部创业史就这样自生自灭了。当李本林在他所倾心的“事业”中出现“收红麻”“开机”等振兴高峰的时候，敏感的读者也许不难看出这里面早已孕育的悲剧因素——他总是习惯于别人的耳提面命，而自己却像流水一样毫无意志，这最终要导致他的毁灭。因此当他后来得意忘形地把卖蒲窝鞋的钱一下子挥霍掉十几块时，我们则明显地看出了他的倒退。从听命于孙玉峰到接受了卢达，这对本林来说不是一个倒退吗？卢达的忏悔和主动并不是一种虚假。但这一切本林都毫无知觉。弱者的心灵都是敏感的，从多年来被压抑而产生的否定性放大心理而造成的虚荣和自尊来看，李本林接受了卢达救命的缆绳，谁能不说是悲剧呢？当然，这幕悲剧直接地可以归结为经济规律和价值法则对愚昧、封闭的农本观念的惩罚。不用说，本林是缺乏经济目光的，就连孙玉峰也并不是时代的同步者。他们两人代表着中国农村中的“能人”和“愚人”，但无论智愚，他们同样被新浪潮冲击得晕头转向。

经济的悲剧从来就不是中国农民思想之树上唯一的果实，和它并蒂连理的就有许多种。在政治上，李本林是愚民政策的产儿。如果说李本林在经济上的无知仅仅引起我们可怜可笑的话，那么他在政治上的拙劣就简直令人痛心了。被锈损了的灵魂是常常引起别的灵魂震撼的，因为他倒退的比无知更远。也许他原先是很朴素很可爱的，但后来不停的挫折最终泯灭了他的意志，使他变成了一种软体的政治寄生者。在他的心目中，占踞首要位置的是偶像，他不能没有偶像。当现实中已不存在偶像的时候，他便自制了心中的偶像。最初是“卢小达”，后来是孙玉峰。尽管崇拜的结局都是对自己的嘲弄，他中间也有一段雄心的勃起，但无论如何，他舍不得砸碎偶像。

这种政治上的软骨病和寄生病来源于人的本质、价值等方面意识的模糊和泯灭，以及正常人性的被扭曲。造成这些心态变异的因素有两个方面：社会的和个人的。就社会因素来讲，这反映了不正常的政治带来的混乱，政治混乱的直接结果是对人类个性的毁坏。就个人因素来说，则代表了农民心理结构中那种萎靡的原质在某种社会条件下的恶性放大。带有浓厚专制成分的愚民政策强硬地塑造了他，外力的强扭把许多从本质讲应该属于别的阶级的品行植进了他的本体，或者说变成了他的积习。他把这种积习进行了不合时宜地外推，就形成了他对过去的强烈地依恋和对现实、对将来深深的不解和恐惧。这样，当改革大潮涌来时，他失去了清醒，陷入了迷惘，混乱了方寸。像失去轨道的天体一样被凡是靠近它的星系吸引着乱闯。社会老是不给这样的人提供成功的机会。于是他把自己和那个豁了边的最背运的破硕口篓联想在一起了，他也相信了孙玉峰的“命运说”。虽然我们知道慨叹命运多数是对业已发生过的事不负责任的解释和开脱，但对于他却不能苛求。因为即使他胸怀最神圣的使命感，充满着社会责任心，也还是无法解释的——愚民政策已经把他彻底地造化就了。

这是一个生活在夹缝时代的农民，有两只船都在引渡他。但他身体的重心明显地还停留在那只破旧的小船上，他只是翘首企望那新式航船上辉煌的一切，但他缺乏跃上船舷的思想和力气。新浪潮也可能最终将他裹挟而去，但那只能代表着一代悲剧的由此谢幕。

在五光十色的21世纪面前闭上眼睛，喋喋不休地留恋过去是最没有出息的。然而轰轰烈烈的过去还是常常吸引着容易满足既往、不乏阿Q精神的人。我们民族的文明和作为这种文明晶体之一的东方道德，便陶醉过许许多多至今抱着它不放的人，李本林当然也不例外。他用一种整体朦胧具体清晰的古朴久远的道德标准衡量着眼前发生的一切人和事。朋友间的友谊、干群间的恩怨、亲人间的纠葛，都被他十分“道德”地处理着，他是一个“好人。他太醉心于这种和谐，而不知道在时间的法则面前许多旧观念大限在即，更不知道在这个小的局限外有更宽广的人生新义在孕育、在鼓兴。所以一旦受到痛击，便像刨了祖坟、断了命脉，而不能自持地瘫软下来。灵魂内外的支柱樯倒楫摧了，他终于悲剧性地结束了灵魂的前行。真正的李本林也许已经死了，只是张炜十分宽容地给他留下了一个能够维持物质生命的躯壳，暂时麻痹一下活着却并不清醒的人吧！

但失去锁链毕竟是大好事，历史总是要求农民清醒而健康地活下去，李本林的后裔和李本林的同胞异胞们将活得怎样呢？这是历史的、社会的期待。其实，社会实践和艺术作品都已经做了回答，只是迄今为止作为文学的回答还不够“艺术”，因而也常常是浅显的。

政治、经济、道德诸多悲剧子系统在李本林身上奇妙地以各种形式表现出来，结构起来，便形成了李本林悲剧性格的大系统。要拨寻这个系统的核心，解剖它的结构方式，那是另一篇文章的任务。单就作品的思想内涵来讲，张炜对悲剧的揭示是相当深刻的，但张炜似乎不满足这些，他赋予这个悲剧以近似闹剧的喜剧外壳，在大部分情况下是以调侃、友好、宽容而不无滑稽的笔调表现出来。这种幽默的十分从容的艺术表现是貌似出世的，但这正基于作者的与人民共命运的入世观。像被称之为“时代之章”的《阿Q正传》一样，在作者是深思之后清醒的笑，在读者却是大笑后的震撼和清醒。也许这部中篇的艺术效果未必这么有序而强烈，其主要原因有二：一是一个人物身份的确指性太强，这不利于从整个民族这个大客体中抉发带有共性的普遍性格，而不像阿Q那样单单是一个身份就不但令论者蜂起，而且使许多正人君子疑其所指即本身；二是客观地讲，很难用一个形象涵盖更多的社会内容，作者不得不求助于孙玉峰、大云、卢达等形象做男主人公的补充。为了全篇的结构和人物的平衡，不这样怎么办呢？但尽管做了这样的处理，李本林还是显得有游离感，缺乏一种“本”的坚实和雄厚。

人类社会的前进永远意味着对某些人的无情，世界上也就永远有悲剧。这是历史的筛选，是任何人也无可奈何的。但某些人的悲剧性遭际又正是全民族喜剧的先兆，这又是显而易见的。因此，尽管张炜没有写出农村的“大趋势”，这虽然有些不合时宜，但李本林的出现却是不容忽视的。因为他在中国农民中决不是单枪匹马，而是具有极普泛的社会意义。他的出现真实地反映了失去锁链的农民在特殊背景下的心态，并艺术地昭示了中国农村改革的艰难备至和曲折漫长。

农村：幽默的长歌

——读张炜的《你好，本林同志》

有这样一部作品：当你初次读到它的时候，通篇都让你忍俊不禁；当你再一次读它的时候，笑靥就慢慢变得严肃；你可能还要再读，但那随之而来的效果可就因读者的不同而参差披拂了：或者会意的大笑，或者并不会意而思索，或者是清醒之后的慨叹和某种自强心理的崛起……这一切使想要阐释这部作品的人每每陷入可知不可知的窘境。

这样，大家越是感到对这部作品不能等闲视之。象征性功能也好，异质同构也好，反正这部作品在幽默后面踯躅的深邃性和启迪性，是近几年中篇小说创作中不多见的。这就是青年作家张炜的中篇力作——《你好，本林同志》（《收获》1985年第3期）。

李本林是不是中国的奥勃洛摩夫？不全是，但又很有些生态和心态上的相同。当农村改革大浪千迭般迎面扑来时，那个他执着眷恋的、曾给他留下众多的美好回忆也给他带来不少难堪的生活环境一下子解体了。

这在别人未始不是好事，但他却骤然失去了托体，猛地栽进了茫然和浑噩。他不是能驾驭潮头的那种矫健的弄潮人，只是一棵被某种环境培养出来的意志几尽泯灭的寄生草。他在新生活的冲击下拼命地寻找着自己的位置、平衡和出路，并对自己的处境不止一次地作出充满阿Q遗风的解释。实在无所事事了，他只好掬起童年的梦，终日浸在慵倦的河水里沉沉浮浮，做一些孩提的游戏，收一点儿孩提的欢乐。在党的致富政策面前，他甚至连发家致富的愿望也不敢独立滋生。妻子大云给他提出的目标是使“瓦房不漏，和我家原本那幢中药铺子一样”，但李本林是无能为力的。后来他找到“救世主”，但始终救不了他的大驾。几番努力，下场都有点戚戚惨惨。他最后咒骂着“资本主义”又接受了别人赐给的饭碗，于是他感恩戴德了。

这是某些农民心灵史的侧面映现，它告诉我们，生活和政治曾经多么严酷地塑造了农民的心理：最初他们对层层束缚是颇感痛苦的，后来痛苦渐渐变为麻木，终于出现了适应定式。就这样，他们拖着沉重的灵魂登上大改革的舞台。

难怪他们获得真正解放后，感到的不是挣脱樊笼的喜悦，而是深深的失落感和失落后的无所适从。锁链砸碎了，手足无所措，多么令人惊心动魄啊！在这里，我们不难看出的一个严重的事实是：党的富民政策前行的道路是多么艰难和漫长，虽然我们已得到了实践的青睐，看到了中兴的曙光。无论就文学形象本身或是其社会价值而言，李本林都是一个成功的艺术形象。

主角李本林难朽。

也有唱配角而走红的演员，这就是孙玉峰。在农村，孙玉峰这样的“能人”颇多。很难用几句话把孙玉峰这样的人描述清楚，但他们确实和一般的农民不同。

他们并不靠力气谋生，而是时开蹊径，依靠自己得天独厚的某些条件，很巧妙地投机取胜。譬如在从事物质生产的农村，他们却往往热衷于“精神生产”。这就显得比一般老百姓高明许多。人类智慧带来的狡黠和个人第一主义是这些人思想的核心，而极左路线导致的不正常社会生活则是培育他们的温床。这一批经常不劳而食或少劳多得的“国粹”们后来分化了，一部分成了当权者，一部分则沦为农村的“上层人物”，孙玉峰就是后者。从他那开玩笑、过家家般的创业史中，从他对朋友的态度上，从他的“大丈夫宣言”里，从他对漂亮异性的下作眼神中，我们都确切地知道孙玉峰身上比普通农民多了一层色彩。很难把这样的形象归“类”，他好像是处在夹缝——城市与乡村、狡黠与愚纯、开化与蛮荒——之间的集合形象，但这无疑也是一种“国粹”。

这样看来，在农民形象的文学橱窗里，孙玉峰就是一个罕见的形象。

张炜笔下的形象素以独特性著称。从《秋天的思索》到《你好，本林同志》，我们起码已经看到了三个出色的人——老得、本林和孙玉峰。仅仅这样就难能可贵了，何况《你好，本林同志》在艺术上跨得那么高远，显得那么精到和圆熟！作者从“芦青河时代”就若隐若现的幽默天才在这里得到了淋漓尽致地挥洒。这种闪耀着思想毫光的幽默不同于俏皮耍笑和插科打诨，而是智慧的结晶、思想认识的透彻和对生活对社会充满信心的大乐观。作者用幽默赋予整部作品以闹剧的、喜剧的外壳，使含笑的悲哀更加内在，这笑声简直成了震撼读者心灵的闷雷，于是就出现了本文开头所描述的那种效果。大云的“家训”、本林的“听见狗咬”、玉峰的装机试车等情节是绝对让读者捧腹喷饭的，但效果又明显地不止于此。

当然，留给我们印象最深的，恐怕还是孙玉峰那无法让人确言其“浪”的坠琴。聪明的作者一般都避开对音乐的正面表现，因为那流动的声音多难捕捉和描绘呀，何况白乐天在上，《琵琶行》在前？但是张炜写了音乐，只不过他没写琵琶而写了民族乐器中最接近人声的坠琴，他把孙玉蜂拉琴写得逼真细腻，那一大段从两条弦上流泻出来的羝声简直是文学上的绝唱！并且，坠琴作为贯穿始终的道具，它在这里简直是万能的，每逢关键时刻，琴声就“浪”起来。于是琴声融进了全书的意境。整个作品也就成了农村生活的诙谐曲，诙谐中寓深沉，也许就是这个中篇的特色。

从去年开始，张炜就好像完成了一次艺术蜕变。他开始在更加高难的山路上攀登了：逼进现实，开掘社会和历史，负着沉重的作家的使命，在民族文化的背景下。写出中华民族的魂灵。整个1984年他都在努力，《秋天的思索》初登堂奥，而《你好，本林同志》则无可辩驳地成为他创作道路上的一个界碑。罕见的形象，罕见的幽默，罕见的沉重，罕见的艺术大跨度进步，造就了这部情趣盎然又意蕴深长的作品。

关于军人的交响——战争与命运

——评《甩出轨道的星》

（一）

战神导演着一部部流血的历史，命运展现了一条条坎坷的人生之路。当阿瑞斯和摩伊拉热情相抱的时候，大概就会产生了激荡人心的乐章了。生活无不如此，文学也概莫能外。从正里同志的《甩出轨道的星》（山东文艺出版社出版）就为我们做了极好的例证。于是，被称为“二虎三风”的王大海、于震东、槐花、春风、蔺香君和他们的同胞异胞们便联袂而至了。这些来自炮火硝烟中的军人带给我们的固然有气吞山河的豪壮，惊天动地地献身，令人歌泣的业绩，但最具有艺术感染力、最能打动人心的，却是他们每个人那曲曲弯弯的人生之路和闪射着异彩的丰富情怀。一般地说，《甩出轨道的星》的成功，不在于它成功地再现了战争，而在于大胆地揭示了战争中军人的命运。特殊地说．蔺香君的出现，填补了军事文学人物画廊中的“空白”，使多少年来汇集在军事文学领域中的一股沉郁的人道主义涌流终于找到了载体和喷口，这标志着该书在艺术成就上所达到的程度。因此，在对本书试作评论的时候，我既难以四平八稳顾及全人全文，又不得不略过许多角度层次和逻辑过程。审美直觉的鼓涌、理智判断的召唤，都吸引我不由自主地把目光最终凝聚在两点：蔺香君形象的魅力和《甩出轨道的星》在军事文学中的地位。当然，我们不能脱离开作者的胆识和追求。

（二）

蔺香君出现在读者面前，不亚于斯芬克斯之谜。

为什么她与敌军官黄国雄出人意料的结合能取得读者的同情，为什么“奇耻大辱”却换来了尊崇的目光，又为什么她对英雄于震东的追求反而受到读者的冷落和责难，她到底在真正地爱着谁呢？在这里，一切似乎都反常了，铺天盖地的偶然性令我们应接不暇，以至于我们不得不把这些“说不清”通通归结为人物性格的无比复杂和无限丰富性。

也许我们可以活用一下弗洛伊德的学说，把爱情——这一千古之谜分为三个层次：性爱、情爱和心爱。性爱是源于人类本能的最深层的爱，这产生于意识的“本我”阶段，以愉快为原则，是性本能不受任何压抑而发生的爱，这是一种无缘无故的爱；而情爱则是掺进了其他心理因素的并以此而部分战胜了性爱而发生的爱，它以现实为原则，它考虑到了爱恋双方的利益关系，带有一部分“情债”报还心理，是理性和感情的融合析晶；而心爱是在意识的“超我”阶段发生的，它严格受着政治、道德、伦理、法律等意识形态观念的约束，心爱的产生要经过理智地深思熟虑，是把爱作为一种人际关系来看待的。性爱是最具有原动力的爱，但人是高级灵长，爱不会脱离脑的其他功能单独产生，因此脱离了情爱和心爱的单纯性爱在人类社会的现阶段是不会发生的。情爱常常是爱人关系的感情维系，但有时也会成为培育男女“陈世美”的温床。心爱是理性的结穴，但有时是感情破裂的动因。完美的爱情无疑是理性、感情和性的结合，是身与心的交融，是灵与肉的统一。但在实际中爱情是不会超俗出世而完美地存在的，它要受到无数的非爱情因素的干扰，所以天下夫妇多，珠联璧合少，以致产生出无数的“畸型爱”。古今中外的文学大师们无一人能写尽爱情，其原因也莫出其外。

蔺香君从一个书香门弟的闺秀成长为一个人类社会中的社会人，当然这是“超我”意识在她的心理建构中权威性高扬的结果。包括阶级觉悟、敌我意识、人生观、世界观在内的思想已经作为一个体系植入了她的心灵。因此当海滩遭遇不幸被俘后。她的思想就完全沉浸在政治斗争的旋涡中，满脑子斗争与牺牲。对悄然而至的爱神毫无准备，因此做了南辕北辙的应付。她把黄国雄的优抚看成是“诱我投降变节”的阴谋，面对黄国雄的求爱，她像受到强烈电击一样，瞬息被激怒，继而严厉拒绝，大声斥责。她把人际间的政治分野看成是绝对的鸿沟，在她的心区深处，“超我”意识涵盖了人与人的一切关系，当然也驾驭了爱情和婚姻。这就是最初的蔺香君：作为革命战士，她的憎爱分明的阶级立场，她的疾恶如仇的正义感、民族感都是强烈的。然而她又不会完全是一具政治概念的载体，而是一个活生生的女性，一切女性固有的情怀她都不缺乏，只是在一个英雄战士性格成长的同质环境中，她的“本我”“自我”意识受到了强大的同化和抑制而得不到宣泄罢了。当“超我”意识在异常强大的异质环境中开始搏动时，“本我”开始复苏。于是在黄国雄咄咄逼人的爱情攻势面前，“她的一颗铁石般的心开始变软”，“她感到有一股暖流流遍了全身”。温情导致了性爱的勃发，她终于“被一种雄性的力所慑服了”。这是征服，但同时也变成了性爱，蔺香君和黄国雄之间，大体保持着性爱的关系，虽然也掺杂进情爱的因素，但在“超我”意识的斗争下，情爱的因子一直不能升华为情爱与性爱的结合。至于心爱，在蔺香君是更不存在了，这从她以后的行动中便可得到印证，因此，这是一种有缺陷的结合。就总体(两个人的全部言行)而论，蔺香君是一位具有相当高度的思想觉悟的战士，同时她的人性的某些方面带有明显的被扭曲。而黄国雄的悲剧就在于他没有看到爱情的全部要义，因而陷入了盲目。他以自己的行动反证了“爱情的力量是伟大的”，他以自己的生命宣告了单相思永恒地毁灭。追求不健全的爱情，必然会充当替罪的羔羊。

蔺香君的性格(作品规定的性格)决定了她不会让性爱意识极度膨胀，因此，她无意(严格说来是意识不到)追求身心交融。在爱情的天平上她把砝码抛给心爱的就更多了一些。当她站在于震东面前的时候，灵魂便得到了裸露。不用条分缕析了，读者自会从情节中得知。蔺香君对于震东是由慕而生爱的——经过钦佩、仰慕及对个人未来的畅想等一系列理性反应后产生的爱。在这种慕爱(心爱)的滋润下逐渐内推到情爱。性爱的因素或许有，但很难得出这样的结论。因此，倘若蔺于两人终成伴侣的话，是否就算真正的爱情呢？这仍是一个费解的命题。

接下来的问题就是，读者对蔺香君的遭遇虽然寄予了很大的同情和理解，但何以对她的苦恋于震东极少有祝福的倾向，这里面的因素恐怕很多：诸如对春风的偏爱，对黄国雄的同情，对于震东不无狭隘的“爱护”，贞操观的作祟，以及由传统观念派生出来的那疙疙瘩瘩的道德准则等。但除此之外还有另一种原因，那就是一种对于蔺于之间爱情的缺憾心理。因为蔺香君和于震东毕竟缺乏性爱的基础啊！从道德角度看，这或许是悲剧；从人道角度看，这却是正常的。人性和人道主义尽管可能是很不崇高的思想层次。但毕竟还是“人之性”。而“人”的观念和意识的复兴，几十年来也并非解决得多么好。

无论如何，就形象而言，蔺香君是“二虎三凤”中最具风采的人物。她的曲折的军旅生涯，她的凄婉的婚姻苦果，她的如怨如慕的苦苦情恋，她的屈死西疆的怆凉晚景，她的憧憬和毁灭，她的屈辱和慰藉，织成了她的命运之网，伴随了她悲剧的一生。这一切都强烈地撞击着我们的心。唤起对她无尽的同情、怜悯、惋惜和共鸣。蔺香君的遭际终于使我们悟出了真正意义上“人”的爱情——不是经过粗暴的净化和扭曲之后产生的阶级至上或性爱至上的种种矫情，人的本体意识的人道主义终于浸润了战争题材的作品。正是从这个意义上说，蔺香君填补了军事文学人物画廊中的“空白”。

蔺香君形象的魅力来源于以爱情为标志的人物性格的无限丰富性。无数的偶然构成了“这一个”，无数的性格双向逆反运动组成了她丰富而复杂的形象。这使我们想起了苏联的文学名著《第四十一个》，蔺香君简直就是中国的马柳特卡，只不过比马柳特卡还要蕴藉、深沉、曲折得多。

（三）

在人类进行嬗递的历史画卷中，也许没有什么比战争更加神奇壮烈的大观了。战争常常把偌大空间中的几代人一下子推进深渊，从而残酷地扭转着人类的命运，因此战争也最擅长制造人间数不尽的悲欢离合。于是自从产生了战争，文学也就同时发现了“取之不尽”的题材源。譬如历时仅四年的苏联卫国战争就被作家们陶醉了四十多年，至今佳作迭出，方兴不衰。

中国的战争是世界战史上的奇观，仅仅跨度为12年的抗日战争和解放战争，就堪称文学创作的宝山。然而在20世纪50年代末第一个长篇小说的丰收季节之后，军事文学创作却出现了令人担忧的局面。当代作家们过多地把艺术视野局囿在和平时代的军营生活中，远离了炮火硝烟。后来南疆战云被摄入笔下，军事文学才出现了振兴。但作为军事文学重要一翼的革命战争题材却颇为“萎顿”。探讨这种不健全的原因也许不是本文的主要任务，但起码有一点应当引起我们的深思，那就是多少年来，在这类题材的创作中，我们曾过多地受到有形、无形、但十分有力的制约，这种制约很快具体化为创作上的禁区。由于要避雷，难免要扭捏吞吐，于是终于把军事文学变成了英雄主义文学和献身殉道文学的别名。这种近似规范化的创作封闭了军事文学的天地，出现了并非良性的循环，加之大部分读者忽略了艺术上根本的突破和创新，于是当新的审美冲动在读者思想深处消失的时候，“老一套”便成了他们对革命战争题材的文学不无偏颇的评论。现在，从正里的“新一套”出现了，虽然在战争的描写上还难免流俗，但基本上突破了“军事文学一英雄文学”的公式，大胆地把战争作为背景而全力以赴地写人的命运，写英雄与卑下的斗争，写人的灵魂的自我审判与净化，写实意与真情，这在当代文学创作中是不可小视的创新和突破。因此当我们评价这部新作的时候，就不能单就作品的成就而言了。事实上从《甩出轨道的星》进入当代文坛起，它就获得了一种大于它本身价值的系统质。时间可以作证，在当代文坛的军事创作中．它是有开拓性功绩的，它开拓了一条新路——军事文学也是“人学”的道路。它的出现是有复兴意义的，是对革命历史题材创作的复兴；是有反正意义的，对极左路线在军事文学中制造的混乱起了反正作用；是有复归意义的，是现实主义的复归。不仅是复归，而且是深化。

（四）

我们是在捧读一本令人耳目一新的书，作品的“新”是显而易见的。但我们知道，与其要评价作品的成功，还不如首肯作家的胆识和追求。从正里的追求是多方面的，细心的读者不难看出，例如这种贯穿全书的“AB互补结构法”就是不多见的。在这里，“AB”是形式，而“互补”则是形式对表现主题所发挥的作用。

关于文学作品的结构形式，近几年可说是百花齐放了，除了传统的故事中心型和常见的倒叙插叙外，意识流、冰糖葫芦式、交响乐式、新曲艺体、散文化等，继承借鉴、推陈出新，不胜枚举。为了表达和深入开掘主题而在结构上各取所需是无可厚非的，但同时我们也看到，不拘守门户，大胆综合杂糅却是许多作家成功的经验，“AB互补结构法”便是综合杂糅的结果。由于这种结构能够在第一人称和第三人称的交迭出现中很好地抑短扬长，并且最大限度地避免了这类题材中泛滥的拖沓冗长，所以我们不得不把这种结构法看作一次成功的尝试。

执着的艺术追求常常是成功的先奏，但有时也难免顾此失彼。像电影电视艺术一样，对于作者来说，小说大概也属于“遗憾的艺术”之列。因为只有当它问世以后，当作者变成了读者的时候，才每每发现它的大不足。对于《甩出轨道的星》，我们不得不和作者一起遗憾于作品语言的斧凿和粗芜。在文学语言的学习借鉴和运用方面，作者的功力与“化境”大概还有一段距离，因此从整体看，尚没有形成自己的统一语言风格——这可是横亘在作者面前的一根高标！要征服它决不容易，需要持久地“全方位”努力，不仅要博采广收，更需要熔铸创造。但它毕竟不会是所有作家的滑铁卢。在这里除了素质的原因之外，大概要应验一句古谚：有志者事竟成。

（五）

我们企盼已久的军事文学的全面振兴或许就要到来了。这决不是因为《甩出轨道的星》已经达到了翘楚之作的水准，而是它显示了不止一方面的极好的兆头。尽管它仍是令人交织着喜悦的遗憾的作品，但谁又能否认在军事文学前行的路线上，它是亭亭玉立的鲜明的路标？

杨朔散文艺术初探

杨朔是当代文学史上颇有成就的作家。他以自己丰富的创作和“诗体散文”的理论给当代文坛增添了色彩。多少年来，对杨朔及其作品的研究、评价赓续不断，说明了作者和作品在读者心目中的地位。对杨朔散文艺术的专门研究也时有佳作问世，海内外学者诸多高见，相形之下，本文自然浅薄得很，因此，亟愿能得到读者斧正。

(一) 山重水复路不尽柳暗花明见新天

——杨朔散文的转弯艺术

好的散文，大抵储满着诗意。杨朔的诗体散文自不待言。能将散文开拓出诗的意境，除了利用材料、开掘主题和驾驭文字诸因素外，常常要借助于结构艺术。毕竟结构最能反映作家的构思功力。

杨朔散文的结构，妙笔天来处固然比比，但最引人入胜的却是行文每至山穷水尽处，兀现柳暗花明的所谓转弯艺术。不仅在篇章布局上有大的转弯，而且在层次之间也常有小的迂回，使作品产生了一种曲径通幽，意境深邃的苏州园林式的美。让我们看《泰山极顶》吧：

登岱峰观日出，因其壮观而难逢，故历来是游客的幸事。作者“去爬山那天，正赶上难得的好天，万里长空，云彩丝儿都不见，素常烟雾腾腾的山头，显得眉目分明。”天公作美，这确实令人跃跃然，欣喜、急待之情交汇，牵动了读者的心思，随作者兴冲冲地拾级而上。性急的读者恐怕早已诵起前人歌咏泰山晓日的著名篇章，并亟待从作者笔下领略泰山极顶看日出的风采。随着作者游踪所至，泰山风貌尽展开来，文物古迹、苍松劲柏、悬瀑飞石，令人应接不暇。黄昏将尽时，他们登上了天街，时空越来越近顶峰观日，引起读者悬念。然而第二天早晨，当一行人登上泰山极顶时，天却阴沉沉的，不见晴朗，陪游的老道人说："可惜天气不佳，恐怕你们看不见日出了。"一笔堵住了去路。杨朔抓住了"天有不测风云"的自然规律，顺理成章地把行文推到了山穷水尽的地步，游客扫兴，读者索然，眼看一场好戏的"戏眼"先兆流产，岂不大煞风景。至此，读者的万千思绪都被作家巧妙地吸引到一处，集中到一个焦点上来，看作者如何敷衍下文："我的心却变得异常晴朗，一点都没有惋惜的情绪。我沉思地望着极远极远的地方，我望见一幅无比壮丽的奇景。"这时，作者立于山颠，鸟瞰齐鲁大地，开始历历数点祖国河山，从社会的沧桑巨变，看到了人世间的晓日，和读者一起饱览了另一场壮丽的日出奇观。

这样的转变，立意高妙，出人意料，不仅增加了文势波澜，而且妥帖地揭出了题旨，情景融汇，美化了散文的意境。

多年来，人们已经注意到，发端于自然，刻意在社会，在对大自然的描画中融进对社会人生的褒贬，从而抒发作者的胸臆，这是杨朔散文的独特风格。打开《杨朔散文选》，这一点可在多处得到印证。而转弯艺术的运用则是这一风格的重要表现特征。

山重水复与柳暗花明是两种截然不同的境界，然而它们又有着密切的联系。在经历了一番山重水复、徘徊无路之苦以后，方能领略柳暗花明的欣喜。曲径通幽，跌宕起伏，不仅使文势峥嵘，而且能引起读者的共鸣，不断地调动读者的感情，时而紧迫，时而舒缓，心随文走。在读者完全进入无我之境时，笔锋陡转，推出新意，促读者从"境"中猛醒过来，恍悟某种道理，灵魂得以净化，感情进而升华，思想产生飞跃，真正进入赏心悦目的天地。杨朔散文的艺术力量，主要表现在这里。因为只有在这里，作家的笔触才摆脱了单纯写

“境”，而进入了对“意”的开掘，思想感情和描写对象实现了和谐的统一，既不是有境无意或境大意小、境新意俗的肤浅描绘，又不是意大境小或有意无境的抽象口号。作品体现的时代精神和社会意义不是游离于形象之外，而是渗透在字里行间。从文章主题的表现来看，收到了预期的效果，以艺术成就来衡量，也达到了出神入化的地步。

山重水复路不尽，柳暗花明见新天。是杨朔结构散文的重要而富有成就的手法。

(二)首章闲闲寓深意方入佳境笔已收

——杨朔散文的开头与结尾

杨朔散文的开头，很少浓墨重彩，无意先声夺人，不事铺张扬厉，而常常是一线柔丝，把读者的思绪牵起，然后如对面谈心，侃侃道来。那话题也是信手一拈，闲闲领起。因此，往往在作品一开头便把读者带进“落花无言，人淡如菊”的境界。

如此开端，决非作者寡情，而恰恰凝聚了作者的深意。大凡作者要把读者带进一个令人心潮翻滚的天地，让感情经受一次重大的冲击，以便恍然悟出至理，总要在开头作一点寡淡。这固然是文势跌宕的需要，同时也反映着作者的良苦用心。众所周知，杨朔散文十分注意描绘时代的侧影，而要传神地揭示抽象的道理，在表现形式上是颇费斟酌的。因为如果直白道来，就失去了散文作为一种文学样式所特有的艺术魅力，而坠落到传声筒的地步上去了，这样的作品往往使读者感到索然。杨朔深谙读者心理，在作品开头便采用轻松自然的笔调，细细地梳理人们的思路，疏导人们感情上涓涓细流的渠道，让它们汇聚、流淌，因势利导，使读者在不知不觉中沉浸在艺术的氛围中，为登上艺术峰峦，领略无限风光填平了前途上的沟壑，形成艺术攀登上的“斜面”，而不是跳跃的“阶梯”。这样看来杨朔散文的开端就决不是闲笔，虽貌似闲恬，而实则奠基。这样的开头，正如把阿里阿德尼公主的线团抛给读者，使读者在以后的探幽揽胜中，虽进入路转峰回的艺术迷宫，也能有线而循，自由出进，不至迷惘。

让我们看一下《蓬莱仙境》吧：

“夜来落过一场小雨，一早晨，我带着凉爽的清气，坐车往一别二十多年的蓬莱去。”夜雨刚歇，渤海之滨自然是清新凉爽的，作者在这样的时刻驱车返乡，虽不是衣锦荣归，却同样令人心驰神往，格调是高扬的，然而落笔是轻松的。正是在这貌似平淡的行文里，却埋下了抚今追昔的伏笔，因为作者阔别故里，毕竟二十多年了，在人类历史上，20年不过是弹指一瞬，但人的一生，又能有几个20年呢？何况这二十多年，正是中华儿女经历了抗日战争、解放战争后，又在灿烂的阳光下为年轻的共和国的成长而奋发图强的年代呢？那么，在处处日新月异、旧貌换新颜的今天，素来被人们称为“仙境”的蓬莱，便格外引人注目了。这时作者轻转笔锋，引起了下文：“二十多年来，我有时怀念起故乡，却不是为的什么仙乡，而是为着那儿深埋着我童年的幻梦。”一下子把读者引向另一境界，然后作者挥笔纵横，全力渲染婀娜表姐的悲剧：年轻丧夫，茹苦含辛；唯一的儿子惨遭汉奸枪杀。婀娜表姐含恨投海……这溢满血泪的悲剧偏偏发生在仙境般的蓬莱，又说明了什么，不是值得人深思的吗？但是作者没有停下来回答我们的问题——如果那样，作品的内函一定单薄，而是一直朝前走去，从老姐姐的家庭生活，写到故乡的山野新貌，其间穿插了朝鲜战火中的儿童，中国抗日战争中的英雄等。通过在蓬莱仙境的大舞台上演出的一幕幕历史壮剧，推出了作品的题旨，而这一切，无不是在开头便埋下了伏线，所以后文才如水流成渠，合情入理。卒读掩卷后回头一看，更令人体会到作者在作品开头就蕴富的深意。

比起开头来，结尾往往是杨朔散文用笔最舌口的地方，也往往是最精彩的地方。如果说杨朔散文储满了诗意，那么结尾常常是诗眼；如果说杨朔散文极善因物缘情，托物言志，那么结尾方显出情之所钟，志之所在。

要把作者的主观胸臆展示给读者，在表达上是要费斟酌的，直白流于肤浅，过曲失之晦涩。艺术表现的分寸感、节奏感都处在极度敏感之中，稍一流俗，便出败笔。杨朔深悟其中三味，很好地把握了它们，适度而止，妥帖地结住了行文，使结尾起到了点睛的作用。做到这一点极不容易，说作者在结尾处用笔最苦，正是从这一意义上讲的。

当作者要把主观的思想感情、理念倾注给读者的时候，往往要借助于对客观事物的描写，激起读者和作者对某一事物在感情上的共鸣，以期最大限度地蕴蓄起感情的波澜，造成非如此不可之势，然后作者方启开心扉，向读者展示自己的胸臆。

此时有一个掌握表现分寸的问题：如果一任感情的潮水放纵，则思想的结晶就会游离于形象之外，情景不能融汇；如果一葫芦醇酒闭而不启，读者也不知道葫芦里到底有什么，便会出现猜谜式的莫衷一是。

杨朔散文的结尾，就大部分来看是“犹抱琵琶”，即点明题旨，又不写尽，藏露皆不失分寸。这就是艺术可贵的含蓄。这种结尾是极易收余韵绕梁之效的。

节奏感也是散文结尾不可忽视的问题。杨朔散文常常是这样：开头悠淡自然，如闲庭信步；继而越走越深，盘旋而上，峰回路转，曲径通幽；最后豁然开朗，露出最精彩之处，正当读者要停下来饱揽胜景时，作者却悬腕提毫，一笔收住，再不多赘一字。这种戛然而止的结尾赋予作品以很强的节奏感，可谓恰到好处。特别要提到的是这种结尾对开掘主题的作用。作者似一位出色的导游，即把游客引到名山巅峰后，他便悄然引退，留给读者的是一片广阔的天地，任他们指点评说，浮想联翩。

好的结尾常给读者的思想插上翅膀，让他们在自由翱翔中到达新的境界。杨朔散文的结尾，尤见这种功力。

(三)千篇忌一律殊途莫同归

——杨朔散文构思的千虑一失

作家在艺术上都是有多方面追求的，这些追求表现在作品中，从各个不同的角度反映了作者的美学理想，失去了这种追求，文艺创作的发展就失去了活力；坚持不懈地追求，是一个作家不断前进的精神力量。

正是在不断的艺术追求中，杨朔力图通过自己的作品更多地反映出我们的时代，以高度的热情讴歌我们的党、我们的人民、我们的军队，为社会主义祖国的前进高唱赞歌。这一点，在读作者1957年以前的散文的时候，就引起了我们的注意。

还是在这种对艺术的执着追求中，杨朔经过1958年几乎一年的总结、反省。终于树起了“诗体散文”的大旗。在创作中十分强调意境的开拓，以期通过作品更深刻地反映出时代精神。同时，作者主张把散文当诗来写，强调时代精神和社会意义必须融化在作品所展现的艺术境界中，寓情于景，情景交融，让读者在艺术的陶醉中领略时代的风貌。

听到历史前进的脚步声，看到社会主义祖国的壮丽前景，展现劳动人民的美好心灵。在1959年以后作者笔下国内题材的散文中，这一点就更为突出地表现出来。

为了让“诗体散文”的形式日臻完美，杨朔在构思上是下过苦功的，炼字、炼句、炼意都极见功夫。杨朔散文善长托物言志，多见转弯技巧，不仅通篇散文充溢着诗情画意，而且每每因小见大，从山水林木、花鸟草虫生发出社会人生的大道理，风格明丽而深沉。《泰山极顶》《海市》等都是力作，这些名篇所产生的艺术魅力，不能不代表了杨朔的成就。

然而问题也恰好出在这里，一种表现手法的成功固然说明了它合乎艺术创作的规律和作者布局谋篇的能力，但是如果把这种手法强调到特别是运用到过分的程度。那怕是稍稍有一点儿过分，就会带来相反的结果，这种结果往往表现为艺术珍品上的瑕疵，引起读者和后人的莫大遗憾。

艺术从来是崇尚多元，忌讳一律的，特别是散文、诗歌这样形式玲珑的文学样式更是这样。

即便是对同一个作家，读者也要求他的作品要在“文无定法”中焕发出异彩，而不能陶醉于单一的色调，让局部的胜利阻住全面的进军。

我们注意到杨朔的不少散文都是用大同小异的文路，因小见大的比兴，通过转弯艺术体现作者理念的，这就令人在赞叹之余，不免产生雷同化的感觉。

在《泰山极顶》里他没有看到自然界的泰山日出，而看到了人世间另一轮晓日——人民公社的诞生；

在《海市》中，他没有见到恍若仙境的“海市蜃楼”奇观，却找到了真正的海市——社会主义新渔村；

在《香山红叶》中，他没有看到香山如火的红叶，却摘到了一片在人生中经历过风吹雨打的、越到老秋越红得可爱的红叶——老向导；

……

还可以举出一些，上述文例单独看来都属上乘之作，并不是每一个作家都能达到如此水平的。但把它们放到一块儿做以横的比较，就不难发现作者在自己熟悉的路子上做了过多的徘徊。

构思和表现的雷同化还只是形式，我们要记取的训诫还远远不止这些，而在于从这里我们看到了艺术追求者们应该遵循的规律：文艺创作要从现实生活出发，而不要搞理念先行。现实生活是丰富多变的，表现方法也应各异，这正如地上纵横交错的路，每一条路都有自己延伸的目标，而这些目标又是不尽相同的，如果条条道路都通向一个地方，那文艺创作就会出现一元化的局面，艺术的最高境界是“清水出芙蓉，天然去雕饰”，这难道是强扭能达到的境界吗？在处理作品的思想性和艺术性的关系，探讨世界观对创作的影响的时候，要特别注意这一点。

英雄未必都如钢

——评《高山下的花环》中赵蒙生的形象

一曲悲壮的正气浩歌——《高山下的花环》（以下简称《花环》）诞生了。几个月来，各地报刊纷纷转载，舞台银幕争相排演，亿万读者为《花环》洒下了热泪。这风靡神州的《花环》热，反映了我国军事题材的小说出现了突破。

《花环》的成就，首先就在于它为当代文学画廊增添了一批崭新的形象。在《花环》栩栩如生的英雄群像中，指导员赵蒙生是一个放射出异彩的形象。

赵蒙生形象的意义在于展示了一个诞生在炮火中，生长在红旗下，经过了“文化大革命”，心灵、思想上都被锈损出污垢的干部子弟，如何在保卫祖国的战火中接受锤打锻炼，而成为一个英雄的道路。赵蒙生的思想污垢和英雄业绩都带有极鲜明的时代特色，在他身上，概括了部分当代青年真实的风貌，这是一个极有深度的典型。

（一）

1947年，赵蒙生出生在军人之家。待到少更人事时，新中国已经进入了大建设的年代。全国人民和年轻的共和国一旦从人类社会的黑暗中奋斗出来，呈现在眼前的光明和世代追求的理想交织在一起，使人们感觉到正生活在一个比实际更加美好的社会里，世风纯正，处处升平。人民群众中出现了一种从来未有过的精神状态：热爱新中国、热爱新社会、热爱党、热爱领袖，对未来充满信心，为革命殒身不恤等，这种高扬的精神状态体现了时代的风貌。赵蒙生正是在这样的环境中度过了美好、紧张的小学、中学时代。像所有的同龄人那样，在21世纪的曙光映照下成长起来，他们的心灵像金子一般的纯真。

中学毕业时，一场意外的政治风暴袭来，前进的巨人乱了步伐。赵蒙生的家庭“理所当然”地遭受了接近毁灭性的打击。对一个即将投入生活的青年人来说，这无疑是一团浓重的黑云，足以使他窒息。就整个国家的大部分人来讲，也大都被这突如其来的潮流冲击的晕头转向，几欲丧生。但人是高级灵长，求生的本能使其千方百计地适应环境。于是，社会上种种变态出现了：生活变态、家庭变态、同志间关系的变态，思想变态、信仰变态，等等。在不正常的环境中，人们开始了不正常的生存，积久成习，便形成了社会风气。社会风气又熏陶着人，培养着适应它的机器。于是，开始了恶性循环。我们的世风、党风就是这样开始颓败的. 正如赵蒙生所说的：“‘十年动乱’，摧残了多少人材。权力的反复争夺，又使多少人茅塞顿开，学得‘猴精’呀！人为万物之灵，极具谋求生存的本能，是适应性最强的动物。在那你死我活的政治漩涡中，心慈的变得狠毒，忠厚的变得狡猾，含蓄的变得外露，温存的变得狂暴……造物主催化万物的奥妙，是在一个‘变’字呀！”

赵蒙生就是在彼时彼刻托关系报名参了军，开始了他的军人生涯。

毋庸讳言，“文化大革命”，中国人民解放军这道坚强的钢铁长城本身，也受到了惨重的破坏。这不仅表现在军事素质的停滞不前和下降，而且表现在军心的涣乱和不正之风的蔓延。军队不是阶级斗争的避风港，也不是先进思想的净化器，它的基本成员来自社会的每一个细胞，各种社会风气都会通过众多的渠道吹向这里。在我军整套建军的光荣传统一度被打乱之后，不正之风极有条件在这里得到生存和发展。于是在整齐划一的绿色军衣下面，便包藏了形形色色的灵魂。

每个指战员想的、做的并非都如《三大纪律八项注意》歌里唱得那样步调一致。赵蒙生在部队待了十几年，他的思想比少年时期当然成熟得多，但是，不正之风对他的毒害也不容忽视，因此，他常常在如何对待生活的问题上出现矛盾、彷徨。例如他休假回到大城市，和他的爱人柳岚一同领略了大城市中的“小圈子”生活之后，他曾有过思想斗争：“理性告诉我，那‘小圈子’里的生活是既无聊又空虚；本身在向往：我和柳岚完全具备可以那样生活的条件，何乐而不为！”本来就不健康的思想，加上他的妈妈——一位被环境造就的“外交家”，对他频频发动攻势，终于使赵蒙生在思想上做了不正之风的俘虏。于是他下连队任指导员进行“曲线调动”，出现了急行军、射击考核、扔馒头等一个个难堪的局面，在临战前夕，他又差点当了逃兵，扮演了不光彩的角色。这一切都是符合生活逻辑的，是真实的。赵蒙生就这样一步步走向歧路。这一切，他并非完全自愿，有时他也内疚。但环境使然，痼疾难改。加之他妈妈，不但一次次推波助澜.而且亲自导演。这一切都加速丁赵蒙生思想防线的崩溃，使他险些堕入深渊。

在赵蒙生所处的背景下，他的思想的逐步蜕变有着必然性，这是由诸多因素决定的。因此，赵蒙生的道路具有对同类形象的概括意义，这是形象的典型性之一。

（二）

赵蒙生的思想后来产生了巨大变化，他从灰色思想的王国里挣脱出来，在人间正道上迅跑，终于成了一个令人敬佩的英雄。

促成赵蒙生实现这个巨大变化的决定因素便是战争。

举世瞩目的对越自卫反击战在1979年2月打响，这不仅具有战略上的世界意义，而且也是对我军进行的一场现代战争能力的严峻考验。同时，对每一个参战者来说，形形色色的思想都将无所遁形地在战争中显现出来，接受审判和锻炼。

战争是国家民族命运的大抉择，也是一个锻炼人才的大熔炉。一个人的命运一旦和战争连在一起，同时也就和国家民族连在了一起，只有到了这时，才往往显示出一个人存在的价值。赵蒙生的思想尽管蒙着很重的污垢，以至临战之前他还在想如何脱离连队，回到军机关上去。同时，我们也应该看到，他毕竟是革命的后代，是一个中国人，受过党和人民多年的栽培养育，赖有人心未泯灭，他的正义感、自尊心、爱国思想仍在头脑中占据一定的地位。在正常的情况下，赵蒙生要在灵魂深处进行这场革命，以期正气压倒邪气，恐怕要经过漫长、艰难的努力。但处在战争的环境中就不同了，战争常常要把人生的经历紧张而又剧烈地压缩在一起，使人们的认识或行动在一瞬间发生突变。果然，临战前雷军长那一阵排山倒海的骂娘极其强烈地刺激了赵蒙生，此时："我麻木的神经在清醒，我滚滚的热血在沸腾！奇耻大辱，大辱奇耻，如毒蛇之齿，撕咬着我的心！我想自杀——轻如鸿毛！我乃七尺汉子，我乃堂堂男儿，我乃父母所生，我乃血肉之躯！我出生在炮火连天的战场上，我赵蒙生从小就崇拜战斗英雄！我晓得人间有羞耻！我，我要捍卫人的起码尊严，我要捍卫将军后代的起码的尊严！！"可以看出，雷军长那雷霆般的怒骂，严重地刺伤了赵蒙生的自尊心，他受到了战争提供的"法庭"的审判，他感到无地自容的羞耻。羞耻本身是一种自我革命，耻辱是一种内向的愤怒，是对过去的否定，是对卑鄙的悔恨，是对未来的强烈追求，是献身的动力。他"取出一张洁白的纸，一骨碌爬起来，咬破中指，用鲜血写下了战斗誓言，他对梁三喜狂喊：'是狗熊是英雄，战场上见！'"这一突变发生在彼时，真实可信，为赵蒙生后来在战斗中成为舍生忘死的英雄做了坚强的奠基。

在赵蒙生拼死钻进敌人掩体为战友报仇到战斗胜利后成为英雄的时候，一度充斥着他思想的那种庸俗卑劣市俗习气是否荡然无存了呢？我看不然。人的思想是复杂的．各种矛盾的对立的思想常常在一个形骸里得以共存，这是显而易见的道理。赵蒙生所以成为英雄，并不在于他的头脑中英雄主义消灭了小市侩思想，而在于战胜，在于他本身在灵魂深处的自我交锋中产生了一种对小市侩思想的抗体。有的文章讲战争是净化剂，净化了人们的思想，其实不确。战争是熔炉，各种思想都要经过熔炼，先进的思想因为在熔炼中吃到了苦头，因而产生了对没落思想的抗体而愈加光彩夺目，这才是符合实际情况的结论。事实上经过净化的人是不存在的，企图通过一场战争来净化人们的灵魂，只是一种良好的愿望。况且净化的归宿是什么？是否又会出现新的“高大全”？所以我们说，赵蒙生不是经过净化的人，只能是经过熔炼的人，而这样的人是大量存在于生活之中的，他们的灵魂曾被扭曲，思想曾被污染，掺进了杂质，经过熔炼之后，他们的思想可能不“纯”了。但这种不纯包含了对各种腐朽思想的抗体，是任何“纯”的思想所不能比拟的。建设四化、保卫四化正需要这样的人，这种人的思想是合金钢式的，可能不如钢的纯度高，可比钢的用处大，比钢坚强得多。

从这个意义上讲，赵蒙生形象的典型性又表现在：他不是一个经过净化的理想英雄，而是一个经过战争冶炼的合金钢式的英雄。这样的英雄在今天的社会条件下将会大量地涌现，并且将成为民族中兴的生力军。

在当代文学的人物画廊中，赵蒙生的形象决非仅有，但形象本身的鲜明性和它达到的思想深度却不是同类形象所能企及的。这是一个从生活的母体中脱胎出来的具有普遍意义的形象，他的真实可信扩大了对读者的教育作用，所以是不容忽视的。在我们讴歌《花环》，礼赞那栩栩如生的英雄群像时，一定要重视赵蒙生——这位合金钢式的英雄形象。

从灵魂冒险到人生探幽

——评矫健《小说八题》

也许是生于上海长于上海的缘故，矫健浑身洋溢着灵魂冒险的豪气。他的作品常常最先触动社会最敏感的神经，让读者在瞠目结舌之后感受到灵魂的震颤，于是矫健得到了“人类灵魂轰炸机”的称谓。然而矫健也在变，他的近作《小说八题》便是明证。

《小说八题》(载《解放军文艺》1986年第11期)的全部要义是对人生的思考。人生是什么？和宇宙中的永恒比起来，人生实在不过是一个悲剧的符号，整个人类在很大程度上也与悲剧结下了不解之缘。矫健正是以此为艺术思考的起点，用饱满的悲剧意识来观照他笔下的人和事的。

《八题》契合了这样一种思潮：在当代文坛上，文学越来越挣脱了非文学上帝靠外力加在它身上的绳索，它正在向着自己最终的目的——人学奔去。在这场艰难的皈依本体的跋涉中，现代主义骑士以其令人眩目的表演而到新一代作家的青睐。借助于现代主义武器，作家们都比较容易地穿透了包裹在“人”体以外的那层政治道德伦理的厚厚外壳，而直逼“人”的血肉之躯，甚至透视“人”的心灵世界，文学潮流中这种“外转内”的趋势虽然还没有触到“人学”的核，但不可否认它出现的本身就具有不能忽视的意义，特别是对于刚从恶梦中醒来的中国文坛。

《八题》不是随意地拼凑，而是有意地安排。矫健在这里寄寓了自己的追求，尽管这追求只能得到部分的实现。《八题》实际上可分为三组：《古树•圆环•死迷•无期徒刑》说穿了是对“怎样生”命题的烦恼和困惑；《轻轻一跳•钟声•预兆》则是对爱与死的不同选择所引发的思考；压轴的《海猿》则力图从“人之初”的溯源中寻求摆脱悲剧命运的最初因素。

许多文学作品沉湎于纺织理想人格之梦，反倒忽视了对异化的正视，对这种倾向矫健倒是一直比较清醒的，所以他的作品也异乎他人，第一组作品中的四个主人公其实都代表了一种残缺的人格，而尤以田总经理最为惊心动魄，这位经济“巨人”强悍外表中竟包藏着一颗如此卑微怯弱的心灵，这是常人始料不及的。经济地位的变化并未使他的心灵强大起来，过分的敏感和耿耿于怀显示了他并未摆脱心理的劣势，因此在行动上表现为狮子的雄心和兔子的胆量，未能免俗的下跪求爱简直是绝妙的一笑，这比当初阿Q的恋爱更让人深省，阿Q和他的子子孙孙们就这样在中国繁衍下来，成为追求者和不追求者的悲哀。《圆环》中的泥禄是自满自足自乐自我圆满者的幽默写照，在人与大自然的对立中他每每以心中的经验做外推。像煞有介事地展览着自己的聪明，又常常顺手牵羊般地对城市和现代文明来一番揶揄。实际上他在现代文明面前已经彻底地走头无路。“戏匣子”原理使他一窍不通，然而他连正视的勇气也彻底丧失了。人类在自我满足中不断萎褪直至窒息自己的悲剧就这样被万物皆备于我的幽默氛围所巧妙地掩盖，民族就啜饮着掺和毒汁的蜜糖陶醉了，“愿者上钩”式的麻醉更加危险，但泥禄在现实生活中又不是个别，奈何！《死迷》中的民兵连长是在生的冲动与幻灭中走向绝路的，他那并不光彩的一生中虽然偶有得意，但何曾有一丝张扬个性的机会，只有在酩酊大醉中他才偶尔显露出本真，然而这本真也早已走火入魔，很难说他是在清醒还是混沌状态中结束自己一生的。也许在酩酊大醉中他才属于他自己，但他从未在真正清醒的状态下勇敢地追求，这本身就宣告了他的可悲。《无期徒刑》严格来说只是一曲道德的谴责，谴责是在良知屡屡召唤的情况下通过恐惧情绪的导引而产生的，因此我们大体上仍可看作外力作用下的内省力量的蠢动。蠢动实际上是一种内心冲塞的结果。历史地看，这种向善的意向是可以理解的，但作为心理的解脱，大包却又选择了“万能”的金钱，这反映了当代人各种道德观念和尺度的撞碰是多么复杂与激烈。

由爱与死主题组成的第二组作品中，理性的太阳正在暗淡下去，而血肉充盈的鲜活生命却伴着生活的潮流涌来，处处让人感应到生命力的萌动。特别是《轻轻一跳》和《钟声》里的少男少女，更洋溢出一股冲决一切的追求的力。这股力不仅改变着人生，也改变着世界。虽然他们最终都做了悲剧中的角色，但作为象征，这种新生代的追求还是令人神往，《预兆》渲染的一种人生历程的先验色彩，使作品蒙上了一层神秘，善于“破译”的读者也许要在这里碰壁，但不能否认，理性的淡化确实是对读者艺术审美力的一种很美的诱导。矫健从“社会问题派”作品写到这里，其变化不能不说是艺术的、潇洒的。

《海猿》最令人心旷神怡，是神章，是诗章，人类的童年被描绘成那样神秘纯真，诗意盎然，这是对现实世界多大的映衬啊！生命的冲动自然是创造的源泉，但一切创造却未必都归宿于生命力的冲动。人类社会的发展进程中出现了对生命数不尽的亵渎，是异化还是优化，在“永恒”面前，这不是一道同样“永恒”的课题吗？略过递嬗消长的缓慢程序，把历史的两端撮合并排在一起，这种构思无疑是大胆的，正是在这种大胆的构思中，矫健成功地实现了自己的哲理追求。

然而矫健还不安分，他的抗争意识也是“永恒”的。在文坛上惊呼“五年内不能写河”的热闹中，他愤然甩出了《河魂》；现在他从追求社会问题的轰动到深入探求人生真谛，这无疑是文学观的一大跳跃，但高标仍在召唤，矫健岂是按捺得住的。

冥冥精魂入史来

——评《河魂》

这也是一条“北方的河”。只是没有浊浪排空的汹涌，也很少张牙舞爪的泛滥，更没有刀削斧劈般的伟岸形象。也许几千年来，它就貌似轻松地在胶东大地上悠悠淌过。但它委实是了不起的象征——民族的？命运的？神的？鬼的？人的？说不清！反正是一个无处不在的精魂——在冥冥中对人世间的男男女女实行着庄严的安排。于是，河两岸几代农民的追求、奋斗、生聚、悲欢、恨爱、恩仇，便沉沉浮浮地组成了一幕恢宏的史剧，借《河魂》而踽踽于读者面前了。

这就是《河魂》给我们的最初的印象。

然而，《河魂》带给我们心底的沉重感，使我们不能满足于对小说仅仅做泛泛的简括，而是令人鼓涌起一股灵魂探险的愿望——深入作品灵魂，探求奥秘，寻找魅力神大门的制动枢纽。那么，《河魂》这样的急就章(只写了38天！)，何以能引动评论界的“地震”呢？这无疑是因了作品通过对中国农民坎坷的复苏而流露出来的沉重的历史感。为了更明了地说明这个论题，让我们先对新时期文坛的部分战区做一横向扫描。

在新时期——特别是1980年以后的小说创作中，农村题材开始受到了时代的宠爱。高晓声、张一弓、古华、周克芹、路遥、贾平凹、叶辛等一批高手给我们留下了不少佳作。在他们的作品中，长哭伴歌、催人肠断的伤痕文学有之；痛定思痛、深沉冷峻的反思文学有之；凄婉动人、致力于灵魂抑浊扬清的爱情文学有之……。这些作品有一个共同的特点：大都把造成悲剧的原因归结为多年来的极左路线——这无疑是正确的，但显然没有道出问题的全部。高晓声到底老辣一些，他在对中国农民形象进行艺术观照的同时，从社会学角度开始了审视和思索，终于发现了农民自身心理内容的因素。他通过系列形象塑造了陈奂生性格，这是一种在民族心理的遗传性和政治扭曲的合力下出现的一种性格。明白了这一点，就不难懂得陈奂生们的悲剧是完全被动者的悲剧，感人而单纯。在这里，我们看出矫健的优势了。他的《河魂》没有停止对悲剧痛感的宣泄和对极左怪魔的调侃上，而是力求向历史的纵深开拓，把民族的、社会的、政治的悲剧因素进行宏观的艺术抉发。不仅溯到了小河最初的滥觞，而且触摸了它的每一段流程。尤其可贵的是，他鉴古证今，敏锐地捕捉住眼下最具生命力的旋流，向读者指出了它的流向。从而唤起我们豪迈的民族自信，畅想到这条北中国之河的辽远目标——这无疑代表了历史发展的必然性。

大概是为了让这种宏观的艺术思考借助作品的感染力而更强劲地影响读者，矫健在动笔之前显然颇动了心机。否则就很难解释《河魂》中的人物和环境的高度典型性。在这里，矫健通过作品告诉了我们，他不仅能够艺术地表现现实生活，而且能艺术地把握、挖掘现实生活。

矫健把目光执拗地盯在三个党支部书记的身上，这三个人物分别是新中国成立后三个历史时期的农民带头人。一方面他们都是农民；另一方面他们又是党的政策在农村的最高体现者和执行者。这样双重的身份决定了在20世纪中叶那场旷日持久的民族大悲剧中，他们既充当了大悲剧的角色，又是局部小悲剧的导演者。他们既是农民大家族繁衍的子孙，在性格基因中顽强地保留着民族心理的遗传——优良崇高的和颓堕狭隘的；同时在他们身上又比普通农民更多地反射出政治的投影，这就更容易看出后天外力对人物性格的扭曲。事实证明，要史记中国的近30年的农村，没有比这样的形象更典型的了。几千年因袭的重担和现实生活的政治风云荟于一身，使他们得天独厚地成了时代的典型。

既不是索隐，也不是附会，二爷和牛旺确是两个震撼人心的悲剧形象。在二爷——这个新中国成立后柳泊村第一任党支部书记的身上，我们是如何痛切地感觉到了一种来自历史的和现实的重压啊！他从一个农民之子成长为一名共产党员，他那本质善良的农民心理和侠骨柔肠的传统性一旦和为大多数人谋利益的政治目标结合起来，便焕发了无穷的进取力量。

在新中国成立后的农村中，他是一个始终如一的“紧跟派”，坚定而可悲地走过了和他同代人差不多的旅程。多少年来并不科学的思想教育形成的观念和认识，以及一整套与之相适应的工作方法，浸透了他的灵魂和血液，使他处在被大改革浪潮甩到后面的尴尬处境中。但他的悲剧并不仅仅在于落后于时代，更多的表现在他始终对自己坚信，并顽强地同化他的第二代、第三代接班人。他甚至认为别人都是浅薄的，只有自己是思想家。而思想家常常是痛苦的——但说实话，真正的思想家的痛苦，在于他看得很远，一般人难以企及，所以很难理解，这是一种受别人误解的痛苦；而二爷却是当社会前进时，他冥顽不化，是一种他不理解别人的痛苦。当新的大潮从根本上冲垮了他的精神支柱后，他便颓然倒下了，他带着至死不解的“天问”郁郁而终，这是多么令人深思的悲剧啊！矫健心“狠”，在二爷渐入悲剧的同时，又不时牵出老马的精灵——让我们经常把二者联想在一起，多么契合的象征啊。当老马沉重蹒跚的蹄声踏踏响过读者心头时，这不啻在“山羊之歌”的哀悼中向春天的酒神又扎进一刀。悲剧于是更加震颤人心了。

比起二爷来，牛旺身上的时代色彩更加眩目。这个“长在红旗下”的青年是乘“文化大革命”狂风扶摇而上的，他在破除封建迷信的同时却堕入了现代迷信的泥淖，他好心好意地干了许多愧对父老乡亲的事。在这一点上，他是二爷形象的补充。他更多地成为极左政策的牺牲品。可是存他与彩彩的悲悲欢欢中，我们又强烈地感应到一种传统道德的力量。

牛旺是政治的殉道者，又是恋爱中的殉情者。他殉道，令人惋惜；他殉情，令人敬佩。他在“左”翼进军的行列中，无疑比二爷更先进。他的悲剧同样在于对“左”的东西执迷难悟。把爱神拴到政治战车上，把他心爱的人儿也推进了“山羊之歌，，的大合唱。这是一代“红卫兵”的悲剧。

二爷和牛旺都是交织着历史感和道德感的形象。在他们身上，我们既可以看到民族性中的华彩和劣根，又能看到时代精神的挺拔与扭曲。造成他们悲剧的原因不仅是极“左”路线，更是根深蒂固的民族传统性格中的落后因素和长期不正常的政治压力合流的结果。如此辩证地通过回首三代支书(小磕巴形象在新时期已不鲜见，故不赘)的历程来为中国农村编史，应该说是极富有社会广度和历史深度的。

除了他们之外，彩彩和河女也都是成功的形象。如果河女可另做别论的话，彩彩确是20世纪80年代文坛上少见的典型。不知为什么，她总令人想起话剧舞台上的繁漪。作为一名新时代的女性，彩彩渴望自由，渴望爱情，但她又尊重乡亲父老，尊重自己的感情。当她跃入矛盾漩涡时，她开始竭尽全力地周旋、搏斗，终于在苦斗中毁灭——精神上的毁灭。在新中国成立三十多年后的中国农村中重演相似于旧中国人物的悲剧，这事实本身还不够沉重吗？

一群涵盖了广泛社会内容的形象共同奏出了作品深沉的主题。但问题还不仅止于此，还在于矫健为人物形象提供了一个典型的环境，从而对深化主题发挥了烘云托月的作用。

在正常的社会进程中，人与人之间的矛盾、吸引和纠葛往往是潜滋暗长的。但当社会发生剧变时，上述关系也往往以异乎寻常的速度产生急剧变化。正是在这个意义上，矫健选择了从“文化大革命”到十一届三中会前后这一历史时段展开故事，就颇有匠心了。实事求是地讲，就社会形态而言，“文化大革命”期间在一定意义上，可以看做是人类社会进化过程的“浓缩期”。这是因为“原始社会的图腾崇拜，奴隶制社会的镣铐鲜血；封建社会的压迫、愚昧；资本主义社会的尔虞我诈、世态人情；甚至法西斯的棍棒肆虐，都在“文化大革命”的大旗下得到了充分表演——这样的“浓缩期”社会，有利于表现民族几千年的因袭在农民心理上造成的重轭。而由“文化大革命”到新时期，又无异于由蛮荒到文明的跳跃。在这大跨度的跳跃之中，新的观念到处脱颖，旧的观念纷纷剥落，于是出现了社会上人们种种落伍的悲剧。

因了这些原因，我们完全有理由把柳泊村二十多年来的纠葛看成是几千年来因袭的心理重担、20年来的极“左”路线同我们民族的社会进步心理、党的正确路线之间产生的一场大搏斗。这样的搏斗不是充满着历史纵深感吗？

由此我们感到，全书中展现的人物和画面，都受到一种来自冥冥幽界的重压。像精魂一样无处不在，并潜入社会生活的各个角落，交织成一张似乎不能冲破的命运之网。它不但窒息了许多人的视听，而且耗尽了许多猛士的活力。这种灰黑色的网笼罩在人们的心头，使我们产生了一种欲哭无泪、欲喊无声的痛感。于是，我们感应了河床的坎坷和民族魂的苦难。

然而历史有情，一张黑网终于荡开了缺口。小磕巴们率先冲入了新天地，给闭塞积重的柳泊村送来了时代长风。沉重凝固的河流又恢复了活力，淌出了欢乐颂和进行曲。到这里，《河魂》展现的悲剧已不是使我们堕入命定论的深渊，而是让我们触到了一条巨龙的复苏、翻身和跃动。

矫健挟着一股抗争的豪气，在高手如林的农村题材领地内异军突起，把如此深沉的历史和广阔的社会生活凝聚到一篇作品中，象征性地表现我们民族艰难的历程和并不轻松的抬头。这就是《河魂》赖以成功的历史感。视野广阔而犀锐，笔力粗豪而深沉。虽不敢说一定是传世佳作，但隐约传来大吕黄钟般的沉音，警世匡时，震惊人心。如果不是史诗，也当是中国农村编年史的里程碑。

微山湖的风

——读《洞天》

在完成了《驶出冤家巷》和《再生岛》两部作品以后，李贯通销声匿迹了。后来他又忽然杀将出来。在齐鲁文坛上爆了个“热门”。这就是他的另一部作品中——《洞天》。

一堵厚厚的旧式墙壁把石龙和水仙嫂结结实实地隔开了，但世界上任何障碍也阻不了两颗年轻而渴望幸福的心的互相吸引。两只赤裸的胳膊同时伸进了洞穿墙壁的那个小小方洞里，全部情孽都在只有算盘大的方洞里潜滋暗长，但窥洞何以就不能测“天”呢。

不可低估《洞天》的锋芒所向。因为这不是率直而单向的反封建——石龙与水仙嫂生活的那个活鲜鲜的琵琶镇王国投射于人们心中的阴影难道仅仅是封建吗？在这里，有敦厚与世俗的联姻，有和善与吝啬的一体，有对传统生活模式的不满与陶醉，有对新世界的神往与排斥，有爱神的展翅奋飞，有丘比特面对金钱的“迷窍”。在一群挟风而来的熬鱼人面前，琵琶镇北头的人是缺乏思想准备的。单单是一个熬鱼的配方，就像镜子一样照出多少可爱的脸庞啊：有人凭借“憨厚”来“感动”，有人调动狡黠来交锋，贫穷的人偏用金钱来“收买”，良家子弟也学上了江洋大盗，动用起威吓和讹诈，这一切无不联系两个字——赚钱。谁还分得清金钱到底是魔鬼还是天使！至于那男女情爱的鼓涌与萌发。就更加眩人眼目了。总而言之，在短短的几天内，小镇便搅了个鸡犬不宁。以熬鱼事件为中心，无数条“矛盾线”交结起来，终于织成了一面生活的网。网是无形的，但人们却时时感到它的威严。特别是网上的某些经纬和扣结一旦与时代新潮扭在一起，便显得更具威力。它们常常在时髦的命题下津津有味地从事着绞杀，以至于无数的悲欢都在改革的大旗下派生。这个剪不断的网络恰恰构成了《洞天》中石龙与水仙这一对男女感情纠葛的背景。

大概是为了致力于对人物的心理活动的放大性刻画，李贯通巧妙地把熬鱼事件和墙洞里的纠葛这两条线索的流程切成了片段，交替“闪回”。在对熬鱼事件快速流利的交代的同时，他精细入微地描绘了水仙与石龙之间感情交融的全过程，裸露了人物的心理波涛与灵魂之间的搏斗。水仙嫂在最后的心灵苦斗中没有被毁灭，而是奇迹般地复苏，令人震惊地出走。而石龙的不辞而别，又使我们感到了两人之间的心理和感情上的差距，因而小说似乎蒙上了一层悲剧的色彩。但从两人的最终分手，毕竟使人感到这是一场真正的觉悟，虽然这种觉悟充其量也只能在几千年沉积的厚壁上穿一个小洞，但从中吹进了新生活的清风。在这里，小说沉重地承担起社会哲学的使命。

《洞天》并非悲剧，作者扬弃了最初审视社会时那种泛善心理，不再沉湎于侠骨柔肠的道德歌颂，而是进入了一个对变动着的社会心理深层解剖和把握阶段。当作者怀着由此而产生的自信来观照生活时，便把一个新的更高级的尺度嵌进了他的小说中，于是，作品带上了一种居高临下的幽默。这种幽默因为蕴含着来自生活的新哲理而提高出作品的审美价值，这也许是《洞天》高于作者过去的作品的根本原因。

孙犁老人慧眼识英，他在几年前就说过：“山东有个李贯通……”李贯通果然不负厚望，短短几年就经营了一个“微山湖系列”。在找到自已之后很快又写出《洞天》这样的力作，幽默潇洒地登上了一个新的艺术层面。《洞天》使我们欣喜的是，这个“系列”还显不看有序而向上延伸的可能。

《洞天》不仅是李贯通的微山湖系列小说中的一个新碑，它的出现还预示了新时期小说发展的一种趋向：通过一定的艺术画面和生活流程，内在地揭示我们民族心理中的某些裂变和新生，进而把整个社会的情绪和进步水乳交融地化进作品中。这是真正意义上的文学。李贯通在提高、完善自己的道路上无疑取得了可喜的进步，但他的作品仍然伴随着多方面的拘谨；虽然他的作品的命意上存在着对传统定式较强烈的超越欲，但他的艺术审美追求还徜徉在典雅的静态中，这在一定程度上局限了作品的艺术格局和意境的恢宏，令人常怀对阳刚之美的企盼。

孙鹫翔和他的“小城故事”

城外是波迭浪涌的大海，城内有“三教九流”杂居的“鱼龙小巷”。这座仅有六万人口的威海小城，曾经最早受到欧美风雨的侵蚀。几代善良、不幸而又顽强不屈难以征服的同胞．在她的怀抱里繁衍、生包、劳作。青年作家孙鹫翔就生活在这里。

他从小“拿故事当饭吃”(须知，这些故事都是斑斑血泪构成的呀！)这里有老一辈悲惨的遭遇，也有新一代动人的传说。但不管写什么，他都把“它们”放在波澜壮阔的现实生活之中，使之一出场就以独特、清新的格调引起了读者的注意。

如果表面地总结一下孙鹫翔创作的特点，那似乎很简单：写小人物。但把他的小说和文坛上大量涌现的表现下层人物命运的作品对照起来看，就会发现他的卓然不群之处了。他写人物命运，写生活对小人物的欺骗，常常具有凄婉动人的魅力。他不仅限于浓墨描叙人物坎坷的命运，而是越过“旧社会把人变成鬼”的主题，机智冷静地把读者的目光牵引到今天的现实生活中来。这样，当我们读着这些曲曲折折的小城故事时，感情的激动常常引起我们对社会、人生的哲学意义的思考。例如，杏儿落进烟花柳巷，她本人是无法负责的。但解放以后，她虽然在政治上获得了翻身，精神上却一直不能摆脱压抑和苦闷，那凶狠恶毒的“白眼红舌”最终丧送了她那唯唯诺诺的生命。在灿烂的阳光下，我们仿佛又看到了祥林嫂踽踽独行的身影。但是我们知道，鲁四爷一类早已成为历史尘埃了，那么凶手是谁呢？人心哪！……还有老海怪，他每日都捧一碗自己捞来的很不值钱的笔管蛏送给王工作员。蚁负粒米如千斤，他拿不出更值钱的东西了，但读到这里我们还是深受感动的。而在老海怪受到王工作员的妻子冷落时，我们的心又缩紧了。老海怪对有着“势利眼”的人来说，确实没有一点儿价值。但商品能交换，难道人间所有的一切包括感情和良心都能交换吗？这是多么明目张胆地对善良、美好心灵的亵渎啊！读着这些作品，人们似吞下了一块铁，沉甸甸地压在心头。幸有人心未泯灭，在王工作员的声色俱厉中，我们终于看到了联结党和人民的感情的纽带；在杏儿的邻居们的良心发现中，我们也感觉到了我们民族自我完善的力量。于是，沉重的感叹后接着便是灵魂的觉悟与升华，回头再看作品，便另有一番滋味了。

这就是孙鸷翔的作品对我们最初的冲击和启迪。当我们被一个个普通人的命运折磨得悲喜交加的时候，我们才悟到了作家全部的主观意图。这是一个用整个身心关注着人民的青年作家。顺便插一句，他一直把王润滋当作自己的老师，王润滋曾经讲过这样的话：世界上只要还有百分之一的人生活在苦难中，作家就应该表现他，而不能放下手中的笔。孙鸷翔竟把这句话当成了座右铭！仅此一点，人民就对他们放心了。

然而不要误会——从作品中也可以看出，孙鸷翔决不是悲悲切切地故作呻吟。他的作品的主调是高昂健美的，像一个青春焕发的生命，在追踪人物命运的时候，他是着力于揭示人物心灵的。无论是贝壳旅馆的男经理，身背旧“莱卡”的女摄影师，还是默默地迎接命运挑战的女补鞋匠，和“千夫”所指的杏儿……这些在生活道路上并不幸运的人，都被作者赋予了一颗透明水晶般的心。无数小人物塑造了我们民族的性格，我们从他们身上感觉到了中华民族的力量。普通的人是最美的人。人道主义虽然不是人类先进思想的最高层次，但它毕竟代表了人类某种共性。能大胆地将人物形象置于人道主义的光辉之中，在目前来讲，是难能可贵的。

他读过很多书。也似乎研究过许多作家前行的足迹。他信口就能如数家珍般的把古今中外的大作家和他们的作品一一列举。他决心要在“学”和“写”上狠狠地锤炼一下自己，我们知道，这不是一件能够偷懒的事情。

孙鸷翔本来是一位相当不错的厨师，这使一帮饕餮老友总是暗暗垂涎。难道真是受了烹调的启示？当他在创作中把许多截然不同的表现手法熔为一炉的时候，其技巧运用得竟是那样的圆熟。传统手法，现代意识，都在他的作品中隐约可见。但这决不是拼盘，而是正南八北的热炒！看来，他奉行“拿来主义”是很大胆的，而又用得不笨！当然，罗织技巧的情况也是时有发生的。但他的作品给人的总印象是，如透明水色画出的画，朦胧中透出灵气。山明水秀的地方，孕育了山明水秀的文章，也孕育了像孙鸷翔这样文笔清秀的作家。

孙鸷翔的作品不算多，但在艺术上比较精致。一是风格(如果能称风格的话)统一，像明珠般的威海小城，玲珑剔透，带着浓重的海腥气息；二是力求精湛，决不草率。当然他和“最高境界”之间还相隔着一片杂草丛生的地带，要亲吻那水灵灵的“出水芙蓉”，还需要再来一番披荆斩棘的奋斗！

他大概还要写一批小城的故事。我们相信他不会徘徊在原有的水平线上。一个新的高度向他逼近了；那就是作品的深沉和力度。

近代中国：梦寻与拓荒的哀歌

——评《风流少东》

在20世纪的零公里处，通往未来的道路有千条万条。对大多数炎夏的子孙来说，这些道路的归宿都是一个未知的境界。在旧中国的大地上，虽然有一股强大的民族合力在很大程度上压抑了中华民族走向未来的探险，但对人类文明极境的向往、民族自强意识的醒悟，还是作为一种内驱力唤起了一大批不甘心沉沦的灵魂。于是，偌大的中国躁动不安了。出现了本世纪以来第一批探求“中国向何处去”的梦寻和拓荒的队伍。他们从封建桎梏中挣扎出来，身上仍负着沉重的圣架。然而他们全都踽踽前行了，尽管朝着不同的方向。但是中国的出路到底在哪里？像历史严峻的发问，不息地回响在每个仁人志士的心头，促他们焦恩灼虑，奋进不已，民族觉醒的序曲奏响了。战歌高亢，悲歌雄浑，喜剧诙谐，哀曲凄惋，急管繁弦竞响了半世，终于是中国共产党人豪情满怀地谢幕，重整河山，又开新境。至此，离乱积弱的中国才进入沧桑正道。

但是，谁能忘记那壮志未酬的前驱，谁能忘记那艰难竭蹶的苦斗！中国啊，悲壮的歌泣太多了。可惜文学冷落了许许多多的历史，使本来丰富多彩的画卷只剩下几根僵硬的框条。只是到了新时期．文学才真正开始了新的梦寻，在艺术的旷野上，掇拾往昔的风彩，初垦千年的空白。在这股并非全是艺术的新潮中，《风流少东》飘然而至了。

对当代文坛来说，《风流少东》开辟了一个全新的、鲜为人知的天地，使我们第一次看到了在这个陌生的天地中一代豪商的人生史。虽然新文学画廊中早就矗立着民族商家的形象，但《子夜》《上海的早晨》《林家铺子》等著作中提供给我们的多是一个社会的剖面，是成熟以后的民族商家的盛衰。像孟洛川这样由一个被千年望族放逐的弃儿成长为一个豪富的形象，还属罕见。特别是当作者把一个脱胎于显赫流长的孟氏家族子孙当成一个行动上的叛逆、灵魂深处的信徒来写的时候，这个形象涵盖的社会内容便更能发人深省。

在客观上，孟洛川对孟氏贵族世家的挣脱和叛逆象征了中国宗法社会在近代裂变的侧影。是世界新潮在中国大地上溅起的浪花对一个封建旧家的冲击，因而也是对古老中国的根基的撼动。然而这种撼动不是在清醒的社会革命意识指导下的行动，而是逼上梁山，是客观上顺应了某种规律。但在主观上，其思想源动还是修身养家，治国安邦平天下的传统观念作祟。无非是想通过干一番事业而出人头地重温黄粱而最后皈依贵族血统，取得封建精神统治最高偶象的认同。一切的奋斗都是为了换取一种人格的资本，只是他的奋斗契合了波及中国的世界潮流。于是这种奋斗便获得了较为广泛的社会意义。

孟府大堂是宗法社会的缩影。遍被中国的封建礼教在这里绵延不断地统治了两千多年，孔孟之道——中华文化的灿烂结晶高高地照耀着它，使它获得一种精神上的优越。虽然它赖以生存的故国已被欧风美雨浸淫得山河破败，但现实并没有唤醒它的后裔。孟府仍是无比威严地矗立着，它的族规森严地实施着，一种莫可名状的优越感、神圣感使亚圣子孙顽强地保持着独尊意识，褊狭执拗地排斥着异端和不肖。因而在形式上，孟氏仍旧是一个华丽的家族。然而潮流是不可挡的，这个孔孟之道的“堡垒户”里窜出了孟洛川，苦心经营几十载，由亚圣弃子变成了东亚巨商和丝绸大王。这一事实十分滑稽地象征着古老的中国封建块板受到了强劲的挑战，虽然这挑战是注定要失败的。因为它只是在细枝末节上拾取了异邦富国强民的余唾，并未从宏观版图着眼，从根本上再造山河。

在中国的封建社会里实际上只活着两种人——贵族和庶民。孔孟之道的强大就表现在它十分巧妙地掩盖了这两类人（两个阶级）的根本冲突。而使他们双方分别建构了互相适应的不同心理机制，因而对现实和未来表现出互不干涉的认可和追求。对于下层的庶民来说，食为天粮为纲土为本的观念牢不可破地局囿了他们，在这个观念的基础上形成了强大而全面的价值判断标准。这样，在讲究名声，名声可以杀人的中国就产生了一代代安于“天命”的顺民。顺民在无意识中形成的集体意识成了封建礼教的本色保护神，狐假虎威，分不清哪是狐虎。但在这笔糊涂账中却产生了维持社会超稳定结构的铁条。于是，庶民在推动社会历史前进的同时，又成为封建思想的寄植体和社会基础。对于贵族来说，他们永远是社会的既得利益者，有形的社会秩序和无形的礼教结合成神圣的联盟，把贵族家庭放在社会最显著的位置上，他们显然已超越了土地粮食吃饭这些人生最低层次也是最基本的需求，而驰骋在“学而优则仕”的战场上。优越的社会地位所带来的无穷享受强化了他们对贵族地位的一往情深和忠贞不移，而通往贵族王国的道路和手段又极大地刺激了他们的不择手段。就这样，贵族的发祥史构成了一种文化，这种文化通过社会的教育，不仅在贵族子裔中得以流布，而且在广大下层人的心目中悬起了一幅乌托邦彩图。于是一种可怕的民族意识就在无意识中形成了，正是这种意识使古老的中华举步艰难，也是这种意识构成了强大的社会力量，扼杀了世纪觉醒者最初的梦。中国的拓荒者们就这样面临着双重超越的任务，既要战胜三座大山，又要战胜自己，而后者决不比前者容易些许。

《风流少东》通过孟洛川的身世展现了一段历史的进程。他的梦寻、拓荒和破败给我们提供了一个反顾近代中国的特殊角度和窗口。实事求是地讲，中国崛起的先躯大军中理应保留这些为民族为国家而献身的民族实业家的位置。虽然他们的血缘和行动还较多地属于封建，但他们的搏斗和献身却为无数后来者提供了宝贵的借鉴。《风流少东》没有一丝一毫地图解政治，却为很多颠扑不灭的真理做了奠基和注脚，其中当然也包括“没有共产党就没有新中国”。

从社会的角度看，《风流少东》是一面镜子，它所提供给我们的认识是新时期文学中仅有的。每一个读者都可以从书中看到近代中国那一幅悲凉凄惨的画面，看到一代前驱者艰难跋涉的身影。然后我们就感到《风流少东》在题材上确实是新时期文学的拓荒之作，是社会和人生的教科书，这决不是一个陈旧的概念，而是文学作品思想艺术高度的指标。

自　跋

小孩子做梦都想快快长大，大人们却死乞活赖地不愿放走青春。标榜驻颜有术的系列化妆品一上市，便使那走俏的家电自愧弗如，虽“假冒伪劣”如林也顾之不及。

可见地位不同，所想一定各异。

临近毕业时，满教室骚动不安的灵魂都迫不急待地要求赶快走向社会，好像天堂之门就在前面一步之遥处，抬脚即可登堂入室。不知别人怎样，我是一走出校门便觉得自己成了弃儿——社会的、学术的弃儿。

在这个社会上我能混出个人样来？没有十分把握。但性格就是命运，一颗不安分的灵魂不允许我就此沉沦。于是我就硬起头皮煞有介事地做起“学问”来了。不管能不能做成，样子总要摆一摆，男子汉嘛，可怜的虚荣还是有的。

天多高？不知道。地多厚？不知道。只知道做学问好比进了地狱之门。不仅越来越孤单无旅，而且路子越来越窄。靠小聪明过日子看来是难以为继了，要“迷途知返”也不可能。“马行到夹道内难以回首”。盖世奸雄曹孟德都没有办法，我还有什么咒念？后来就不知这大胆的老曹怎么摆脱了窘境，我可是因了名人的点拨——范伯群先生从他那一大堆“鸳鸯蝴蝶”中抬起头来，慈眉善目地把我叫到身边，上上下下看了我一顿，然后就操起一口“湖州普通话”现身说法起来。

那是一个奇冷的冬天，我们就在苏州大学的校园里说来说去，直说得祥云缭绕、瑞雪飞舞，他老人家才十分满意地昂了昂头，我也九分糊涂地点了点头，只剩下了一分明白。范先生说一分就够了，我立刻说就够了，就够了，然后仓皇逃去。

仍然没有什么神通，但总觉得受了神祇的启示。就这么荡笔掩杀起来，不管对面是魔鬼还是风车。只管砍将过去，嚓！嚓！嚓！那是1984年。

几年下来，很想知道自己写了些什么。高雅者高唱着：只管耕耘不问收获。我却忍不住要“问”一下，谁知这一“问”把自己“问”了个面红耳赤，我才明白文章也是一种“遗憾的艺术”。

文章最怕回头看，左看右看都不能满意。好几次失去了编这个集子的勇气，但最终还是不能免俗。像当初硬起头皮“做学问”一样，这回又硬起头皮编起了书。

编，当然是一种选择和润饰。但在我只是前者。我把“得意之作”留下来，其余的便让它们“往事如烟”了。只是这些“得意之作”当初大多经过编辑们割舍，我现在凭未必准确的记忆都把它们填补上了，因为我容不得残缺。

断臂维纳斯雕像矗立在那里，健全的维纳斯活在那里，我不相信美学家们会独钟于前。何况那断臂断身的半截玩意儿如果活了起来，人们还会趋之若鹜吗——我简直不堪造就！

二十多年前当我在文坛徜徉时就很不“入时”，后来当我顶着评论家的桂冠淡出文坛之后，才知道尘世间的“文外时空”有多大。今天，当我从更广远的视野来审视旧著时，我内心升腾起一种骄傲：为了以前受到的讥讽。我承认我的剖刀比较锋利，我的歌诗都配以和声。但我的文章既无廉价的吹捧，也无恶意的贬斥。而是如诤友之言，句句中的。许多当事人都交成了可以托付的朋友，须知在当今世风下，能够托付是多么不容易——这足以证明赤诚相见相处的人格神通。

现在，我仍然为《失去锁链以后》而骄傲，因为我手写我心，既不趋时又不趋利。如果能对学者、作家和当事人形成点拨，那委实是我的荣幸，而因此在这个领域的独立寒秋形单影只，我也在所不顾了。我相信浮华总有沉淀时，人们的阅读也不能老是仰望着高天流云。当一切都归于理性的沉静时，人们会在对《失去锁链以后》的阅读中重归认真。

壬辰之冬·于北京